Detlef Brettschneider
Dreimal kurz
Kurzgeschichten Teil 3

Detlef Brettschneider

Dreimal kurz

Kurzgeschichten Teil 3

Wenn ein Buch und ein Kopf zusammenstoßen und es klingt hohl, ist das allemal im Buch?

Georg Christoph Lichtenberg (1742 - 1799), Mathematiker, Physiker, Naturforscher und Schriftsteller

Saalfeld, 11.03.2020

Bibliografische Information der Deutschen Nationalbibliothek:

Die Deutsche Nationalbibliothek verzeichnet diese Publikation
In der Deutschen Nationalbibliografie; detaillierte bibliografische
Daten sind im Internet über http://dnb.dnb.de abrufbar.

Herstellung und Verlag:
BoD – Books on Demand, Norderstedt

ISBN 9783750494824

Inhaltsverzeichnis

Prolog

Nach den Büchern „Ein paar Kurze" und „Nur kurz" lege ich Ihnen nun das dritte Buch mit Kurzgeschichten ans Herz. Wenn Sie ins Internet schauen, dann finden Sie dort auf unterschiedlichen Seiten die folgende, stets ähnlich lautende Formulierung:

Kurzgeschichten sind eine der bekanntesten Textformen, wobei sich der Name von den amerikanischen ‚Short Stories' ableitet. Sie zeichnen sich dabei vor allem durch ihre Kürze aus, weshalb sie meist anhand ihres sehr komprimierten Inhalts erkennbar sind. Das bedeutet, dass das Wesentliche verstärkt und konzentriert vom Autor offenbart wird.

Dementsprechend hoffe ich, dass ich wenigstens so wesentlich und konzentriert geschrieben habe, dass Ihnen mindestens eine meiner Geschichten gut bis sehr gut gefällt.

Übereinstimmungen bzw. Ähnlichkeiten von Namen, Orten, Geschehnissen oder sonstigen Dingen sind ungewollt und wären rein zufällig.

Ich widme dieses Exemplar all
den Menschen, die mein Leben
positiv berührt haben.

Umweltschutz

Der Mann in Orange breitete verzweifelt beide Arme aus und beteuerte weinerlich: „Bitte glauben Sie mir doch, ich tue alles für die Umwelt, wirklich alles. Ich mache keine Spazierfahrten mehr mit dem Auto, nein, ich benutze es nur noch, wenn es unbedingt nötig ist. Ich fliege mit keinem Flugzeug mehr, sondern fahre mit der Bahn in den Urlaub. Ich trenne jeglichen Müll bis auf den letzten Schnipsel Papier. Ich verzichte auf Wannenbäder und dusche jetzt nur noch, einfach um Wasser zu sparen. Fünf Tage die Woche esse ich kein Fleisch, manche Woche sogar sechs Tage. Meine Einkäufe tätige ich zu fünfundneunzig Prozent in Bio-Läden. Ich benutze seit Jahren nur noch Einkaufstaschen aus Stoff und keine Plastebeutel mehr. Mein Mineralwasser kaufe ich nur noch in Glasflaschen, um somit ebenfalls Plastik zu sparen. Eingeschweißte Wurst kommt bei mir gar nicht mehr auf den Tisch, sondern ich kaufe nur noch bei Metzgern, die ihre Ware nicht in Plastefolie einpacken. Ich verspeise auch nur Eier von freilaufenden Hühnern. Einmal im Monat gehe ich mit Gleichgesinnten in Parks und sammele dort Müll auf. Auch Flaschen und Gläser entsorge ich ordnungsgemäß nach ihrer Farbe. Ich drehe der Umwelt zu liebe die Heizung nicht mehr voll auf und nehme mir lieber eine Decke, damit ich nicht friere. Außerdem spende ich regelmäßig Geld für Umweltvereine. Und Kreuzfahrten mit Luxuslinern kommen für mich gleich gar nicht in Frage. Beim Wäschewaschen verzichte ich auf Weichspüler und ich benutze nur Reiniger auf Essigbasis. Sämtliche Haushaltsgeräte wie Kühlschrank, Fernseher oder Waschmaschine haben die Energieeffizienzklasse A+++ und ich habe auch alle Glühlampen gegen LEDs ausgetauscht. Selbst meinen Computer benutze ich kaum noch, nur um hier auch noch einiges an Energie einzusparen. Natürlich habe ich auch den Stromanbieter gewechselt und bekomme ausschließlich grünen Strom aus sogenannten erneuerbaren Quellen. Und wenn ich Kartoffeln koche, dann benutze ich, wie die Leute nach dem zweiten Weltkrieg, eine sogenannte Kochkiste, die zur Isolierung mit einer alten Decke ausgekleidet ist. Das heißt, die Kartoffeln bleiben auf dem Herd ab dem Zeitpunkt des Kochens nur noch eine einzige Minute, dann kommt der Topf in die zugedeckte Kiste und dort verweilt er etwa 45 Minuten ohne weitere Energiezufuhr. Dann sind die Kartoffeln gar. Und bevor ich es vergesse, ich habe meinen Garten in ein Feuchtbiotop umgebaut. Ja, auch Trinkhalme aus Plaste benutze ich nicht mehr und auch kein Plastikbesteck. Übrigens zünde ich auch keine Kerzen mehr an, seit die Wissenschaftler herausgefunden haben, dass dadurch Feinstaub erzeugt wird. Und nun sagen Sie mir mal ganz ehrlich: Was hätte ich denn noch alles tun sollen?"

Sein uniformiertes Gegenüber erwiderte mit etwas Traurigkeit in der Stimme: „Am besten wäre gewesen, Sie hätten den Umweltminister nicht umgebracht!"

Der Besuch

Torsten Wollhaus war nicht unbedingt die hellste Kerze auf der Torte. Außerdem schielte er ein klein wenig. Aufgrund dieses Blicks hatten ihm die Kollegen im Büro den Spitznamen ‚Silber' verpasst. Da er aber ein freundlicher Mensch war, hörte er ohne Widerspruch auf diesen Namen. Warum die Menschen jedoch das Schielen als Silberblick bezeichneten, blieb ihm stets unklar. Er arbeitete als kleiner Angestellter in der Abteilung ‚Zukunftsforschung' und war eigentlich dafür verantwortlich, die eingehende Post zu sortieren und auszuteilen, sowie Postausgänge in der Firmendatenbank zu vermerken. Aber ohne zu murren erledigte er auch andere Arbeiten, wie zum Beispiel Papierkörbe leeren oder das Beschaffen von Kugelschreiberminen. Da er keine großen Ansprüche an sein Leben stellte, war er mit der geringen Entlohnung und seiner kleinen Einzimmerwohnung im Großen und Ganzen zufrieden, obwohl das Mini-Badezimmer eine halbe Treppe tiefer gelegen war. Nur eine Freundin hätte er sich noch gewünscht. Wahrscheinlich wäre es dieser bei ihm auch gut gegangen, aber keine wollte anbeißen. Torsten war eben zu schüchtern. Seine Freizeit verbrachte er meistens vor der Fernsehkiste. Bei schönem Wetter schnappte er sich aber auch gelegentlich sein Fahrrad und strampelte sich die Seele aus dem Leib. Es handelte sich um sein zweites Rad, denn das erste hatte man ihm aus dem Keller gestohlen. Da er nicht viel Geld besaß, nahm er jetzt seinen Drahtesel mit in die Wohnung. Noch ein weiteres Fahrrad hätte er sich nicht leisten können. Allerdings konnte er sich nun kaum noch in seinem Zimmer drehen und wenden. Aber er nahm es mit Humor, wie er auch sonst alles in seinem Dasein positiv sah. Bestimmt wäre sein Leben weiterhin ohne besondere Einschnitte verlaufen, wenn nicht eines Tages ein seltsamer Mensch an seine Tür geklopft hätte. Der Mann trug einen Overall, der eher wie ein Baby-Strampler aussah, als dass er einem Kleidungsstück für Erwachsene ähnelte. Als Torsten öffnete, fragte die Erscheinung höflich: „War das recht so?" Torsten zog die Stirn in Falten: „Wie bitte?" Der Mann wiederholte: „War das recht so?" Torsten hielt den Kopf etwas schief, als ob er dadurch besser hören würde: „Ich verstehe Sie immer noch nicht". Der Mann schien einigermaßen verwirrt zu sein: „Ich wollte doch nur bescheiden ermitteln, ob das mit dem Klopfen der üblichen Sitte gehorcht. Wenn man sich dem Domizil eines Unbekannten nähert, so klopfe man an den Rahmen des Fensters oder an die festen Teile der Türe, um eingelassen zu werden. Ist dem nicht so? Oder habe ich mich getäuscht, und man spricht hierzulande in einem anderen Duktus?" Torsten wusste immer noch nicht, was er von der ganzen Sache halten sollte: „Und was wollen Sie nun eigentlich von mir?" Der Fremde drängte sich an Torsten vorbei ins Zimmer: „Sie besuchen". Dann blickte er sich mehrmals fragend um: „Und wo geht es nun hinein in Ihre Behausung?" „Das hier ist mein Heim, mehr gibt es nicht", sagte Torsten, „und wenn es Ihnen nicht gefällt, dürfen Sie gern wieder gehen. Das wäre sowieso das Beste!" Der Mann war eine geraume Weile sprachlos. Dann stotterte er: „Ich habe dieses nicht erwartet. Wohnen in diesem Jahrhundert alle derart gedrängt?" Torsten wurde ungehalten: „Und waren Sie in ihrem Jahrhundert schonmal beim Psychiater?" Der Fremde schien die Frage als völlig normal zu betrachten: „Vor drei Tagen. Den nächsten Termin habe ich in zwei Monaten. Aber sagen Sie mal, woher wissen Sie denn eigentlich, dass ich aus einem anderen Zeitmaß komme? Man hat mir gesagt, dass in Ihrem Jahrhundert noch niemand etwas von Zeitreisen gehört haben könnte, da diese noch gar nicht erfunden gewesen seien". Torsten griff sich an den Kopf: „Behaupten Sie ernsthaft aus der Zukunft zu kommen? Das ist doch hirnrissig. Schon Albert Einstein hat bewiesen, dass man höchstens in die Vergangenheit reisen kann, denn die hat es ja mal gegeben. Die Zukunft existiert aber noch gar nicht, die kommt erst noch. Und was nicht existiert, kann man auch nicht besuchen. Das weiß ich von meinen Kollegen aus der Firma". Der Fremde lächelte mild: „Mein Freund, Sie vergessen, dass von uns aus gesehen dieses Jahrhundert hier weit in der Vergangenheit liegt. Und wie Sie gerade selbst ausführten, kann man die Vergangenheit besuchen". In Torstens Gehirn machte sich ein unangenehmer Gedanke breit: „Heißt das etwa, dass jetzt jede Menge Zeittouristen über uns herfallen?" Der Mann schüttelte den Kopf: „Nein. Nein bestimmt nicht. Sie müssen wissen, dass ich so etwas wie ein Scout bin. Ich bin der erste, der in die Vergangenheit geschickt wurde. Logischerweise soll ich zunächst die Lage checken, ob es sich lohnt und entsprechend angenehm ist, in die Vergangenheit zu reisen. Schließlich kostet so eine Reise einen Haufen Geld. Aber ich kann Sie beruhigen, ich werde absolut niemandem empfehlen in eine dermaßen beengte und trostlose Zeit zu reisen. Und jetzt darf ich mich empfehlen!" Er drehte sich um und stolperte die steile Treppe hinunter.

Am nächsten Tag erzählte Torsten aufgeregt seinen Kollegen, dass er nun aus erster Quelle wüsste, warum bisher noch nie ein Mensch aus der Zukunft gekommen wäre, um die heutige Menschheit zu besuchen. Die Kollegen verbissen sich das Lachen oder schauten unauffällig zur Seite. Torsten Wollhaus war eben nicht unbedingt die hellste Kerze auf der Torte.

Spazieren gehen

Wieso? Ich kann auch kochen. Na ja, vielleicht kann es Mami etwas besser. Ein ganz klein wenig. Was? Von wegen angebrannt. Das kannst du in deinem Alter noch gar nicht schmecken. Hoppla, das ist nun wirklich kein Grund zum Heulen. Na komm, Burschi, da gehen wir jetzt mal ein bisschen spazieren. Was? Natürlich, wenn du unbedingt willst, auch auf den Spielplatz. Willst du unbedingt? Es hat aber vorhin geregnet, da müssen wir uns gut anziehen. Was meinst du mit ,wer'? Ich ziehe dich an. Mami ist ja nicht da. Bitte? Das habe ich dir schon dreimal erklärt. Sie ist mit deinem Schwesterchen zur Mutter-Kind-Kur. Quatsch, wir Männer brauchen so was nicht. Na ja gut, das war aber damals eine einmalige Ausnahme. Ich musste halt mal etwas abnehmen. Da war ich aber auch nur eine einzige Woche weg. Komm jetzt, anziehen! Wir wollen doch spazieren und nicht diskutieren. Als erstes die Gummistiefelchen. Da kannst du dann durch die Pfützen patschen. Wieso zu eng? Seit gestern kannst du doch nicht so viel gewachsen sein. Was? Von Svenja? Warum sagst du das nicht gleich? Ich drücke und zerre wie ein Idiot, und du guckst einfach zu, anstatt zu sagen, dass die Dinger von deiner Schwester sind. Entschuldige mal, ich kann doch nicht alles wissen. Moment! Auch Jungen können rosa Sachen haben. In deinem Alter sollte ein Junge noch nicht so sexistisch sein! Äh, das erkläre ich dir, wenn du mal groß bist. Bitte? Quark, so ein großer Junge bist du nun auch wieder nicht, aber hilf mir jetzt mal deine Gummistiefel zu suchen! Die? Na endlich! Was? Verarsch mich nicht! Nein ‚Arsch' darf man nicht sagen, aber die können einfach nicht zu eng sein, das sind doch deine ureigensten Stiefel, oder haben wir etwa drei Kinder? Meine ich doch, das sind deine. Was macht Mami immer? Verflixt sag das doch gleich. Du kannst doch auch mal mitdenken. Schließlich bist du schon groß. Also zieh den Stiefel wieder aus, wir werden die Socken einfach herausnehmen. Deine Mutter kommt aber auch auf Ideen. Bei mir meckert sie, dass ich meine Socken überall herum liegen lasse, und selbst stopft sie die Dinger überall hin. Ja, ja, du hast recht. Im Stiefel ist nicht überall. Jetzt die Jacke. Wieso gefällt die dir nicht? Ach so, von Svenja. Und die hier? Auch! Und deine? Die? Das hässliche Ding? Heul nicht, das war ein Scherz! Ein so großer Junge wie du wird doch wohl einen Spaß erkennen. Ich habe dein Taschentuch nicht, nimm meins. Und hör endlich auf zu plärren, sonst kriegst du einen Grund! Also, in Gottes Namen, wir ziehen diese Jacke an. So! Siehst du, es geht auch ohne Mami. Bitte? Woher soll ich wissen, wo deine Mütze ist. Ist doch wohl deine. Die nicht? Wieso ausgerechnet diese nicht? Svenja! Gut! Die hier? Na geht doch! Nun aber los! Wen? Hugo? Du willst deinen Teddy mit auf den Spielplatz nehmen? Das kommt überhaupt nicht in Frage. Erstens lachen dich die Mädchen aus und zweitens wird Hugo viel zu dreckig. Jetzt hör endlich auf zu heulen! Stopp! Ruhe! Das Handy hat geklingelt. Wer? Ach so, Mami. Nein, nein, der heult nicht, wir spielen bloß. Natürlich geht's uns gut. Wir wollen gerade raus. Auf den Spielplatz. Ach wo, du hältst uns nicht auf. Ja, Küsschen auch für Svenja. Tschau! So, Burschi, jetzt aber! Klar darfst du die Tür aufmachen. Aber doch nicht so. Mein Gott, bist du blöd. Da, jetzt haben wir den Dreck. Es regnet schon wieder. Nix mit Spielplatz. Warum trödelst du auch immer so herum. Und hör auf zu heulen! Ich mach dir den Fernseher an. Nein, zum Teufel, wir brauchen Mami nicht.

Blut

Das Wetter konnte sich an diesem frühen Morgen nicht so richtig entscheiden, ob es noch herbstlich oder schon winterlich daherkommen sollte. Auf der linken Seite des kleinen Marktplatzes waren die metallenen Laternen bereits mit Reif bedeckt. Auf der rechten Seite, nahe dem Rathaus, war davon noch nichts zu bemerken. Die

Menschen, die eigentlich auf dem Weg zur Arbeit waren, verharrten neugierig hinter dem rotweißen Polizei-Absperrband. Kommissar Riemer kniete vor einer großen, roten Pfütze und drückte das Diensthandy ans Ohr: „Ja, hier auch. Genau wie bei Euch. So anderthalb Meter lang. Auf den ersten Blick würde ich es tatsächlich für Blut halten. Ich bringe die Probe gleich ins Labor. Was? Ich wird verrückt. Selbst Hohlbach ist im Außeneinsatz? Wieviel Pfützen sind denn das eigentlich insgesamt? Ach du Scheiße! Kein Wunder, dass ich hier auch noch die Arbeit der Spurensicherung übernehmen muss. Am besten wir lassen die Tatortreiniger aus den umliegenden Bezirken einfliegen. Also dann bis zur Dienstberatung!" Unter Ächzen stemmte Riemer seinen massigen Körper hoch und ließ das Handy in die Tasche gleiten. Dann hob er das Absperrband an und verschwand in Richtung Dienstwagen. Dabei drückte er unbewusst die Hand auf seine alte Schussverletzung. Manchmal tat es eben noch weh.

Im Labor wurde er schon erwartet. Ein Mitarbeiter nahm ihm das Röhrchen mit der roten Flüssigkeit ab: „Tierblut!" Der Kommissar stutzte: „Das sehen Sie schon von außen? Donnerwetter!" Der Laborant grinste: „Sie sind schon der Dreizehnte mit dem Zeug. Und auf zwanzig weitere warten wir noch. Da hat sich einer einen absolut beschissenen Streich ausgedacht. Dreiunddreißig Blutlachen innerhalb unserer Stadt. Kein Wunder, dass die Polizei völlig überfordert ist". Riemer drehte sich um und verließ den Raum, etwas Unverständliches nuschelnd.

An der Tür stieß er mit einem jungen Mann zusammen, der auch einen Beweismittelbeutel in der Hand trug, in welchem sich ebenfalls ein Röhrchen mit Blut befand. Der Kommissar hielt ihn am Arm fest: „Hoppala, Mehlmann, was machen Sie denn hier? Ich denke, Sie haben sich versetzen lassen?" Kommissar-Anwärter Mehlmann wurde rot: „Ja, äh, nein, äh, ich hab's mir überlegt und will doch lieber hierbleiben". Riemer stutzte: „Wieso das denn auf einmal? Sie werden doch nicht etwa Sehnsucht nach mir haben?" Mehlmann quetschte sich an dem korpulenten Riemer vorbei: „Nicht wegen Ihnen, wegen einer Frau. Ach übrigens, Sie sollen sofort zu Hohlbach kommen!" Kommissar Riemer trat auf die Straße und murmelte vor sich hin: „Das arme Mädel. Dass jemand so einen Pedanten gernhaben kann. Na ja, auch auf dem dürrsten Ast sitzt manchmal ein Vögelchen. Wahrscheinlich sind die Frauen in dieser Gegend etwas Besonderes. Schließlich ist Schimmler ja auch wegen einer Frau aus Halle zurückgekommen. Was gehts mich an".

Als Riemer das Büro von Hohlbach betrat, saßen die Kommissare Bärschneider und Straubinger bereits an dem alten Konferenztisch. Hauptkommissar Hohlbach hingegen lief wie von der Tarantel gestochen hin und her: „So eine Sauerei! Diese Mistkerle! Erschießen müsste man diese Bagage! Man soll es nicht glauben, in meinem Zuständigkeitsbereich! In meinem! Mich verarschen! Uns alle vorführen! Das darf einfach nicht wahr sein!" Riemer zog sich geräuschvoll einen Stuhl heran: „Nicht aufregen Chef! Wegen so eines blöden Streichs. War doch nur Tierblut". Hohlbach blieb stehen: „Das ist ja wieder typisch. Riemer, Riemer. Sie kommen wie immer aus dem Mustopf. Sie leben wie immer hinterm Mond. Sie haben wie immer keine Ahnung. Tierblut, ha! Während alle Beamten unserer Dienststelle, ob mit oder ohne Uniform, durch die Gegend gestolpert sind, um wie die Idioten rote Pfützen zu begutachten, hat sich kein Schwein darüber Gedanken gemacht, dass die ganze Scheiße nur ein raffiniertes Ablenkungsmanöver sein könnte. Und während wir Rindviecher neben irgendwelchen seltsamen Blutlachen rumstanden, haben diese verfluchten Mistbolzen den Geldtransport vor unserer Bankfiliale überfallen. War ja ganz einfach. War ja kein Polizist in der Nähe. Und die zwei Pfeifen von der Security dürfen ja laut Vorschrift keinerlei Waffen tragen. Außer vielleicht diesem leckeren Pfefferspray, dass sich die Ganoven schon zum Mittagstisch auf ihr Steak sprühen. Nun liegen beide Überfallene mit einer Platzwunde an der Rübe bei Mama im Bettchen. Ich könnte kotzen!" Straubinger stützte sein Kinn in die rechte Hand und sagte tonlos: „Der Chef drückt sich heute wieder sehr blumig aus". Im gleichen Moment trat Kommissar Schimmler in den Raum, eine größere Tüte in der Hand haltend: „Leute, ich habe eine Jacke in der Nähe meiner Pfütze gefunden. Blutverschmiert, in einer Mülltonne. Ich bringe sie gleich in unser Labor". Riemer wandte sich ihm zu: „Und mach den Kollegen mal ein bisschen Dampf. Wir brauchen die DNS von der Jacke schon gestern". Daraufhin legte Bärschneider seine Stirn in Falten: „Ich denke das heißt DNA?" Seine Kollegen guckten ihn

19

entgeistert an. Hohlbach dozierte kopfschüttelnd: „DNS ist doch bloß die deutsche Schreibweise und bedeutet Desoxyribonukleinsäure. DNA dagegen ist Englisch und heißt deoxyribonucleic acid. Das sollte man in unserem Beruf eigentlich wissen". Bärschneider winkte ab: „Wie auch immer. Für mich steht fest, dass wir es mit einer ganzen Mannschaft zu tun haben. Dreiunddreißig so große Blutpfützen können wohl kaum von einer einzelnen Person innerhalb einer Nacht angelegt werden". Hohlbach stemmte seine Hände in die Hüften: „Da wären wir anderen gar nicht draufgekommen, Sie Genie. Und weil Sie so klug sind, dürfen Sie jetzt mit Riemer den Tatort untersuchen!"

Als Kommissar Riemer nach der Tatortbesichtigung nach Hause kam, war er genauso schlau wie vorher. Jemand hatte die Überwachungskameras abgeschaltet und es war auch sonst nicht die geringste Spur zu finden gewesen. Wo sollte man da ansetzen? Am besten würde er erst mal etwas trinken. Eine Flasche Rotwein wäre jetzt genau richtig. Aber nach dem dritten Glas schlief er ein. Es war schon gegen Morgen, als ihn sein Handy aus dem Schlaf riss. Es war seine Exfrau. Zuerst wollte er den Ruf einfach wegdrücken, dann überlegte er sich es doch anders: „Ja?" Die Stimme am anderen Ende klang besorgt: „Ist unsere Tochter bei dir?" „Nein. Was ist los?" „Sie war heute Nacht nicht zu hause. Ich mache mir solche Sorgen". Riemer musste lächeln: „Du vergisst wieder mal, wie alt sie ist. Wenn sie eine eigene Wohnung hätte, würdest du das gar nicht mitbekommen haben. Sie ist schließlich erwachsen. Hast du sie angerufen?" Eine Weile war Stille, dann gestand die Frau: „Nein. Ich will nicht, dass sie denkt, ich spioniere ihr nach. Kannst du nicht …?" „Ach, damit ausgerechnet ich wieder der Buhmann bin! Aber meinetwegen". Er legte auf und massierte seine schmerzenden Schultern. Es wäre wahrscheinlich doch besser, wenn er nicht am Tisch schlafen würde. Widerstrebend wählte er die Nummer seiner Tochter. Sie meldete sich nach mehrmaligem Klingeln: „Papi? Bist du das? Ist was passiert? Weißt du eigentlich, dass normale Menschen um diese Zeit noch schlafen?" Der Kommissar entgegnete leise: „Schatz, wo bist du? Deine Mutter macht sich wieder mal unnötig Sorgen. Sie hat mir die Hölle heiß gemacht". Seine Tochter klang verlegen, als sie antwortete: „Entschuldige, dass du es auf diese Art erfährst. Ich wollte es dir schon früher sagen. Ich habe einen neuen Freund. Zurzeit bin ich hier bei ihm. Aber mach dir keine Sorgen, wir wollen heiraten. Wirklich!" Riemer musste schlucken: „Na das sind mal Neuigkeiten. Aber jetzt rufst du deine Mutter an und erzählst ihr alles. Abgemacht?" „Abgemacht!"

Hohlbach thronte wie ein Kaiser hinter seinem massiven Schreibtisch: „So ihr zwei, ich habe inzwischen ermittelt, woher das Tierblut stammt. Die Großschlachterei aus dem zehn Kilometer entfernten Waldlingen hat telefonisch einen Einbruch gemeldet". Kommissar Bärschneider frotzelte: „Großartige Ermittlung. Da haben Sie ja ein Haufen Arbeit gehabt". Riemer stieß ihm mit dem Ellenbogen hart in die Seite: „Schnauze!" Hauptkommissar

Hohlbach lief kurz rot an, dann hatte er sich wieder im Griff: „Bärschneider, Sie fahren zu der Schlachterei. Die Spurensicherung dürfte dort inzwischen fertig sein. Sprechen Sie mit jedem, den Sie erwischen können. Jede Information könnte uns weiterhelfen. Also Abmarsch! Und Sie, Riemer, suchen mir den Schimmler. Ich will endlich wissen, was mit der gefundenen Jacke los ist!" „Na prima", murmelte Riemer im Hinausgehen, „ich bin wieder mal der Laufbursche".

Auf dem Weg zu seiner Tochter hatte der Kommissar Rosen gekauft. Jetzt stand er vor der Adresse, die ihm seine Tochter genannt hatte. Die Adresse ihres Freundes. Als er geklingelt hatte, öffnete Kommissar-Anwärter Mehlmann die Tür. Riemer erschrak: „Um Gottes Willen Mehlmann, ist was mit meiner Tochter?" Mehlmann erwiderte etwas befangen: „Oh nein. Nein, nein. Wirklich nicht. Sie erfreut sich bester Gesundheit. Aber kommen Sie doch erstmal rein!" Argwöhnisch betrat Riemer die Wohnung. Seine Tochter kam aus der Küche, stellte sich neben Mehlmann, legte ihren Arm auf dessen Schulter und offenbarte fröhlich schmunzelnd: „Darf ich dir meinen Freund vorstellen? Eventuell kennst du ihn schon". Der Kommissar war wie vom Donner gerührt und es dauerte eine geraume Zeit, bevor er wieder einen Ton herausbrachte: „Na, dann gratuliere ich auch!" Danach zwangen ihn seine zitternden Knie in den nächstbesten Stuhl. Mehlmann hielt ihm die Hand hin: „Ich heiße Jens. Aber das wissen Sie ja schon". Riemer nahm die Hand wie in Trance: „Ich brauche jetzt was zu trinken". Seine

Tochter verschwand kurz und kam mit einer Flasche Sekt und drei Gläsern zurück. Beim Anstoßen fiel Riemers Blick zufällig auf eine Jacke, die auf dem Sofa lag. Sein geschulter Blick verriet ihm, dass das Ding für einen Erwachsenen verhältnismäßig klein war: „Wem gehört diese Joppe da?" Jens Mehlmann blickte zur Seite: „Ach die? Die gehört meinem kleinen Bruder. Der kommt mich manchmal nach der Schule besuchen, wenn unsere Mutter noch auf Arbeit ist". Als wäre im Stuhl eine Sprungfeder verbaut, schnippte der Kommissar in die Höhe: „Entschuldigt Kinder, aber ich muss sofort los!" Dann stürmte er Hals über Kopf davon und ließ zwei hilflose Gesichter zurück, die sich lange ratlos anblickten.

Riemer drückte aufgeregt den Hörer des alten Telefons an sein rechtes Ohr: „Schimmler, hole doch bitte mal die besagte Jacke aus dem Asservatenraum und komm damit in mein Büro!" Schimmler wunderte sich: „Was willst du denn damit? Die DNS war doch gar nicht in unserer Datenbank". Riemer grunzte: „Na mach schon! Du wirst es gleich begreifen". Dann öffnete er die linke Schublade seines Schreibtisches und fischte sich einen Schoko-Riegel heraus. Soll doch der Teufel abnehmen! Anschließend holte er aus der rechten Seitentür seinen alten Fotoapparat, den er bisher nur sehr selten benutzt hatte. Als Schimmler mit der Jacke eintrat, begrüßte ihn Riemer überschwänglich: „Hallo Schimmelchen! Hier nimm mal die Kamera!" Kommissar Schimmler konterte: „Hallo Riemchen. Ich heiße immer noch Schimmler". Beide schauten sich einen Moment lang mit hochgezogenen

Augenbrauen an, dann mussten beide lachen. Riemer hatte inzwischen die Jacke auf seinem Schreibtisch ausgebreitet: „Mach ein paar Aufnahmen. Ich selbst komme mit dieser Fotoknipse nämlich nicht so ganz zurecht. Meine Bilder waren bisher immer verwackelt oder verwaschen".

Der Rektor der ansässigen Universität war zunächst ganz und gar nicht begeistert, als zwei Herren von der Kripo mit mehreren Fotos in seinem Büro auftauchten. Nach Riemers Ausführungen lenkte er jedoch ein: „Also gut, dass wohl Ältere kaum so eine moderne Jacke tragen, sehe ich ein. Aber warum kommen Sie ausgerechnet an unsere Uni?" Kommissar Schimmler mischte sich ein: „Irgendwo müssen wir ja anfangen. Und Markenklamotten sind hier möglicherweise häufiger als an der Realschule". Der Rektor nickte: „Von mir aus. Wenn es Ihnen hilft, weise ich die Sekretärin an, ihnen die Jahrbücher zu zeigen".
Viele Tassen Kaffee später, sprang Schimmler plötzlich auf: „Heureka! Ich habe ihn. Eindeutig die gleiche Jacke. Oder wie mein Mathe-Professor immer gesagt hat, absolut eineindeutig!"

Der junge Mann zitterte am ganzen Körper: „Ich bin kein Verräter. Ich sage nichts. Außerdem sollte mein Vater hier sein". Kommissar Riemer schüttelte den Kopf: „Du bist achtzehn und damit alt genug. Und auch wenn du nichts sagst, haben wir dich am Haken. Der Abstrich aus deiner Wange stimmt mit der DNS der Jacke überein.

Und das Blut an der Jacke ist identisch mit dem gestohlenen Tierblut aus der Schlachterei in Waldlingen, wie mein Kollege Bärschneider ermittelt hat. Also Einbruch und Diebstahl hast du schon mal an der Backe. Willst du auch noch den Arsch für andere hinhalten? Deine Entscheidung. Ein Geständnis würde die aber helfen. Ich denke, da wäre dann bei Gericht eine Bewährung drin. Was sagst du?"

Etwa zwei Stunden später brach der Student zusammen. Er gestand, dass alle Jungs seiner Klasse den Schlachthauseinbruch und das Anlegen der Blutlachen zu verantworten hatten. Ein unbekannter Mann hatte ihnen zehntausend Euro geboten. Angeblich sollte es nur ein harmloser Streich sein.

Nachdem alle Kommilitonen im Kommissariat versammelt waren, erstellte der Phantombildzeichner ein Porträt unter Berücksichtigung aller Hinweise. Als Riemer das Bild sah, griff er sofort zum Telefonhörer: „Chef, wir brauchen einen richterlichen Durchsuchungsbeschluss! Ich möchte einen alten Bekannten besuchen".

Drei Uniformierte begaben sich hinter das Haus, während Schimmler, Mehlmann und Riemer nach mehrmaligem Klopfen, Klingeln und Rufen durch die Vordertür in das Gebäude eindrangen. Sie fanden einen am Boden liegenden Mann mit einer Schussverletzung im Unterbauch. Bereits auf dem Weg ins Krankenhaus erlag der Angeschossene seiner Verletzung. Allerdings hatte er noch kurz vorher dem mitfahrenden Gesetzeshüter das amtliche Kennzeichen eines Transporters nennen können. Der Rest war Routine. Die Autobahnpolizei konnte das Fahrzeug ermitteln, den Täter dingfest machen und die Beute bis auf ein paar Hunderter sicherstellen.

In der anschließenden Dienstberatung lobte Hauptkommissar Hohlbach zunächst die Arbeit des Teams. Dann sagte er widerwillig: „Und ein besonderer Dank geht an unseren Kollegen Riemer, der aufgrund seiner Intuition wieder einmal dafür gesorgt hat, dass ein Ganove an die Kandare genommen wurde". Riemer nickte mit einem Blick nach rechts: „Aber jetzt muss ich erstmal jemand anderen fürchterlich an die Kandare nehmen. Und zwar ganz gewaltig!" Dann führte er beide Hände in Richtung Mehlmanns Hals. Auf diese Bewegung hin sprang der neben ihm sitzende Kommissar-Anwärter mit rotem Kopf auf, hastete unter dem Gelächter seiner Kollegen aus dem Raum und wurde an diesem Tag nicht mehr im Kommissariat gesehen.

Müde

Wie üblich war ich wieder einmal in meinem Sessel eingeschlafen. Jetzt kam ich langsam zu mir. Das merkte ich besonders daran, dass meine Ohren, wie von der Natur her vorgesehen, Geräusche an mein Gehirn weiterleiteten. Aha, der Fernseher lief also noch. Meine Augenlider waren aber zu schwer, um das zu bestätigen. Da bezahlt man nun Fernsehgebühren und kann vor Müdigkeit nur Radio hören. Irgendein Kerl in dem Kasten sagte gerade,

26

dass eine Frau Müller einen Herrn Müller geheiratet hätte und beide trügen nun den Doppelnamen ‚Müller Müller'. Wahrscheinlich war das witzig, denn man konnte allgemeines Gelächter vernehmen. Verflixt, warum gingen meine Augen eigentlich nicht auf? Letzten Endes meinten meine Ohren, wenn die Augen nicht arbeiteten, dann bräuchten sie das wohl auch nicht. Also dämmerte ich wieder weg. Dann hatte ich einen Traum. Ich ging mit meinem Sohn an der Hand die Wendeltreppe in meiner alten Wohnung hinauf. Als ich oben angekommen war, stand ich auf dem Leipziger Bahnhof und hatte die Leine eines Schäferhundes in der Hand. Ein saublöder Traum. Aber irgendwie empfand ich das als völlig normal. Dies schien zu bestätigen, was meine damalige Freundin immer gesagt hatte. Ich hätte einen maximalen Sprung in der Schüssel. Oder auch zwei. Dem entgegen konnte ich an mir selbst keinerlei dissoziative Störungen erkennen, wie der Fachmann zu sagen pflegt. Und einen kleinen Tick hat doch wohl jeder. Es gibt doch auch schließlich andere Leute, die Stufen zählen, nicht nur mich. Ich wohne ganz oben in unserem Wohnblock und es sind genau neunundsiebzig Treppenstufen von der Haustür bis zu meiner Wohnung. Natürlich zähle ich nicht immer alle Stufen, nein, nur beim Hinaufsteigen. Im Hinuntergehen Treppenstufen zu zählen halte ich für abartig. Ansonsten bin ich völlig normal. Na gut, die eine oder die andere Abweichung gegenüber der restlichen Menschheit muss ich wohl doch zugeben. Wenn beispielsweise andere Männer einen Wasserhahn laufen sehen, müssen sie oftmals pinkeln. Ich nicht, ich muss ausspucken. Ist doch kein Verbrechen. Und bei Gehwegplatten setze ich die Füße derart, dass keine Fuge von meinen Schuhen berührt wird. Mache ich aber nicht immer so. Neulich war mir das ganz egal. Da war ich nämlich betrunken. Es war Bierfest. Auf unserem Marktplatz in einem großen Zelt. Zunächst musste ich eine ganze Weile stehen. Es war kein Sitzplatz mit einer geraden Nummer frei. Ich würde mich niemals auf einen ungeraden Platz setzen. Nie. Als dann die Sechzehn frei wurde, saß ich mitten in dem ortsansässigen Motorrad-Clan. Die haben mir ständig Schnaps spendiert. Ich glaube, die haben sich über mich lustig gemacht. Aber die werden sich noch wundern, wenn die Außerirdischen kommen. Früher habe ich immer einen selbstgebastelten Hut aus Alu-Folie getragen. Ich vermute ja, dass nicht nur die Aliens in unser Gehirn gucken wollen. Auch die Behörden verfügen bestimmt über alle möglichen Strahlen. Gottseidank ist es bei der heutigen Mode ja erlaubt eine schlampige Strickmütze zu tragen. Also mache ich das. Da sieht man die Alu-Folie nicht mehr.

Ich glaube langsam, ich sollte jetzt aufwachen. Mich ärgerte selbst im Schlafmodus, dass der Fernseher Strom verbraucht, ohne dass ich etwas sehe. Wo doch heutzutage alles teurer wird. Aber da sind nur die dran schuld, die immer wieder streiken. Da muss dann der Lohn erhöht werden und der Unternehmer hebt ständig die Preise seiner Produkte an, um weiterhin satten Gewinn zu machen. Ständig gibt es solche Erhöhungen. Die durchschnittliche Inflation in Deutschland liegt, wie man leicht nachlesen kann, zurzeit im Jahresmittel um die 2 %. Und die Mieten verteuerten sich seit 1990 durchschnittlich um über 40 %. Aber bei mir haben sich jedes Jahr lediglich die Schulden erhöht.

Verflixt, warum wache ich nicht endlich auf? So ein Halbschlaf kann einen ziemlich nerven. Und gerade ich bin sowieso immer leicht zu nerven. Neulich hat einer ‚Spinner' zu mir gesagt, bloß weil ich ein Willkommensschild für die Außerirdischen gebastelt hatte. Diese Bemerkung hat mich genauso genervt wie das Dilemma damals, als ich meine Brieftasche verlor, mit allen Papieren. Und dann haben die mein Passbild für den neuen Ausweis abgelehnt, nur weil ich darauf gelacht habe. Behördenwillkür. Da erzählt jeder, dass man das Leben leichter erträgt, wenn man Humor hat, und diese Arschgeigen lehnen mein Bild ab. Dabei musste ich zweieinhalb Stunden warten, bevor ich im Bürgerbüro drankam. Erst als sich der Kaffeeduft verflüchtigt hatte, wurde ich aufgerufen. Wahrscheinlich benützen Beamte deshalb keine Zellstoff-Taschentücher, weil da häufig ‚Tempo' draufsteht. Aber ich sollte nicht andere Leute schlecht machen. Obwohl einige von denen auch einen absoluten Klatsch haben. Die Flat Earth Society behauptet ja heute noch, dass die Erde eine Scheibe ist. Vielleicht sollte man die an den Rand dieser Scheibe stellen und einen kleinen Schubs geben. Allerdings glaube ich persönlich die Sache mit der Area fifty one. Mir kann immerhin keiner erzählen, dass wir im Weltraum die einzige intelligente Rasse sind.

Jetzt sollte ich aber endlich aufwachen!

Das Fernsehgerät stellte sich ab. Nach drei Stunden geschieht das automatisch. Habe ich so eingestellt, weil ich so oft beim Fernsehen einschlafe. In der einsetzenden Stille glaubten meine schläfrigen Ohren ein Geräusch in der Wohnung zu vernehmen. Blitzartig war ich wach. Warum nicht gleich so? Irgendetwas klapperte in meinem Flur. Jetzt hätte ich gern eine Keule gehabt, aber die große Taschenlampe würde es wohl auch tun. Ich riss die Wohnzimmertür auf und holte zum Schlag aus. Mein geplanter Schrei blieb mir im Hals stecken und die Taschenlampe fiel ungenutzt auf den Boden. Vor mir stand ein Alien, ein kleines grünes Männchen, etwa einen Meter fünfzig groß. Es legte seinen dünnen Finger an die schmalen Lippen, schloss seine großen, schwarzen Augen und machte: „Pssst!" Was dann passierte, ist mir im Nachhinein nicht so ganz klar. Mich armen Gebeutelten übermannte nämlich eine lähmende Ohnmacht.

Als ich wieder zu mir kam, bemerkte ich zwei Dinge gleichzeitig. Erstens ein nasses Handtuch auf meiner Stirn und zweitens das grüne, grinsende Gesicht des Aliens über meinem Kopf. Mein Selbsterhaltungstrieb katapultierte meine beiden Hände, so schnell wie es eben ging, an die Gurgel des Außerirdischen und ich drückte zu: „Was hast du mit mir gemacht? Wieso war ich ohnmächtig? Willst du mich umbringen? Was tust du überhaupt hier in meiner Wohnung?" Genauso schnell wie ich ihn gepackt hatte, entwand sich der Grüne meinem Griff. Er grinste, wie mir schien, ziemlich überheblich: „So viele Fragen auf einmal? Wie wäre es zunächst mit einer?" Ich richtete mich auf: „Woher kennst du unsere

Sprache?" Er setzte sich gelassen neben mich: „Das ist eine ziemlich dämliche Frage. Auf eurem Planeten werden etwa 6500 Sprachen gesprochen. Eingeteilt in fast 300 genetische Einheiten, 180 Sprachfamilien mit mehr als einer Sprache und 120 sogenannter isolierter Gebietssprachen. Glaubst du denn, ich kann wirklich alle dieser unterschiedlichen Sprachen sprechen? Ich bin froh, wenn ich eine einzige perfekt beherrsche. Deine Frage hätte also nicht sein dürfen: ‚Woher kennst du **unsere** Sprache‘, sondern hätte korrekterweise lauten müssen: ‚Woher kennst du **meine** Sprache‘. Begriffen?" So eine Zurechtweisung, dazu noch von einem kleinen, grünen Etwas, nervte mich gewaltig. Ich konnte nicht anders, richtete mich auf und schlug ihm mit der flachen Hand vor die Stirn: „Halt bloß die Fresse, du Klugscheißer! Du bist hier auf der Erde. Also verhalte dich auch so!" Er stand auf und brachte sein ungewöhnliches Gesicht ziemlich nahe an meins: „Ach so? Sollte ich vielleicht lieber eine Atombombe werfen? Das macht man doch so auf der Erde, oder?" Ich öffnete den Mund, sagte aber keinen Ton. Mir fehlten einfach die Argumente. Er bohrte nach: „Oder?" Trotzig wie ein kleines Kind sagte ich abwehrend: „Ich habe noch nie eine Bombe geworfen, und schon mal gar keine Atombombe". Der Grüne setzte sich wieder: „Langsam, langsam. Ich glaube, wir hatten keinen guten Start. Am besten, wir fangen nochmal von vorn an". Ich nickte automatisch, setzte mich ebenfalls und fragte versöhnlich: „Also, woher kommst du?" Er rieb sich einige Zeit an der Nase und antwortete dann leise: „Sei nicht sauer, aber ihr habt für meine Galaxie noch keinen Namen. Ist zu weit weg. So mehrere Milliarden Lichtjahre. Nicht mal eure besten Teleskope haben uns bisher entdeckt. Übrigens, was ich dir noch sagen wollte, du kannst deinen Alu-Helm ruhig abnehmen. Wenn ich tatsächlich in dein Gehirn gucken will, kann mich so ein bisschen Folie kaum abhalten. Zudem würde mir das Ganze kaum etwas bringen. Unsere Technik kann zwar die elektrischen Nervensignale in deiner Rübe lokalisieren, aber menschliche Signale können wir bisher leider noch nicht auswerten". Ich kratzte mich am Hinterkopf: „Und wie viele von euch sind hier auf der Erde?" Der Kerl gab so etwas Ähnliches wie ein Lachen von sich: „Natürlich nur ich allein. Was glaubst du denn wieviel Energie nötig ist, um Milliarden von Lichtjahren zu überwinden? Das geht nur mit einer ganz kleinen Rakete. Da hätten zwei von uns niemals Platz drin gehabt". Das leuchtete mir ein: „Und warum bist du gerade zu mir gekommen?" „Zufall. Ich bin in dem Wäldchen vor deinem Häuserblock gelandet und habe meine Rakete als Baum getarnt. Beinahe wäre ich auch noch aufgeflogen, weil so ein Blödmann vorbeigekommen ist, der Bäume umarmt. Aber der ist dann doch vorbei gegangen. Danach habe ich aus Forschungsgründen eine menschliche Wohnung gesucht, die ich eventuell besichtigen könnte. Und deine Tür war die einzige, die nicht abgeschlossen war". Während ich etwas dümmlich grinste, nahm ich mir innerlich vor, demnächst immer abzuschließen. Man weiß ja nie, was sonst noch für seltsame Wesen im Universum unterwegs sind. Meine Nachlässigkeit war mir ein klein wenig peinlich. Um mich davon abzulenken, ging ich an meinen

Wohnzimmerschrank und holte eine Flasche Gilka nebst zwei Gläsern: „Magst du einen?" Mein grüner Freund hielt den Kopf schief: „Was ist das?" „Ach", entgegnete ich, „das trinkt man hierzulande bei freudigen Ereignissen". Ich goss ein, und trank mein Glas aus. Er hatte mich genau beobachtet und tat Desgleichen. Was dann geschah, war für mich völlig unerwartet. Zunächst schien es ihm die Luft zu verschlagen, danach färbte sich sein gesamter Körper aschgrau und er röchelte wie ein sterbender Hirsch. Sein Kopf fiel vornüber und der gleichsam leblose Körper rutschte auf den Boden. Ich war wie vom Donner gerührt. Vielleicht war er ja nur ohnmächtig und käme gleich wieder zu sich. Oder möglicherweise schlief er nur? Ich hievte den Leblosen auf das Sofa und deckte ihn zu. Um mich zu beruhigen, trank ich noch einen oder zwei. Als die Flasche leer war, musste ich feststellen, dass mein Kumpel inzwischen schneeweiß geworden war und langsam zu zerfallen begann. Innerhalb einer Stunde lag nur noch ein Häufchen Staub auf meiner Couch. In meiner Not holte ich den Staubsauger. Eins war mir aber klar, wenn ich diese Geschichte jemanden erzählen würde, wäre mir die Klapsmühle sicher. In meinem Kopf arbeitete jemand mit einem Presslufthammer. Ich ließ mich in meinen Sessel fallen und schaltete den Fernseher ein, um mich abzulenken. Und wie immer, schlief ich vor dem Gerät ein. Ab und zu kämpfte ich wie gewöhnlich mit meinem Halbschlaf. Gegen drei Uhr morgens wurde ich wach. Ob dann der Wunsch der Vater des Gedankens war, wusste ich nicht so ganz genau, aber mir wurde schlagartig klar, dass ich das Ganze nur geträumt haben konnte. Also lebte ich beruhigt mein Leben weiter, bis, ja bis in der Zeitung stand, dass es zwei Forstarbeitern nicht gelungen sei, einen bestimmten Baum zu fällen. Angeblich sei er aus einem Stoff, den man auf der Erde bisher noch nie gefunden hätte. Und jetzt, nach meinem Zeitungsinterview, kann ich nur allen versichern, in der Psychiatrie lebt es sich absolut sorgenfrei.

Die Gutenachtgeschichte

Was? Ein Märchen? Nein, mein Mädchen, Märchen taugen nicht als Gutenachtgeschichte. Alle viel zu brutal. In der Erzählung von ‚Hänsel und Gretel' wird zum Beispiel eine alte Frau bei lebendigem Leibe in einem Backofen verbrannt, und im Märchen ‚Der Wacholderbaum' köpft eine Frau ihren Stiefsohn und kocht ihn anschließend. Was bitte? Schneewittchen? Das ist doch, wo die Frau freiwillig mit sieben Männern zusammenlebt und zur Strafe in den sauren Apfel beißen muss. Ich weiß, ich weiß! Der Apfel war vergiftet und nicht sauer. Ja doch, ich fange am Anfang an. Also, es war einmal ein alter Kaiser. Na gut, ein junger König. Und seine Frau saß am Kamin und strickte. OK, am Fenster und nähte. Da stach sie sich in den Finger und das Blut tropfte auf ihre Bluse. In den Schnee? Da kannst du mal sehen, wie unrealistisch Märchen sind. Wenn ich am Fenster sitze und etwas trinke, dann kleckere ich mir immer das Hemd voll, aber es spritzt nie etwas aus dem Fenster. Ja, ist schon gut. Die

Königin wünschte sich daraufhin ein rotes Kind mit schwarzen Augen und weißen Haaren. Stopp! Ich weiß schon, ein Kind mit weißer Haut, schwarzen Haaren und roten Lippen, namens Schneewittchen. Zufrieden? Also, bei der Geburt stirbt die Königin und der König nimmt sich eine neue Frau. Ja, ich war auch schon mal verheiratet, aber das gehört jetzt nicht hierher. Die Stiefmutter war eine ganz eitle Kuh, so mit Botox in den Lippen und Silikon in ... äh, Das erkläre ich dir später. Und sie hatte einen sprechenden Spiegel. Ich hau mich weg, einen sprechenden Spiegel. Wenn's wenigstens ein sprechender Papagei gewesen wäre, aber ... ist ja schon gut! Also, der Spiegel schleimte die Alte immer voll, von wegen sie würde Germany's next Topmodel, oder irgend so einen Scheiß. Ich hab nicht Scheiße gesagt. Und als Schneewittchen achtzehn war, sagte der Spiegel, dass die Kleine schöner wäre als ihre Stiefmutter. Und die alte Schachtel sagte zum Förster, ja gut, zum Jäger, er solle das Mädchen in den Wald bringen, abstechen und ihr Herz herausreißen. Ich habe es dir doch gleich gesagt, dass das alles viel zu brutal ist. Na, jedenfalls war der Jäger ein Weichei und ließ Schneewittchen laufen. Die machte sich auf ins Siebengebirge, und ... wer erzählt hier, du oder ich? Da fand sie eine kleine Hütte mit sieben kleinen Stühlen, Bettchen und Untertassen. Meinetwegen auch Tellerchen. Nachdem sie genascht hatte, legte sie sich quer über alle sieben Bettchen und schlief ein. Was ich? Ich bin natürlich auch müde nach dem Wandern. Quer im Bett? Das war nach der Betriebsfeier. Aber sag mal, was geht dich das eigentlich an? Also, als die Zwerge sie fanden, durfte sie bleiben, wenn sie den Männern den Haushalt führen würde. Ja, Mutti durfte auch bleiben. Aber wo Schneewittchen nachts geschlafen hat, wenn alle sieben Bettchen belegt waren, darüber hat sich nie einer den Kopf gemacht. Und der Spiegel, die alte Petze, hat der Königin verraten, wo Schneewittchen jetzt wohnte. Da hat sich die Alte verkleidet, ist zu dem Mädel hin und hat ihr einen vergifteten Kamm ins Haar gesteckt, und die Ärmste viel tot um. Ja, ja, das wäre bei meiner Frisur unmöglich. Die Zwerge haben den Kamm gefunden, herausgezogen und die Kleine war wieder lebendig. Sehr realistisch. Dann ist die Alte nochmal hin, hat ihr einen Gürtel um die Taille gelegt, und zugezogen. Statt sich zu freuen, dass sie jetzt schlanker wirkt, hat Schneewittchen nicht mehr geatmet. Aber den Gürtel haben die Zwerge abgemacht, und siehe da ... richtig, du hast es erkannt. Dann kam die böse Königin mit einem Apfel. Der war vergiftet. Womit? Was weiß ich, vielleicht Glyphosat. Nein, im Märchen braucht man keinen Giftpass. Dem Schneewittchen ist der Bissen im Halse stecken geblieben. Das haben die Zwerge dann doch nicht gefunden. Was bitte? Nein, ich glaube nicht, dass es damals schon Notärzte gegeben hat. Dann haben die Zwerge das Mädchen in einen gläsernen Sarg gelegt. Keine Ahnung, vielleicht konnte man sowas früher kaufen. Da hat sie ein Prinz gesehen, und die Zwerge mussten den Sarg zu seinem Schloss tragen. Ich denke mal, die Kerle waren ein bisschen ungeschickt. Diese Blödmänner sind nämlich mit dem Sarg gestolpert und das Apfelstück ist dadurch aus Schneewittchens Hals heraus gerutscht. Bitte was? Davon steht nichts im Märchen. Vielleicht war es ja auch Plexiglas, das splittert nicht. Der Prinz hat dann Schneewittchen geheiratet, dieser Dummkopf, und die böse Stiefmutter musste zur Strafe in glühenden Schuhen tanzen. Na sicher tut das weh. Und irgendwann sind ja dann die Füße auch komplett weggebrannt. Hör auf zu flennen. Ich hab's ja gleich gesagt, Märchen taugen nicht als Gutenachtgeschichte.

Drei Todesarten

Kommissar Riemer hatte es sich nicht nehmen lassen, einen Raubmörder höchstpersönlich zu verfolgen. Aber immer, wenn er einem Hinweis nachging, war der Kerl vor Kurzem dort verschwunden. Als der Kommissar den Mann endlich fassen konnte, hatte er seit dreiundvierzig Stunden nicht mehr geschlafen. Doch sein Chef, Hauptkommissar Hohlbach, drückte ihm sofort den nächsten Fall erbarmungslos aufs Auge. Und so betrat Riemer gähnend die Pathologie: „So einen Dicken hatten wir doch schon mal", sagte er schläfrig mit einem Blick auf den obduzierten Toten, welcher gerade von der Gerichtsmedizinerin zugenäht wurde. Frau Dr. Mertens, eine äußerst schlanke Frau, sozusagen ein Strich in der Landschaft, entgegnete schnippisch: „Das letzte Mal hatte der Verstorbene allerdings Drähte im Bauch und war nicht ganz so beleibt wie der jetzige. Ich glaube sogar, der hier ist fast so dick wie Sie". Riemer blickte etwas säuerlich: „Na, na! Ich bin gerade am Abnehmen. Mein Ziel ist, genau zehn Kilo abzumagern". Dr. Mertens schielte ihn aus den Augenwinkeln an: „Und wieviel genau fehlen Ihnen daran noch?" Der Kommissar schmunzelte: „Genau zwölf". Die Pathologin dozierte: „Aber Sie wissen schon, Adipositas kann andere Krankheiten nach sich ziehen. Hypertonie zum Beispiel oder Diabetes mellitus". Der Kommissar winkte ab: „In der Beziehung kann mir nichts weiter passieren. Das habe ich alles bereits seit Längerem. Aber auch extremes Untergewicht kann die Gesundheit bedrohen. Was sagen Sie zu dieser Tatsache?" Dr. Mertens äußerte nur: „Papperlapapp!", und Kommissar Riemer verlangte schmunzelnd: „Jetzt hätte ich aber gern die Todesursache und den Todeszeitpunkt gewusst!" Die Pathologin wirkte etwas unsicher, als sie sagte: „Also den Todeszeitpunkt würde ich auf gestern zwischen neunzehn und vierundzwanzig Uhr schätzen". Riemer kniff die Augen zusammen: „Fünf Stunden Differenz? Ist das nicht etwas viel? Und seit wann haben Sie sich aufs Schätzen verlegt?" Die Pathologin deckte schwungvoll ein Leichentuch über den Obduzierten: „Wegen der Todesursache. Ich habe eine ausreichende Dosis Tl_2SO_4 in dem Körper gefunden. Das wirkt langsam und auch bei jedem Menschen anders". Der Kommissar erwiderte gereizt: „Sie machen das wohl mit Absicht. Also los jetzt, was ist dieses Tl_2-Dingsbums?" Dr. Mertens konnte sich eines schwachen Grinsens nicht erwehren: „Das heißt Thallium-Sulfat und ist ein weißer geruchloser nicht brennbarer Feststoff. Früher auch Rodentizid genannt, heute umgangssprachlich Rattengift. Das sollten Sie doch noch von damals wissen, vom Fall

Schubert, als Sie angeschossen wurden". Instinktiv drückte Riemer die Hand auf den Bauch: „Erinnern Sie mich bloß nicht daran. Manchmal tut das heute noch weh und mein spezieller Freund Hohlbach wollte es gegen mich benutzen, um mich loszuwerden. Von wegen dienstuntauglich und so. Aber dem hab ich eins gehustet. Der Gutachter war nämlich auf meiner Seite". Dr. Mertens schob die abgedeckte Leiche in ein Kühlfach: „Laut seinen Papieren hieß der Tote Andreas Fichtleitner. Geboren am 1. März 1994 in Grundbeuren. Das wars, mehr kann ich Ihnen nicht sagen". Der Kommissar dankte und verließ nicht besonders begeistert, aber intensiv gähnend den gekachelten Raum. Langsam wurde es Zeit ins Bett zu kommen, sonst würde er tatsächlich noch dienstuntauglich werden. Er bestiegt sein Auto und fädelte das Gefährt langsam in den Verkehr der Hauptstraße ein. Nach ungefähr fünf Minuten schreckte er hoch. Sekundenschlaf. Der Wagen befand sich verdächtig nahe an der falschen Straßenseite. Aber sein Schutzengel bewahrte ihn vor Schlimmerem. Es kam zum Glück gerade keinerlei Gegenverkehr.

Als Riemers Diensthandy den klassischen Klingelton in die Welt orgelte, schreckte der Kommissar ruckartig hoch. Er saß kerzengerade im Bett und wusste für den Moment nicht, wo er sich befand. Erst glaubte er, es hätte an der Tür geklingelt, dann verdächtigte er den Wecker. Nach dem fünften Klingelton war er im Kopf soweit klar, dass er das Handy ans Ohr halten konnte. Sein Kollege Schimmler war am anderen Ende. Riemer wurde wütend:

„Bist du wahnsinnig? Es ist mitten in der Nacht. Du weißt schon, dass ich dich morgen mit meiner Dienstpistole erschießen werde. Nein, noch besser, mit deiner eigenen! Und anschließend werde ich dich auch noch vergiften". Kommissar Schimmler klang bedrückt: „Tut mir leid, aber es betrifft deinen Fall. Ich habe hier einen ziemlich toten Gerhard Fichtleitner, geboren am 1. März 1994 in Grundbeuren, mit zwei Kugeln in der Brust". Riemer wurde laut: „Und das hättest du mir nicht morgen früh in der Dienststelle sagen können? Hattest du Angst, der Kerl wird bis dahin wieder lebendig?" Nach einer kurzen Pause bekannte Schimmler: „Hohlbach hat mich angewiesen, dich aus dem Bett zu klingeln. Entschuldige!" Riemer legte wütend auf und knallte das Handy auf den Nachttisch: „Der Affenfresse Hohlbach drehe ich morgen das Genick um, und zwar so, dass er sich von hinten anschauen kann!" Danach versuchte er wieder einzuschlafen, aber wahrscheinlich war die Übermüdung daran schuld, dass er sich nur noch hin und her wälzte.

Am anderen Tag betrat Kommissar Riemer die Dienststelle mit Tränensäcken, in denen die gesamten Geschenke von zwei Weihnachtsmännern Platz gehabt hätten. Er riss die Bürotür seines Chefs auf und blickte in einen leeren Raum. Im gleichen Moment kam Kommissar Bärschneider aus der Nachbartür. Riemer packte ihn am Arm: „Wo ist Monkey Face?" Bärschneider machte sich los: „Der Alte? Der ist seit heute im Urlaub. Vierzehn Tage Toskana oder Tahiti oder Thailand oder was weiß ich". Dann ging er den Flur hinunter und ließ

Riemer mit offenem Mund stehen. Dieser knallte mit aller Wucht die Tür seines Chefs zu, in der Hoffnung, dass dabei etwas entzwei gehen würde. Aber das Ding war stabiler als gedacht.

In seinem Büro angekommen, versuchte Riemer erst gar nicht, wie sonst immer, seinen Hut auf den Garderobenständer zu schleudern, sondern warf ihn gleich auf den Boden. Nachdem er dann seinen Mantel lässig auf die Stuhllehne drapiert hatte, setzte er sich mit einem Seufzer und griff langsam zum Telefonhörer. In diesem Moment öffnete sich seine Bürotür und Kommissar-Anwärter Mehlmann trat ein. Er stammelte leise: „Also, na ja, äh, ich wollte … Ich wollte … äh". Riemer guckte genervt auf: „Na was denn nun?" Mehlmann riss sich zusammen: „Na ja, also es ist heute, also kaum mehr so Sitte, aber ich möchte Sie also doch in aller Form um die Hand Ihrer Tochter bitten!" Riemer ließ seinen Blick wieder zum Telefon sinken: „War ja klar. Aber am besten, mein Junge, nimmst du den Rest meiner Tochter auch noch. Mit einer Hand allein kann man nicht sehr viel anfangen. Und jetzt raus, ich habe zu arbeiten!" Mehlmann verließ leicht verdattert das Büro, während Riemer gereizt in den Hörer sprach: „Ich will die Fallakte Fichtleitner, aber die vom Gerhard! Die andere habe ich selbst".

„Papi, Papi, du bist eine Wucht!" Riemers Tochter wirbelte durchs Zimmer, gab ihrem Vater einen Kuss auf die Wange und war im Handumdrehen aus der Tür. Ein Vater kann seiner Tochter halt nichts abschlagen, selbst dann, wenn es um bestimmte Hochzeitsgäste geht. Der

Kommissar hatte sich die Akten mit nach Hause genommen, um ungestört arbeiten zu können. Nachdem Mehlmann allen in der Dienststelle lang und breit von der bevorstehenden Hochzeit erzählt hatte, war kein normales Arbeiten mehr möglich. Alle fünf Minuten kam einer zum Gratulieren. Also holte sich Riemer eine Flasche Wein, machte es sich auf seiner Couch bequem, zog die Leselampe heran und vertiefte sich in die Arbeit. Zwischendurch murmelte er vor sich hin: „Sieh an, sieh an! Der Gerhard war also genauso fett". Dann stieß er auf das Geburtsdatum: „Zwillinge! Da brat mir doch einer einen Storch, und die Beine recht knusprig. Dieser Fall ist ja wohl eine Zusammenfassung meiner früheren Fälle. Erst gibt es einen dicken Mann, dann ist Rattengift im Spiel und jetzt handelt es sich auch noch um Mehrlingsgeburten. Fehlt bloß noch, dass irgendein Opfer mit einer Armbrust oder einer Harpune erschossen wird!" Kaum hatte er das ausgesprochen, klingelte sein Handy. Sein Kollege Straubinger teilte ihm mit, dass er gerade neben einem dicken Toten stehen würde, welchem ein langer, blutiger Pfeil aus der Brust ragte. Und laut Ausweis hieß diese Leiche Roland Fichtleitner. Riemer legte auf und stellte die Weinflasche beiseite. Er brauchte jetzt etwas Stärkeres. Die Flasche Doppelkorn aus der Speisekammer war garantiert dafür das Richtige.

Die Kollegen saßen alle bereits am Konferenztisch, als Kommissar Riemer den Raum betrat: „Leute, ich habe so ein gewisses Bauchgefühl". Schimmler frotzelte: „Kein Wunder bei dem Bauch. Du wirst halt Hunger haben".

Riemer setzte sich: „Ich bin überzeugt, es gibt noch einen vierten Fichtleitner. Vor Jahren hatten wir auch mal so einen Fall. Da waren es erst Zwillinge, dann Drillinge und dann kam noch eine vierte Frau dazu. Stimmts Schimmler?" Mehlmann nickte eifrig: „Stimmt, das habe ich gelesen". Schimmler knuffte ihn in die Seite. „He, er hat Schimmler gesagt und nicht Mehlmann. Du brauchst nicht zu versuchen dich einzukratzen, bloß weil du seine Tochter heiraten willst!" Riemer fuhr fort: „Bärschneider, du informierst dich beim Standesamt Grundbeuren, ob es einen vierten Fichtleitner gibt, und auch wo der zurzeit wohnt!" Kommissar Bärschneider klang etwas verschnupft: „Seit wann gibst du hier die Befehle?" Ungerührt antwortete Riemer: „Seit Hohlbach nicht da ist und ich damit der Dienstälteste bin. So, und jetzt eine generelle Frage: Wurden die Fingerabdrücke der drei toten Fichtleitners überprüft?" Straubinger schüttelte leicht den Kopf: „Nö! Soweit ich weiß nicht. Schließlich hatten alle drei einen Personalausweis bei sich". „Also gut", sagte Riemer, „du vergleichst die Fingerabdrücke mit unserer Datenbank!" Mehlmann stand auf: „Und was mache ich?" Kommissar Riemer erhob sich ebenfalls: „Du gehst nach Hause und denkst intensiv darüber nach, ob du auch wirklich mein Schwiegersohn werden willst!"

Die Telefonate von Bärschneider und Straubinger trafen kurz nacheinander ein. Kommissar Bärschneider teilte mit, dass in Grundbeuren nie irgendjemand mit dem Namen Fichtleitner geboren wurde, weder Drillinge noch Vierlinge noch eine Einzelperson. Und Straubinger hatte herausgefunden, dass die Fingerabdrücke zu den Gebrüdern Ramozza gehörten. Das waren Vierlinge, die vor zwanzig Jahren verdächtigt wurden, einen Raubüberfall mit einer Beute von drei Millionen begangen zu haben. Man hatte ihnen aber bis heute das Verbrechen nicht nachweisen können, und entsprechend § 78 Abs. 3 Nr. 2 StGB würde die Tat genau in drei Tagen der Verjährung anheimfallen.

Am Abend hatte es sich Riemer wie üblich bequem gemacht. Er lümmelte auf seiner leicht abgewetzten, aber heißgeliebten Couch und trank ein Glas Cabernet Sauvignon, als das Telefon klingelte. Es war seine Tochter: „Papi, ich weiß, dass du nicht mehr mit Mami sprichst, aber sie hat mich gerade angerufen. Sie möchte, dass ihr beide gemeinsam meine Hochzeit finanziert. Was sagst du?" Riemer stutzte kurz, dann sprang er auf: „Na klar, es geht um Geld! Natürlich! Ich wusste, das mit den drei Tagen Verjährung konnte kein Zufall sein. Es geht um die Beute. Ist doch logisch. Das hätte mir auch früher einfallen können!" Seine Tochter fragte stockend: „Paps, geht es dir gut?" Riemer setzte sich wieder: „Ausgezeichnet mein Schatz, ausgezeichnet! Und sag deiner Mutter, es geht klar!"

Drei Tage später trat Kommissar Riemer in der Sparkasse Grundbeuren nervös von einem Bein auf das andere. Eine halbe Stunde nach Öffnung betrat ein korpulenter Herr die Eingangshalle. Riemer erkannte das Gesicht sofort. Der Mann begab sich an einen der Auszahlungs-

Schalter und begehrte ein zwanzig Jahre altes Konto aufzulösen. Riemer winkte nur kurz mit der Hand, und zwei Beamte in Zivil legten dem Verdutzten Handschellen an, während Riemer ihm seine Rechte verlas.

Es bedurfte ziemlich genau acht Stunden Zeit, fünf Dosen Cola und zwei Liter Schweiß, dann gab der Mann zu, dass er seine drei Brüder aus Geldgier ermordet hatte. Um die Polizei irrezuleiten, hatte er das mittels Gifts, einer Pistole und einem Sportbogen bewerkstelligt. Man sollte glauben, es wären verschiedene Täter gewesen. Erschöpft ließ Riemer den Mann abführen. Heute Abend würde er den Erfolg mit einem saftigen Steak feiern. Sollte doch abnehmen, wer da will.

Als Hauptkommissar Hohlbach aus dem Urlaub zurück war, fand er auf seinem Schreibtisch einen Brief, in welchem er gebeten wurde, Kommissar Riemer wegen hervorragender Leistung zu belobigen. Nicht nur, weil dieser in kürzester Frist den Mord an drei Brüdern aufklären konnte, sondern auch einen zwanzig Jahre alten Fall zum Abschluss gebracht hatte. Hohlbach lief grün an, begab sich sofort zu seinem Hausarzt und war weitere vierzehn Tage nicht mehr in der Dienststelle zu sehen.

Pech

Früher war ein Scheißtag einfach nur ein Scheißtag. Gott sei Dank ging so ein Tag auch irgendwann mal vorbei. Und heute? Heute habe ich das Gefühl, wenn es dicke kommt, dann aber so richtig. Es hört auch nicht so schnell wieder auf. In meinem Fall kommt noch dazu, dass ich das riesen Pech hatte, in einer armen Familie aufzuwachsen, aber nicht unbedingt ein Freund der Arbeit zu sein. Anderen Arbeitsscheuen wurde Zucker und Honigmilch in den Hintern geblasen, ich hingegen sollte von früh bis spät malochen. Das empfand ich zu Recht als Unrecht. Und dann kam auch noch solch ein Tag, wie dieser.

Als ich mich am Morgen aus dem Bett gewälzt hatte, fand ich auf dem Küchentisch einen Brief von Tanja. Sie teilte mir in Schönschrift mit, dass sie mich verlassen hätte. Na prima. Aber damit nicht genug. Etwas später musste ich feststellen, dass sie freundlicherweise meinen geliebten Laptop ebenfalls überredet hatte, mich zu verlassen. Das wollte ich dann, trotz meiner sprichwörtlichen Großmut, nicht auch noch akzeptieren. Also machte ich mich auf den Weg zu ihrer Wohnung. Dort begrüßte mich ein ungefähr zwei Meter großer Kickboxer. Mit Handschlag. Auf den Kopf. Und das auch gleich mehrmals. Dann bestätigte er lauthals meine leise Vermutung, dass er nun Tanjas neuer Freund sei.

Mist! Alle Eiswürfel aus dem Gefrierfach meines kleinen Kühlschranks sind alle, jedoch noch nicht alle Beulen an meinem Kopf sind gekühlt. Die Welt ist einfach ungerecht. Na gut, dann saufe ich mir halt einen riesen Rausch an. Verdammt, Bier ist auch alle. Also ab in den Supermarkt. Die haben dort neben Bier auch abgepackte Beutel mit schön kalten Eiswürfeln in der Tiefkühltruhe.

Sicherheitshalber legte ich mir auch noch eine Flasche Wodka mit in den Einkaufswagen. Man weiß ja vorher nie ganz genau, wie lange so ein Sixpack Bier reicht. Als ich an der Kasse in meine Hosentasche griff, lief es mir eiskalt über den Rücken, die Geldbörse war nicht da. Ich bin mir aber sicher, das Ding zuhause eingesteckt zu haben. Wieso schauen mich alle an, als wäre ich ein Dieb? Wenn ich wirklich hätte stehlen wollen, wäre ich wohl kaum hier an der Kasse, ihr Pappnasen, ihr blöden. Na prima, jetzt muss ich alles bei der Kassiererin stehen lassen und mein Ruf ist auch noch im Eimer. Meine Nachbarin, die Frau Grünert, stand in der Schlange und hat dummerweise mein Dilemma miterleben können. Die wird das gleich brühwarm im Haus herumerzählen, die alte Klatschbase. Natürlich habe ich behauptet, gleich Geld vom Automaten zu holen. Weiß ja keiner, dass auf meinem Konto nur noch Zwieback-Staub ist.

Zum Glück habe ich seit dem letzten Verlust meiner Brieftasche meinen Ausweis und die Fahrerlaubnis in einem Extra-Etui verwahrt. Aber Kohle, Mäuse, Moos, Zaster? Fehlanzeige! Zwar habe ich noch einiges zum Futtern im Kühlschrank, aber der Mensch lebt ja bekanntermaßen nicht vom Brot allein. Und Geld gibt es halt erst wieder am Monatsende. Am besten wäre es, wenn ich irgendwie krank, behindert oder steinalt wäre. Da könnte man den ganzen Tag im Pflegeheim vor sich hindösen oder fernsehen, oder einfach nur essen und schlafen. Oder man müsste …, ja man müsste einfach eine Bank überfallen. Oder einen Geldtransport. Wie das geht, sieht man doch oft genug in Filmen. Was ich allerdings unbedingt dazu noch brauchen würde, war eine Waffe. Angeblich bekommt man so etwas im Darknet. Aber, zum Teufel, was ist eigentlich das Darknet und wie kommt man da hinein? Ich klimperte stundenlang auf meinem Computer herum, aber ohne den geringsten Erfolg. Wahrscheinlich würde ich mich doch an meinen ungeliebten Cousin wenden müssen. Dieser brutale Mensch hat mich als Kind immer gehänselt. Aber er hat später auch ein paar Jahre hinter schwedischen Gardinen gesessen. Da dürfte er doch wohl ein paar nützliche Beziehungen haben. Oder zumindest jemanden kennen, der Beziehungen hat.

Es war gegen zwanzig Uhr, als ich mein Auto vor dem Haus meines Vetters ausrollen ließ. Natürlich regnete es in Strömen. Als ich ausstieg versank mein linker Fuß bis zum Knöchel in einer riesigen Pfütze. Musste ja so sein, schließlich hatte ich neue Schuhe an. Als ich, wie frisch gebadet, an der Haustür ankam und klingelte, passierte erstmal gar nichts. Dann bemerkte ich, wie von innen jemand durch den Türspion lugte. Kurz darauf flog die Tür auf, eine derbe Hand packte mich und zog mich derart schwungvoll ins Haus, dass meine nassen Schuhe wegrutschten und ich mit einem Schmerzenslaut auf dem Gesäß landete. Als ich mich mit schiefem Gesicht aufgerappelt hatte, grinste mein Cousin: „Da tut dir der Arsch weh, was?" Ich putzte mich notdürftig ab, und fragte mit erhobener Stimme: „Sag mal, spinnst du?" Er zog mich am Arm in seine Wohnstube, drückte mich in einen Sessel, angelte aus seiner Hausbar zwei Nosing-Gläser und eine Flasche Scotch, goss beide Gläser ziemlich voll und prostete mir zu. Ich schüttelte den Kopf: „Bin mit dem Auto da". „Auch gut", meinte er, „bleibt mehr für mich!" Dann trank er auch noch das zweite Glas aus. Ich an seiner Stelle wäre jetzt wohl schon enorm fröhlich gewesen. Zwar trinke ich hin und wieder auch ganz gern Alkohol, vertrug aber nicht sehr viel von dem Zeug. „Und", fragte er grienend, „was willst du hier? Dich wieder verspotten lassen?" Ich winkte nervös ab: „Ich brauch was. Und zwar was Illegales". Verblüfft ließ sich mein Vetter in den gegenüberliegenden Sessel plumpsen: „Du? Gerade du? Und was bitte?" Ich lehnte mich etwas vor: „Eine Wumme. Ich brauche eine Wumme!" Eine geraume Weile verstummte mein teurer Verwandter. Dann sagte er leise: „Überleg dir das nochmal! Ich bitte dich! Ich bitte dich eindringlich!" Kopfschüttelnd stand ich auf: „Das habe ich mir schon gut überlegt. Und auch lange genug". Mein Cousin schälte sich aus seinem Sessel, kratzte sich an der Nase und sagte fast flüsternd: „Komm morgen wieder, um die gleiche Zeit!" Dann geleitete er mich wortlos hinaus. Irgendwie hatte ich dabei ein mulmiges Gefühl. Mein Gefühl sollte recht behalten.

Als ich am nächsten Tag wieder bei meinem Cousin ankam, regnete es ausnahmsweise nicht. Dafür blieb ich mit der Spitze meines rechten Schuhs an der Bordsteinkante vor seinem Haus hängen und schabte die obere Schicht des Leders ab. Klasse! Jetzt durfte ich mir auch noch ein Paar neue Schuhe kaufen. Wie heißt doch der berühmte Satz: ‚Erst hat man kein Glück und dann kommt auch noch Pech dazu'. Als ich klingelte, öffnete ein fremder Mann: „Kommen Sie wegen der Wumme?", fragte er mit steinernem Gesicht. Als ich bejahte, zog er mich ins Haus, drehte mich blitzschnell um und legte mir Handschellen an. Im Halbdunkel des Flurs erkannte ich meinen Cousin. Er zuckte nur kurz mit den Schultern: „Ich habe versucht dich von deinem Vorhaben abzubringen. Aber du wolltest ja nicht hören. Du musst wissen, seit meiner Entlassung aus dem Knast arbeite ich für die Bullen. Tut mir leid!" Sprachs und verschwand in seinem Wohnzimmer. Kurz darauf gesellte sich noch so ein freundlicher Herr zu uns, der mich am Oberarm packte, als hätte er eine Hand aus Stahl wie der Terminator. Ich argwöhnte, dass mein restlicher Arm bestimmt die nächsten zehn Stunden nicht mehr durchblutet werden würde. Dann schleppten mich die beiden Blödmänner unter meinem heftigen Protest in einen Streifenwagen. Was ich gerufen habe, weiß ich nicht mehr so genau. Aber es reichte für eine Anklage wegen Beamtenbeleidigung. Allerdings ist das eine völlig andere Geschichte, die mit einer Geldstrafe ausging. Wahrscheinlich, weil ich arme Sau ja über wahnsinnig gewaltige Geldmengen verfügte. Gnädiger Weise räumte man mir dann nach der Prüfung meiner

Konten eine Ratenzahlung ein. Da können die jetzt also raten, wann ich bezahle. Aber nun zurück zu meiner Festnahme.

Das Gebäude wirkte durch seine riesige Glasfront ziemlich modern. Die Eingangstür öffnete sich automatisch und ich fand mich in einem Verhörraum wieder, dessen großer Spiegel mein dummes Gesicht mit all seinen Falten hervorragend zurückgab. Ein unsympathischer Typ mit einem gelblichen Schnauzbart saß mir gegenüber und fragte gepresst: „Was wollten Sie mit der Pistole?" Ich gab den Unwissenden: „Was für eine Pistole? Mir ist nichts von einer Pistole bekannt". Der Typ strich sich mehrmals über seinen geschmacklosen Bart. Mir ging durch den Kopf, dass er wahrscheinlich ein sehr starker Raucher sein würde. Wie sonst hätten diese Fusseln auf seiner Oberlippe eine derart gelbe Färbung angenommen. Er lehnte sich zurück: „Sie wollten doch bei Ihrem Cousin eine Pistole kaufen. Leugnen Sie nicht, wir haben das auf Tonband!" Ich griente: „Da bin ich aber gespannt. Spielen Sie mir die Aufnahme doch mal vor!" Er holte so ein kleines Diktiergerät aus der Tasche und schaltete es ein. Es war meine Stimme zu vernehmen, mit der ich eine ‚Wumme' verlangte. Mein Gegenüber grinste jetzt ebenfalls: „Na bitte, da haben Sie es selbst gehört". Ich hob die Schultern: „Tut mir leid! Ich habe nichts von einer Pistole gehört. Ich wollte doch nur eine Wumme, wissen Sie, so eine schöne dicke Prostituierte. Eben eine richtige

Prachtwumme. Ich stehe nun mal auf Füllige. Und mein Vetter kennt meines Wissens einige davon". Der Typ lief rot an: „Und ich bin wohl blöd, oder was?" Ganz ruhig konterte ich: „Das haben Sie jetzt aber selbst gesagt. Ich würde nie einen Kriminaler blöd nennen". Im selben Augenblick klopfte irgendwer von der anderen Seite an den Spiegel. Schnaubend stand mein Gegenüber auf und verließ den Raum. Kurz darauf trat ein anderer Herr ein, der mir schon wesentlich sympathischer vorkam: „Sie dürfen gehen. Es handelt sich hier offenbar um ein Missverständnis". Durch diesen Satz wurde mir der Kerl noch sympathischer. Er wies mir noch kurz den Weg zum Ausgang und verschwand in einem Fahrstuhl. Meine Gedanken kreisten um die Tatsache, dass ich immer noch kein Geld aufgetrieben hatte. Meine allerletzten Euros lagerten in der Kaffeedose in meiner Küche. Sozusagen meine eiserne Reserve. Mit diesen trüben Betrachtungen und hängendem Kopf trottete ich auf die automatische Glastür zu. Sagen wir mal so: Wenn eine automatische Tür einen technischen Defekt erleidet, dann garantiert in dem Moment, in dem ich hindurch gehen möchte. Und es kommt ja auch nicht alle Tage vor, dass einem gleichzeitig sieben Polizisten ein Taschentuch reichen, um das Nasenbluten zu stillen.

Auf dem Nachhauseweg hatte ich das unbestimmte Gefühl, als ob mich jemand verfolgen würde. Und mein Gefühl sollte auch jetzt wieder einmal recht behalten.

Nun musste ich noch einen Plan entwickeln, wann und wo mein Überfall das meiste Geld bringen würde. Ich überwachte einige Tage die Bankfiliale unseres Ortes und konnte feststellen, dass immer freitags am späten Nachmittag Geldsäcke in einen Geldtransporter verladen wurden, und dass dies immer nur von einem einzelnen Mann bewerkstelligt wurde, da der Fahrer stets dabei ein Nickerchen in seiner Fahrerkabine veranstaltete. Also würde ich, sobald ich über eine Waffe verfügen würde, an einem Freitag zuschlagen.

Als es an meiner Tür klingelte, stand da ein Kerl, den man seines Aussehens wegen eher unter eine Brücke verortet hätte. Jedenfalls roch er auch so. Er blickte sich mehrmals ängstlich um, bevor er sagte: „Ein Vöglein hat mir gezwitschert, dass Sie eine Wumme suchen. Ich brauch dringend etwas Geld und hätte da so einen Revolver. Der stammt noch von meinem Opa aus Amerika. Ist ein Erbstück. Aber ich habe nur noch fünf Patronen dafür. Würde das reichen?" In meinem Kopf stritten sich zwei Gedanken miteinander. Der eine besagte, dass es sich hier garantiert um eine Falle handelte, der andere, dass dies meine Gelegenheit wäre zu einer Waffe zu kommen, die keiner zurückverfolgen könnte. Nach einer Weile siegte der zweite Gedanke: „Wieviel?" Nachdem ich die nun wirklich letzten Groschen aus meiner Kaffeedose zusammengekratzt hatte, brachte ich mein neues Schätzchen in die Küche, holte mir noch ein Fläschchen

Nähmaschinenöl und einen Lappen, reinigte das altertümliche Teil und schob die Patronen in die Waffe. Als ich danach die Trommel mit gekonntem Schwung der rechten Hand einschnappen ließ, klemmte ich mir prompt daran den Zeigefinger ein. Und da ich nun nicht mal mehr über einen einzigen Cent verfügte, musste es wohl oder übel der Freitag dieser Woche sein, an dem ich meinen Plan durchzuführen hätte.

Als der Transporter vorfuhr, drückte ich mich in den Halbschatten der gegenüberliegenden Wand. Ich wartete ab, bis der Mann von der Security den dritten Geldsack in den Laderaum warf und mir dabei den Rücken zuwendete. Dann holte ich den Revolver hervor, sprang hinter den Mann und brüllte: „Hände hoch!" Der Mensch drehte sich ungerührt um und sagte: „Na dann schieß doch!" Entsetzt stellte ich fest, dass ich den Mann kannte. Er hatte mir die Waffe verkauft. Der Kerl grinste breit: „Glaubst du, wir haben nicht gespannt, dass du uns tagelang ausspioniert hast?" In meiner Not fiel mir nichts Besseres ein, als abzudrücken. Es machte kurz ‚klick', aber es löste sich kein Schuss. Gleichzeitig hörte ich hinter mir ein Geräusch. Es war der Fahrer, den ich Trottel schlafend wähnte. Er schwang einen Baseballschläger aus Aluminium, und bevor ich ausweichen konnte, gingen mir die Lichter aus.

Ich erwachte in einer großen, schmutzigen Lagerhalle. Neben mir stand der Geldtransporter mit geöffneten Türen, jedoch verdächtig leer. Nachdem ich die drei Eisentore der Halle überprüft hatte, stand unumstößlich fest, die Mistkerle hatten mich hier eingesperrt. Die Fenster waren zu hoch, um sie zu erreichen. Es sei denn, man würde den Transporter ganz nahe an die Wand heranfahren und dann auf das Fahrzeug hinaufklettern. Stolz beglückwünschte ich mich zu dieser genialen Idee und stieg in den Wagen. Kaum saß ich hinter dem Lenkrad, als draußen Polizeisirenen ertönten, ein Tor aufgestoßen wurde und mehrere vermummte Polizisten mit der Waffe im Anschlag auf mich zu rannten. Also landete ich wieder in dem Gebäude mit der modernen Glasfront, wo mir natürlich keine Sau glaubte, dass ich das gestohlene Geld wirklich nicht hatte, sondern die zwei von der Sicherheitsfirma.

Alles in allem hatte ich erreicht, was ich eigentlich wollte. Ein geregeltes Leben, drei warme Mahlzeiten, abends Fernsehen oder einfach nur vor sich hindösen. Allerdings war meine Zelle mit neun Quadratmetern etwas klein. Aber was solls. Man kann sich hier freiwillig zum Arbeiten melden, aber ich habe noch nie im Leben zu irgendwelchen Freiwilligen gehört.
Nach knapp einem Monat hat dann die Polizei die zwei Wachmänner geschnappt, weil sie mit den registrierten Scheinen großzügig eingekauft hatten. Und da diese

beiden Trottel die Tat auch zugaben, wurde ich daraufhin aus dem Gefängnis entlassen. Daran kann man es mal wieder deutlich sehen, ich habe halt im Leben immer und immer wieder nur Pech.

Zirkus

Ernesto Wolkner stammte aus einer traditionsreichen Familie von Schaustellern aller Couleur und war der Prinzipal des kleinen Zirkus ,Cloudini'. Er führte das Unternehmen mit Herzblut und verzichtete seinerseits hier und da auf eine Gage, wenn die Geschäfte wieder einmal nicht so richtig liefen. Immer hatte er ein offenes Ohr für die Probleme seines Ensembles und begeisterte seinerseits als eloquenter Zirkusdirektor sowie als Pferdedompteur alle seiner geliebten Zuschauer. Obwohl er einen deutschen Pass besaß, eröffnete er stets die Vorstellungen mit den Worten: "Señoras y señores, bienvenidos!" Sein Sohn Pedro war die sogenannte Zugnummer des Programms. Er arbeitete äußerst gekonnt an einer vier Meter hohen Pole-Stange. Bei der sogenannten ,Fahne', bei welcher sich der Künstler beidhändig von der Stange waagerecht wegdrückt, bewegte er seinen Körper zusätzlich wellenförmig, um so noch besser einer tatsächlichen Fahne zu ähneln. Zum Schluss vollführte er einen Handstand auf dem oberen Ende der Stange, der darin gipfelte, dass er lediglich mit dem Zeigefinger der rechten Hand, welchen er in eine kleine Metallröhre steckte, seinen ganzen Körper nach oben stemmte.

Der kleine Zirkus zog von Frühling bis Herbst von einer Stadt zur anderen, jedoch die Zuschauerplätze waren selten gut gefüllt. Ernesto verzichtete immer häufiger auf seine Gage und irgendwann konnte seine Frau das alles nicht mehr verkraften. Sie erlag schließlich einer Überdosis Schlaftabletten. Dadurch wurde nun leider nicht nur Ernesto seiner großen Liebe beraubt, sondern der Zirkus verlor außerdem auch noch seinen Clown.

Die Probleme wurden noch größer, als sich der Dompteur des einzigen Tigers und die Verlobte des Feuerschluckers ineinander verliebten. Eines Nachts öffnete sich wie von Zauberhand der Käfig des Raubtieres und die neugierige Großkatze besuchte hörbar schnaubend den Kuhstall des in der Nähe gelegenen Bauernhofes. Die herbei gerufene Polizei war mit der Situation ein wenig überfordert und erschoss kurzerhand das Tier, ohne über Alternativen nachzudenken. Somit fehlte nun eine weitere Attraktion in dem ohnehin schon gebeutelten Programm. Außerdem war dadurch der Dompteur nicht nur seines geschätzten Tieres beraubt, sondern auch seiner Arbeitsgrundlage. Er gab sich aus Verzweiflung dem Alkohol hin, und als er sein letztes Geld versoffen hatte, verschwand er eines nachts ganz still und heimlich. Keiner der Kollegen wusste wohin. Der Feuerschlucker wars zufrieden.

Auf dem Weg zum Winterquartier hatten die technischen Kräfte aus Unachtsamkeit, oder vielleicht auch aus Motivationsmangel, die wenigen Habseligkeiten des kleinen

Zirkus falsch verladen, und der LKW blieb unter einer Brücke hängen. Das Zelt bestand daraufhin nur noch aus Trümmern und das Unternehmen ‚Cloudini' war somit endgültig tot.

Der Feuerschlucker kam in einem Varieté unter und Pedro folgte letztlich der Anfrage eines namhaften französischen Zirkus. Ernesto selbst blieb nichts weiter übrig, als die Bestuhlung sowie die zwei hungrigen Pferde für einen geringen Erlös unter Tränen zu verkaufen.

Er verteilte das Geld unter der restlichen Truppe, entließ schweren Herzens alle noch verbliebenen Mitarbeiter und meldete sich als Arbeitssuchender beim Arbeitsamt seiner Geburtsstad, in der jetzt mit Erlaubnis des Bürgermeisters sein Wohnwagen stand. Allerdings machte man ihm keinerlei Hoffnung, dass er in seinem Alter nochmals eine Arbeitsstelle finden würde. So vergingen knapp drei unerträgliche Wochen. Eines Samstags stand Ernesto morgens auf, rasierte sich besonders gründlich, brachte seine Frisur in Ordnung, zog seine beste Livree an, setzte den steifen Zylinderhut auf, nahm die Wäscheleine unter der Sitzbank hervor und ging in den Wald, um seinem sinnlosen Leben für immer ein Ende zu machen. Er fand auch einen Ast, der ihm stabil genug erschien und legte sich die tödliche Schlinge zitternd um den Hals. Kurz bevor er sein Leben endgültig aushauchte, erschien plötzlich eine engelsgleiche Fee mit großen, schneeweißen Flügeln. Sie umarmte den Todeswilligen, befreite ihn von dem Strick und flog mit ihm hoch hinauf in die Wolken. Nach einiger Zeit erschien es Ernesto, als höre er Musik. Er traute seinen Ohren kaum, aber es war tatsächlich der ‚Zirkus-Renz-Galopp‘, der auch immer im ‚Cloudini‘ zur Eröffnung gespielt worden war. Auf einmal erschien vor ihm ein großes Zirkuszelt, das blinkte und funkelte, als wäre es mit tausenden von Lichtern bestückt. Die Fee schob ihn schmunzelnd durch den Eingang. Da stand seine Frau und breitete ihre Arme aus. Er ging auf sie zu und sie sagte: „Es wird aber auch allmählich Zeit. Die Vorstellung beginnt. Du musst doch deine Zuschauer begrüßen!“ Und Ernesto schritt in die Mitte der Manege, zog elegant den Zylinder vom Kopfe, verbeugte sich und sagte voll Inbrunst: "Señoras y señores, bienvenidos!"

Am Montag entdeckte eine Spaziergängerin den im Wind baumelnden Toten. Er lächelte.

Ehebruch?

Zugegeben, gelegentlich trinke ich mir auch mal einen kleinen Schwips an. Bisher war es aber noch nie vorgekommen, dass ich zwei Tage hintereinander dem Alkohol frönte. Wie es zu dieser Ausnahme kam, möchte ich Ihnen gern an dieser Stelle erzählen.

Es war ein schöner warmer Donnerstagmorgen. Die Luft fühlte sich an wie Samt und ich überlegte, ob ich überhaupt ins Büro gehen sollte. Aber Tradition ist nun mal Tradition. Außerdem hatte ich eine neue Flasche Bourbon in meiner Jackentasche. Gestern hatte die alte Buddel ihren Rest geopfert und Bekanntschaft mit dem

Glascontainer gemacht. Ich hatte beim Einkauf bemerkt, dass der Hersteller ein neues Etikett verwendete. Es war jetzt übersichtlicher, aber das alte war meiner Meinung nach irgendwie ansprechender gewesen. Der Mensch ist halt ein Gewohnheitstier, wie der Volksmund sagt.

Im Büro angekommen goss ich mir zwei Fingerbreit Bourbon ein und versteckte die Flasche wie üblich hinter dem dicken Wälzer im Buchregal. Dabei löste sich das Etikett großflächig ab. Jemand sollte dem Hersteller mitteilen, dass der neue Kleber nichts taugt. Kaum hatte ich mich gesetzt, als sich die Bürotür öffnete. Ein Mann mittleren Alters betrat zögernd den Raum. Seine braune Kordhose war verhältnismäßig verschlissen, sein rotkariertes Holzfällerhemd fleckig und die dunkelblaue Windjacke ziemlich zerknittert. Er blickte mir starr in die Augen und fragte mit erstaunlich tiefer Stimme: „Bin ich hier richtig bei Bär und Bär?" Ich lehnte mich langsam zurück: „Wenn Sie die Schrift auf der Glastür gelesen hätten, wüssten Sie, dass hier die Detektei ‚Baer und Behr' ist, und vor allem, dass ich erst in einer Stunde öffne". Er zog sich den Besucherstuhl heran, setzte sich ungefragt und sagte ungerührt: „Ich kann nicht lesen. Analphabet. Seit Kindesbeinen an. Hab auch keine Lust, irgendwann lesen und schreiben zu lernen. Sie können sich also in dieser Beziehung jeglichen guten Rat sparen. Wissen Sie, meine Großeltern konnten nicht lesen, meine Eltern auch nicht, und wahrscheinlich auch meine Urgroßeltern ebenfalls nicht. Weiß ich aber nicht so genau, denn es ist nichts Schriftliches überliefert". Ich musste schmunzeln. Humor hatte der Kerl wenigstens: „Und was genau wollen Sie jetzt von mir?" Er räusperte sich: „Übernehmen Sie auch Ehebruch?" Lachend sagte ich: „Meinen Sie, ob ich dann und wann untreue Ehepartner ausspioniere? Natürlich! Das macht übrigens mehr als die Hälfte meiner Geschäfte aus. Davon lebe ich quasi". Er nickte zufrieden: „Dann komme ich in einer Stunde wieder, wenn Sie geöffnet haben". Ich winkte ab: „Da Sie nun schon mal da sind, dann bleiben Sie auch da. Also, ich soll Ihre Frau observieren". Er verzog das Gesicht: „Was wollen Sie?" „Na, ihre Frau beobachten, verfolgen, ausspionieren". Der Kerl guckte, als hätte ich ihn aufgefordert zwei fünfstellige Zahlen im Kopf zu multiplizieren: „Wie kommen Sie denn da drauf?" Jetzt war es an mir, ein dummes Gesicht zu ziehen: „Und was wollen Sie dann genau?" Er zeigte auf meinen Bourbon: „Kann ich auch einen …" Ich angelte wortlos ein zweites Glas aus meinem Schreibtisch und goss ihm auch etwas Bourbon ein. Nachdem er getrunken hatte, schüttelte er sich, wischte sich umständlich den Mund mit einem geblümten Taschentuch ab und sagte: „Sie müssten den Mann meiner Nachbarin überwachen!" Das war dann auch für mich etwas ungewöhnlich. Nach einer kurzen Gedankenpause erwiderte ich: „Das kann ich leider nicht machen. So einen Auftrag könnte mir lediglich die Ehegattin erteilen". Er schaute mich an wie ein verwundetes Reh: „Und auch nicht, wenn ich Sie gut bezahle. Wissen Sie, meine Nachbarin möchte sich unbedingt scheiden lassen, hat aber einen Ehevertrag unterschrieben. Nur wenn sie nachweisen kann, dass ihr Gatte fremdgeht, bekommt sie die Hälfte des Vermögens. Und der Kerl geht garantiert fremd. Und er schlägt sie. Da muss man doch was machen". Ich schüttelte den Kopf: „Wenn er sie schlägt, dann muss sie zur Polizei gehen. Außerdem sehen Sie nicht so aus, als könnten Sie meine Bezahlung über einen längeren Zeitraum sichern. Ich nehme zweihundert am Tag". Jetzt wurde er unerwartet böse: „Sind Sie auch so ein Arsch, der die Leute nach ihrem Aussehen beurteilt? Und danach, ob er lesen und schreiben kann? Sie sollten sich schämen! Glauben Sie mir, wenn ich wollte, könnte ich Ihre altmodische Detektei aufkaufen". Durch diesen Ausbruch erschrocken entgegnete ich: „Entschuldigung. Das war jetzt nicht richtig von mir. Können Sie mir noch einmal verzeihen?" Er grunzte etwas Unverständliches, dann zeigte er mit ausgestrecktem Arm auf sein leeres Glas. Ich goss nach und nachdem er getrunken hatte, schüttelte er sich erneut. Dann sagte er etwas steif: „Das Zeug ist nicht unbedingt das, was ich im Allgemeinen bevorzuge. Normalerweise trinke ich irischen Whisky. Wissen Sie woher der irische Whisky seinen typischen Geschmack hat?" Ich schüttelte höflich den Kopf, war aber eigentlich an der Antwort nicht im Geringsten interessiert. Trotzdem plauderte mein Gegenüber fröhlich weiter: „Damals gab es in Irland keine Alkoholsteuer, sondern eine Malzsteuer. Um Geld zu sparen haben die Destillen teilweise ungemalzte Gerste zum Brennen genommen. Daher der Geschmack. Gut, was?" Ungeduldig entgegnete ich: „Gut und schön, aber was machen wir jetzt mit Ihrem Anliegen? Kann die Dame nicht selbst zu mir kommen?" Er verzog das Gesicht: „Das ist doch Käse. Sie will dann schließlich das Gleiche wie das, was ich hier will. Wo ist der Unterschied?" Ich lehnte mich zurück: „Der Unterschied ist, dass ich meinen Grundsätzen treu bleibe". Er griff in seine knittrige Jacke und brachte ein Bündel Geld hervor. Nach dem er die Scheine lässig auf den Tisch geworfen hatte, sagte er gedehnt: „Könnte das eventuell Ihre Grundsätze so ein klein wenig korrigieren?" Ich musste schlucken: „Sie, das ist ein hinterhältiger Angriff auf meinen Charakter!" Auf seinem Gesicht machte sich ein hämisches Grinsen breit. Dann zog er noch einen Briefumschlag aus der Jacke: „Hier drin finden Sie alles, was Sie brauchen. Also die Adresse des Nachbars, meine Telefonnummer und so weiter". Er stand auf und wandte sich zur Tür: „Und vielen Dank für den Drink!"

Nachdem der Kerl gegangen war, blickte ich mich aufmerksam in meinem Büro um. Der Mensch hatte Recht. Hier sah es tatsächlich ziemlich trostlos aus. Insbesondere weil der alte Schreibtisch meines verstorbenen Freundes immer noch in der Ecke stand und Staub ansammelte. Aber ich konnte mich des Gefühls nicht erwehren, dass ich meinen Kumpel verraten würde, wenn ich den Schreibtisch nicht dort lassen würde, wo er schon immer gestanden hat. Naja, und neue Tapete wäre auch nicht schlecht. Neulich hatte ich eine gerahmte Urkunde von der Wand genommen. Da wurde an dieser Stelle deutlich ein Schmutzviereck sichtbar. Allerdings müsste ich mir für die Erneuerung einen Fachmann besorgen. Beim letzten Tapezierversuch meinerseits hatte ich mir den linken Arm gebrochen. Ich behaupte jedoch noch bis heute, und zwar gegenüber jedermann, dass nicht ich, sondern die blöde Leiter schuld gewesen sei.

Kaum einer, der das Privatdetektiv-Geschäft kennt, wird sich wundern, dass ich den Fall übernahm. So dicke klingelte die Penunze bei mir nun auch wieder nicht, als dass ich mir hätte leisten können, einen so dicken Fisch von der Angel zu lassen. Zwar habe ich bisher immer getönt, ich hätte Geld wie Heu. Aber ich habe in keinem der Fälle erwähnt, dass ich leider auch über kein Heu verfüge. So gesehen, habe ich also nie gelogen. Wer mich aber besucht, der glaubt, dass ich ein dekadenter Neureicher bin. Schließlich liegt bei mir bereits in der Küche ein Flokati. Dass ich das Fusselding geschenkt bekommen hatte und es durchaus nicht leiden konnte, wusste ja keiner meiner Besucher.

Barfuß wie immer bereitete ich mir am nächsten Tag das Frühstück zu. Ich bevorzuge klassischen Filterkaffee. Deshalb besitze ich auch noch so eine steinalte Kaffeemaschine. Der ganze Crema-Quatsch geht mir voll auf den Senkel. Nach dem Frühstück kniete ich wie fast jeden Tag auf dem Flokati, um einen Kaffeefleck zu beseitigen. Seltsamerweise fand ich diesmal keine Marmelade zwischen den Flusen. War ich gar nicht mehr gewöhnt.

Nach dem Essen schwang ich mich in mein kleines, rotes Auto und fuhr zu der angegebenen Adresse. Dass sich diese innerhalb einer Spielstraße befand, bemerkte ich erst, als mir ein freundlicher Polizist einen nicht geringen Geldbetrag wegen überhöhter Geschwindigkeit abforderte. Ich wusste jetzt also genau, wo meine Zielperson hauste und wo ich mit dem Observieren beginnen musste. Vielleicht hätte ich ebenfalls recherchieren sollen, ob mein Klient tatsächlich im benachbarten Haus wohnte. Tat ich aber nicht.

Als es dunkel wurde, zog ich los. Ich dachte, dass ein Mann mit einem Fernrohr im Dunkeln nicht so auffällt wie am helllichten Tag. Mein Auto ließ ich zu Hause stehen. Aus Sicherheitsgründen. Möglicherweise war meine Karre ja jemandem aufgefallen, als mich der Bulle dort am Haken hatte. An der Adresse angekommen, konnte ich in einem der erleuchteten Fenster meine Zielperson entdecken. Also hieß es nun abwarten. Man glaubt gar nicht, wie lang eine Stunde ist, wenn man nichts anderes zu tun hat als glotzen. Nachdem alle Lichter im Haus ausgegangen waren, wartete ich noch eine weitere Viertelstunde. Nix. Wahrscheinlich war dieser Mensch doch schon ins Bett gekrochen. Gerade als ich mich anschickte zu gehen, kam er aus der Haustür. Ich zog mich noch weiter ins Dunkle zurück. Zum Glück stieg er in kein Auto, und ich konnte ihn per Pedes verfolgen. Er bog in eine unbeleuchtete Gasse ein, und als ich dort ankam, war nichts mehr von ihm zu sehen. Ich war kurz vorm Aufgeben, als in einiger Entfernung Licht durch eine geöffnete Tür viel. Möglichst lautlos pirschte ich mich zu der Lichtquelle. Es war eine alte Schlosserei oder vielleicht auch eine alte Schmiedewerkstatt. Meine Zielperson holte aus einer Ecke einen Stapel Pappen, an deren Aufdruck zu erkennen war, dass man sie zu einem Karton falten konnte. Als der Mensch herauskam, drückte ich mich ganz dicht an die Wand des Gebäudes und er bemerkte mich nicht. Alsbald waren wir wieder bei seinem Haus angekommen. Der Kerl lud die Pappen umständlich in seinen teuren, blauen Porsche Cayman. Hoffentlich würde er jetzt nicht einfach verduften. Aber dieser hinterhältige Mensch stieg in den Wagen und rauschte mit quietschenden Reifen davon. Ich hatte im wahrsten Sinne des Wortes nur noch das Nachsehen.

Diesmal parkte ich meinen roten Flitzer in der Nähe des Hauses. Drei Nächte verbrachte ich völlig sinnlos und innerlich fluchend neben der besagten Werkstatt. Am vierten Tag hatte ich endlich Glück. Der Kerl holte sich erneut einen Schwung Pappen. Diesmal lief ich bereits vor ihm los und saß quietschvergnügt in meinem Auto, als er arglos mit seinen Pappen an mir vorbei ging. Eine Weile fuhr ich ihm geduldig nach, dann kamen wir an eine rote Ampel. Während ich vorsorglich bremste, gab der Misthund Gas und verschwand irgendwo im Dunklen. Trotz stundenlangem Hin- und Herfahrens entdeckte ich nichts mehr von diesem miesen Kerl oder seiner blöden, blauen Protzkarre.

Als ich am Morgen mein Büro aufschließen wollte, musste ich feststellen, dass schon jemand die Tür geöffnet hatte. Ich betrat vorsichtig den Raum und gewahrte einen Mann mit roten Haaren und einem schwarzen Kinnbart. Sicherlich gefärbt. Der Einbrecher saß hinter meinem Schreibtisch auf meinem geliebten Stuhl und zielte mit einem Revolver auf meine Brust. Vorsichtig ließ ich beide Hände in die Hosentaschen rutschen, wo ein Schlagring aus Edelstahl darauf wartete, endlich einmal eingesetzt zu werden. Der Kerl öffnete seinen unappetitlichen Mund: „Wenn du Blödmann noch einmal meinen Freund verfolgst, dann mache ich dir ein Loch in den Bauch. Kapiert?" Ich versuchte so ruhig wie möglich zu klingen: „Ach, und dein Freund hat nicht den Arsch in der Hose selbst zu kommen? Stattdessen schickt er seinen Scheuerlappen vor. Wie praktisch". Ich konstatierte, dass mein Plan aufging. Meinem Gegenüber war deutlich anzusehen, dass Wut in ihm aufstieg. Wütende Leute verlieren den Überblick. Langsam näherte ich mich dem Schreibtisch. Er sprang auf: „Stehenbleiben oder ich schieße!" Ganz vorsichtig setzte ich mich mit einer Pobacke auf die Schreibtischkante: „Ich denke, du sollst doch erst schießen, wenn ich deinen Freund nochmal beschatte. Er hat dir doch bestimmt nicht erlaubt, mich gleich zu killen, stimmts?" Jetzt war er wütend genug. Ich sah aus den Augenwinkeln, dass er sein Schießeisen etwas senkte. Nur eine Nuance, aber das reichte mir. Ich zog blitzartig die Rechte mit dem Schlagring aus der Tasche und traf ihn genau an der Kinnspitze. Nicht nur, dass er die Waffe fallen ließ, nein, er sackte auch bewusstlos wie ein Sack reifer Pflaumen in sich zusammen. Aus der linken Seite meines Schreibtisches angelte ich ein paar Kabelbinder, die dort seit Generationen lauerten, und verschnürte den Weggetretenen. Dann rief ich die Polizei. Dem verdutzten Beamten übergab ich den Verschnürten sowie die DVD aus meiner Überwachungskamera. Den Revolver durfte der Bulle selbst aufheben.

Am nächsten Tag war ich mir nicht ganz sicher, ob mir noch weitere freundliche Menschen geschickt werden würden, welche die Absicht hätten, mir den Kragen umzudrehen. Aber eine Sache stand doch wohl felsenfest, es handelte sich hier garantiert um keinen profanen Ehebruch. Also angelte ich die Telefonnummer aus dem Umschlag, den mir mein Klient gegeben hatte. Niemand nahm ab, und es meldete sich auch kein Anrufbeantworter. Meinetwegen, schließlich hatte er mich ja im Voraus bezahlt. Kurz nachdem ich aufgelegt hatte, klingelte mein Telefon. Ich dachte, der Kerl würde zurückrufen, aber es war die Polizei. Ich sollte mich so schnell wie möglich dort melden.

Der Mensch auf der anderen Seite des Tisches beäugte mich, als hätte ich zwei Köpfe. Er war mir äußerst unsympathisch. Seine Stimme klang etwas näselnd, als er sagte: „Ich habe das Video gesehen. Man muss Ihnen Notwehr zugestehen. Soweit werden wir Sie also nicht belangen. Aber ich glaube, noch etwas gesehen zu haben. Nämlich einen Schlagring. Wer einen Schlagring erwirbt, besitzt, überlässt, führt, herstellt, bearbeitet, instand setzt oder damit Handel treibt, muss mit einer Freiheitsstrafe bis zu drei Jahren oder Geldstrafe rechnen, entsprechend Paragraph 52 III Nr. 1 Waffengesetz. Was sagen Sie dazu?" Ich hob beide Hände: „Um Gotteswillen, nein, ich benutze doch keinen Schlagring. Was Sie gesehen haben, war mein großer Schlüsselbund. Aber das Ding hatte wohl auch eine ausreichende Wirkung". Er zog die Mundwinkel nach unten: „Und wer ist der angebliche Freund, den Sie verfolgt haben sollen? Raus mit der Sprache!" Ich wurde grantig: „Damit Sie mir Vertrauensbruch nachweisen können und ich meine Lizenz verliere. Kommt gar nicht in die Tüte! Und jetzt werde ich gehen. Die Art der Unterhaltung gefällt mir nämlich nicht". Er polterte angepisst: „Für so einen kleinen Kerl haben Sie eine erstaunlich große Fresse!" Ich stand auf und ging in Richtung Tür. Man konnte meinem Widersacher aus einer Entfernung von zwei Kilometern ansehen, dass er stinksauer war. Ich beschloss also, mich durchaus schnell zu verkrümeln, ehe dem Meister noch irgendetwas einfallen konnte, dass mich am Verduften hindern würde. Als ich schon im Flur war, hörte ich hinter mir noch den gebellten Satz: „Hauen Sie bloß ab, bevor ich es mir anders überlege!"

Am nächsten Morgen legte ich mir beim Frühstück die Strategie für die folgenden Abende zurecht. Rund dreihundert Meter hinter der Kreuzung, an welcher mich der Mistköter ausgetrickst hatte, standen keine Straßenlaternen. Dort würde ich parken und warten. Natürlich mit ausgeschalteter Beleuchtung. Zufrieden über diesen Plan biss ich in mein Brötchen, dass ich heute mit Käse belegt hatte, weil ich mal an einem einzigen Tag keine Marmelade aus dem Flokati pulen wollte. Leider hat so ein Käse auch seine Tücken. Es war ein runder Blauschimmelkäse, dessen Verpackung oben mit einem runden Klebe-Etikett zusammengehalten wurde. Nachdem ich das Etikett abgezogen hatte, wollte ich es in die große Papiertüte legen, in der ich stets mein Altpapier sammelte. Blöderweise klebte das hinterhältige Ding ziemlich fest an meinen Fingern. Also schlenkerte ich mehrmals die Hand hin und her. Das Ergebnis war, dass das Etikett an die Wand flog und dort kleben blieb. Nach dem Abziehen fehlte an dieser Stelle ein Stückchen Tapete. War ja klar. Na gut, dann also ab morgen wieder Marmelade.

Am Abend wartete ich, durch die Dunkelheit geschützt, an der von mir sorgfältig ausgewählten Stelle. Es passierte nichts. Zwar rauschte ein Porsche Cayman vorbei, aber der hatte eine schwarze Lackierung. Am zweiten Abend klopfte plötzlich jemand an mein Auto. Nachdem ich die Scheibe heruntergelassen hatte, sah ich in das grinsende Gesicht des freundlichen Polizisten aus der Spielstraße. Er erklärte mir langsam und ausführlich, dass laut StVO § 17 Absatz 1 bei Dämmerung oder Dunkelheit immer die vorgeschriebenen Beleuchtungseinrichtungen einzuschalten sind. In meinem Falle also das Standlicht. Dann füllte dieser starrköpfige Mensch einen Strafzettel aus, aufgrund dessen ich annahm, dass die diesjährige Weihnachtsfeier der örtlichen Polizei allein von mir finanziert werden sollte. Während ich dem Gesetzeshüter meine letzten Scheine in die Hand blätterte, brauste ein blauer Porsche Cayman an uns vorbei. Bis heute glaubt dieser ahnungslose Polizist immer noch daran, dass ich wegen seines doofen Strafzettels in mein Lenkrad gebissen hätte.

Am nächsten Morgen trat ich nach einem verhältnismäßig kleckerarmen Frühstück aus der Haustür. Sofort begriff ich, dass ich wohl kaum die zehn Schritte bis zu meinem geparkten Wagen schaffen würde. Zwei äußerst unfreundliche Gestalten kamen auf mich zu. Zwar besaß ich eine schrille Trillerpfeife, damit ich im Notfall die gesamte Umgegend auf mich aufmerksam machen konnte, aber die Pfeife befand sich nun mal unter meinem Hemd. Und die zwei waren viel zu schnell, als dass ich das Ding hätte hervorziehen können. So kam es, wie es kommen musste. Einer lag mit geprellten Rippen auf dem Gehweg, und es war keiner meiner beiden Angreifer. Nachdem ich mich zurück in meine Wohnung geschleppt hatte, packte ich mir jammernd Eisbeutel auf die geschundenen Stellen. Mein Büro würde ich heute wohl nicht mehr aufschließen.

Abends ging es mir schon viel besser. Ich parkte wieder an der besagten Stelle, diesmal jedoch mit einem Leihwagen. Auf diese Idee hätte mein dummer Kopf schon viel früher kommen können. Egal ob ich es nun verdient hatte oder nicht, ich wurde belohnt. Kurz nach zweiundzwanzig Uhr flitzte mein blauer Freund an mir vorbei. Frohlockend begann ich die Verfolgung. Die eilige Fahrt führte uns aus der Stadt hinaus, und ich musste mich etwas zurückfallen lassen, damit mich der Kerl nicht doch noch entdeckte. An einer alten, abbruchreifen Halle stoppte mein Freund. Ich parkte in angemessener Entfernung, stieg aus und schlich mich an eines der Fenster. Was ich da sah, ließ mein Blut kochen. So eine Schweinerei! Dieser absolut gewissenlose Mensch fälschte Bourbon. Im Hintergrund war deutlich eine Brennblase zu erkennen, während im Vordergrund dieser ekelhafte

Schwarzbrenner fleißig Etiketten auf leere Bourbonflaschen klebte. Dann holte er aus einer dunklen Ecke einen Karton, in dem es verdächtig klimperte. Er kam nach draußen, lud den Karton in seinen Porsche und ging wieder hinein. Ich hatte genug gesehen, schlich vorsichtig zurück zum Auto und fuhr langsam und so leise wie möglich von dannen.

Der Polizist, der ungläubig blickend meine Aussage aufnahm, schüttelte hin und wieder mit seinem großen Kopf. Dann ließ er mich meine Aussage unterschreiben, teilte mir mit, dass ich zum rechten Zeitpunkt vom Ergebnis der Ermittlungen unterrichtet werden würde und entließ mich mit einem schlaffen Händedruck. Ich kam mit mir überein, wieder einmal mein Büro geschlossen zu lassen, um stattdessen meine Heldentat ein klein wenig zu feiern. Was so viel bedeutete, als dass ich abends halbwegs betrunken ins Bett sinken würde.

Wider Erwarten erwachte ich ohne Kater. Nach ausgiebigem Duschen bereitete ich mir das Frühstück. Filterkaffee, ein Ei, Brötchen und Pfirsichmarmelade. Als ich beim Abräumen stolz feststellte, dass ich diesmal nicht gekleckert hatte, rutschte mir die Kanne aus der Hand. Prompt verteilte sich der Restkaffee in lustigen Mustern auf meinem Teppich. Ich glaubte sogar, ein grinsendes Gesicht darin zu erkennen. Den feuchten Flokati zurücklassend, fuhr ich zu meinem Büro und goss mir traditionsgemäß zwei Zentimeter Bourbon ein. Komisch, plötzlich schmeckte mir das Zeug nicht mehr so richtig.

Punkt zehn Uhr öffnete sich die Bürotür und herein kam ein Mann in einem sündhaft teuren Anzug und Schuhen im Wert eines Kleinwagens. Er kam mir irgendwie bekannt vor. Der Mensch lächelte, als hätte er eine erfüllte Nacht hinter sich, nahm Platz und sagte: „Na, erkennen Sie mich wieder?" Verdammt, das war doch mein ehemals schlecht gekleideter Analphabet. Ich zog meine Stirn in Falten: „Haben Sie im Lotto gewonnen oder haben Sie mich damals verarscht?" Er stand auf: „Zugegeben, ich habe Sie ein bisschen getäuscht, aber ich bitte Sie hiermit um Verzeihung! Und um es wieder gut zu machen, habe ich ein kleines Geschenk für Sie". Er trat kurz vor die Tür, und als er zurückkam, hielt er eine Kiste mit zehn Flaschen Bourbon in den Händen. Er wuchtete das Ding auf meinen Schreibtisch und ich traute meinen Augen kaum. Es war die Sorte „Woodford Reserve - Master's Collection Brandy Cask Finish", die Flasche für mindestens 100 Euro. Mein Klient setzte sich wieder: „Für Sie als Dank. Und jetzt kläre ich Sie auf. Ich bin ein sogenannter unabhängiger Abfüller. Ich habe eine Firma, die Fässer von verschiedenen Brennereien kauft, deren Inhalt nach bestimmten Kriterien reifen lässt und dann auf Flaschen abfüllt. Seit geraumer Zeit war mir jedoch so, als ob in dieser Gegend Schwarzgebrannter im Umlauf wäre. Aber keiner hat meine Bedenken bisher ernstgenommen. Selbst die Polizei hat sich geweigert eine Anzeige aufzunehmen, bevor ich keine Beweise vorlegen würde. Ich hatte einen bestimmten Verdacht und habe mir die Geschichte vom angeblichen Nachbarn ausgedacht, denn ich war mir nicht sicher, ob Sie nicht auch nur über mich lachen würden. Vor zwei Stunden habe ich nun erfahren, dass Ihre Nachforschungen dazu führten, den Schwarzbrenner hoppzunehmen. So, und nun darf ich mich verabschieden. Hier, meine Karte!" Er ging und ließ einen erstarrten und wortlosen Privatdetektiv hinter sich zurück. Dieser zog am Abend, grinsend wie ein Honigkuchenpferd, mit einer Kiste teuren Bourbons in sein trautes Heim ein.

Und so kam es eben dazu, dass ich wirklich und wahrhaftig zwei Tage hintereinander mit einem anständigen Rausch ins Bett fiel.

Inselidylle

Der Wind rüttelte sanft an der Tür der winzigen, evangelischen Inselkirche, die mehr einer Bretterbude ähnelte als einem Gotteshaus. Ihr Glockenturm, welcher kaum den Rest des Gebäudes überragte, beherbergte eine kleine Glocke, die seit Jahren schon einen bedrohlichen Riss aufwies. Ihr verstimmter Klang wurde durch die raue Seeluft nicht gerade weit getragen. Das war aber auch gar nicht nötig, denn außer dem Pfarrer hörten nur drei weitere Personen die schrägen Töne, nämlich das Rentnerehepaar Amanda und Sören Johansson sowie Gunnar Miller, ein Mechatroniker und Atheist, den die anderen respektvoll den ‚Mechaniker' nannten, da er gekonnt die Macken der Entsalzungsanlage reparierte und so den Trinkwasserhaushalt der Mini-Gemeinde immer wieder sicherstellte. Allerdings war er psychisch nicht ganz so stabil wie andere Menschen. Einmal im Monat legte hier das Postboot an, das neben gelegentlichen Päckchen auch Kosmetikartikel brachte, sowie jede Menge Lebensmittel und Alkohol. Zweimal im Jahr kam auch die Enkeltochter der Johanssons mit. Jedoch nur für eine Stunde, denn dann legte das Boot fahrplanmäßig wieder ab. Danach trat erneut für einen Monat Ruhe auf der kleinen Insel ein. Früher, so vor zwanzig Jahren, als der Freizeitpark noch florierte, kamen zweimal am Tag die Dampfer, um Touristen zu bringen und zu holen. Aber als der Besitzer starb, wollte niemand das Geschäft weiterführen. Die Attraktionen verfielen, die Touristen und Dampfer blieben aus, die jüngeren Inselbewohner zogen aufs Festland und die älteren starben. Zurück blieben neben den Ruinen die Johanssons, die auf dieser Insel geboren wurden, aufwuchsen und auch hier sterben wollten, Gunnar der Mechaniker, der sich bewusst von der Zivilisation zurückgezogen hatte und der junge Pfarrer, der hierher strafversetzt worden war. Welchen Fehltritt sich der Geistliche in der Vergangenheit geleistet hatte, wusste jedoch nur er und sein Bischof. Ein dickes Unterwasser-Kabel versorgte einerseits die Insel mit dem nötigen Strom und andererseits mit einem schnellen Internetanschluss. Zusätzlich waren auf den Dächern der Häuser Miller und Johansson Satellitenschüsseln für den ungestörten Fernsehempfang montiert. Der Pfarrer, der ein Zimmerchen in der Kirche bewohnte, hatte seine Empfangsantenne allerdings neben dem Gebäude auf einem Pfahl angebracht, da er sich zu sehr vor Gewittern fürchtete. Gunnar, der hervorragend kochen konnte, wandelte irgendwann sein Wohnzimmer in eine Art kleines Restaurant um, und die Johanssons, aber auch der Pfarrer, kamen gelegentlich vorbei, um bei ihm zu essen und die für Menschen nötigen sozialen Kontakte zu pflegen. Auch Weihnachten wurde dort von den vier Inselbewohnern gefeiert, aber es kam jedes Mal zum Streit zwischen Miller und dem Pfarrer, ob Weihnachten ein kirchliches Fest sei, oder ein heidnisches, welches sich die Kirche einverleibt hatte, um Mitglieder an sich zu binden. So verlief alles in allem das Leben auf der Insel gleichförmig und vorhersehbar. Sören Johansson hatte ein Gärtchen angelegt, das er mit Gemüse bebaute. Der Blumenkohl, die Möhren und die Kartoffeln wurden in dem kühlen Klima zwar nicht besonders groß, aber der Grünkohl gedieh prächtig. Wem also die Stadt nicht fehlte, der konnte hier in Frieden leben. Der Einzige, dem das nicht so recht passte, war der Herr Pfarrer. Jeden Monat schrieb er ein Gesuch an seinen Bischof, in welchen er dringend darum bat, in eine Gemeinde mit mehr Mitgliedern versetzt zu werden. Aber scheinbar hatte der Bischof kein Ohr für Bittgesuche dieser Art. Ergo verlief das Leben des jungen Geistlichen genauso eintönig weiter, wie das der anderen. Dieser Umstand sollte sich an jenem Tag ändern, als eine E-Mail des zuständigen Ordnungsamtes eintraf. Man teilte den Inselbewohnern mit, dass mit dem nächsten Boot eine Künstlerin bei ihnen einträfe, die dort einen Monat lang die heimische Landschaft auf Leinwand bannen würde.

Als das Postboot anlegte, stand der Pfarrer schon eine Weile bereit, sein neues Gemeindemitglied zu begrüßen. Miller und die Johanssons schmückten inzwischen das Wohnungs-Restaurant. Schließlich bahnte sich für den nächsten Monat die Gelegenheit an, sich endlich mal mit einem anderen Menschen zu unterhalten.

Die Malerin, eine junge Frau von zweiundzwanzig Jahren, die nicht allzu viel mit der Kirche am Hut hatte, führte so eine Menge Gepäck mit, dass sie und der Pfarrer zweimal auf das Boot mussten, um alles an Land zu bringen. Zuerst wollte die Künstlerin auf der Wiese ihr Zelt aufschlagen, aber der Pfarrer konnte sie davon überzeugen, in einem der verlassenen Häuser Quartier zu beziehen.

Am Abend feierten alle die Ankunft der neuen Inselbewohnerin, natürlich mit entsprechenden Getränken. Und damit nahm die Tragödie ihren Anfang. Als es dann endlich darum ging die Betten aufzusuchen, begleitete der Pfarrer die junge Frau zu ihrer Unterkunft. Vor der Tür fragte sie ihn nach seiner Konfession, und als sie erfuhr, dass er kein Katholik war, küsste sie ihn auf den Mund. Dem Alkohol sei wieder einmal Dank.

In den folgenden Tagen sah man die Künstlerin leidenschaftlich ihre Leinwand bearbeiten, an den Abenden jedoch war sie nicht zu erblicken, da verschwand sie nämlich stets in der kleinen Kirche. Und dort war sie wohl auch sehr leidenschaftlich, denn unser Pfarrer vergaß sogar den monatlichen Bittbrief an den Bischof zu verfassen. Das Ehepaar Johansson allerdings war mit dieser Entwicklung überhaupt nicht einverstanden. Sie stellten sogar ihre Besuche bei Gunnar Miller ein. In der Folge wurden die beiden, wohl aufgrund des Fehlens der gewohnten sozialen Kontakte, immer grantiger und schließlich verließ Sören die gemeinsame Wohnung. Er bezog grimmig eines der verlassenen Häuser. Und im gleichen Maße, wie die jungen Leute immer glücklicher wurden, wurden die alten immer unglücklicher. Miller war das egal. Solange er über genügend Essen und Trinken verfügte, war er allemal glücklich. Amanda hingegen ging die Trennung so sehr zu Herzen, dass ihre altersschwache Pumpe an einem Sonntagmorgen den Dienst einstellte. Sie fasste sich an die Brust und stolperte das letzte Mal in ihrem Leben über einen Küchenstuhl. Da sie nicht, wie sonst, in der Kirche erschien, schaute der Pfarrer nach ihr, konnte aber in dem kalten Körper keine Lebenszeichen mehr finden. Er setzte sofort eine entsprechende E-Mail ab und informierte Sören. Dieser wiederum glaubte, dass er am Tod seiner Frau schuld war, weil er sie verlassen hatte. Er suchte seine ehemalige Bleibe auf, ging ins Schlafzimmer, lockerte ein Dielenbrett, zog seine alte Armeepistole hervor und setzte sie an die Schläfe. Da die Kugel in seinem Kopf einiges durcheinanderbrachte, konnte das gerufene Polizeiboot gleich zwei Leichen zur Obduktion mitnehmen.

Der Bischof, wahrscheinlich darüber verwundert, dass der monatliche Bittbrief diesmal ausgeblieben war, wies dem Pfarrer eine neue Gemeinde auf dem Festland zu. Logischerweise verlies dieser samt seiner Angebeteten mit dem nächsten Postboot die Insel, einen verdutzten Gunnar Miller zurücklassend, dessen instabile Psyche die Einsamkeit dann doch nicht so richtig verkraften konnte. Als einen Monat später das Postboot mit einem Päckchen für Miller am Landungssteg festmachte, war keiner da, um das Paket in Empfang zu nehmen. Man suchte intensiv nach Gunnar und fand ihn schließlich oben auf dem Glockenturm hockend. Er schlug mit den Armen, krächzte gelegentlich und schimpfte lautstark, dass es auf der Insel viel zu wenig Vogelfutter gäbe. Als man vorsichtig daran ging, ihn herunter zu holen, versuchte er davonzufliegen. Da sich aber menschliche Arme geringfügig von den Flügeln unserer Vögel unterscheiden, war das Ergebnis ein klassischer Genickbruch. Somit war keiner mehr da, der die Entsalzungsanlage hätte reparieren können. Aber Gerechterweise gab es dadurch auch keinen Einwohner mehr auf der Insel, der in irgendeiner Form Trinkwasser benötigt hätte.

Dem Pfarrer und seiner Malerin erging es dagegen etwas besser. Sie heirateten, natürlich kirchlich, laut des Pfarrdienstgesetzes der EKD § 39 mit einer Ausnahmegenehmigung, weil die Frau nicht der evangelischen Kirche angehörte. Den beiden wurden nacheinander drei Kinder geboren, zwei Jungen und ein Mädchen. Sie gaben ihnen die Namen Gunnar, Sören und Amanda.

Zwei Kilo

Kommissar Riemer stieg rückwärts von der alten Personenwaage und kratzte sich am Kopf. Dann musste er feststellen, dass er versäumt hatte auf die Anzeige zu sehen, nur weil seine Gedanken ständig um den laufenden Fall kreisten. Also stieg er noch einmal auf die Waage und kratzte sich erneut am Kopf. Danach tappte er mit bloßen Füßen in die Küche, nahm seine Blutdrucktabletten und setzte Kaffee auf.

Im Flur der Dienststelle kam ihm Kommissar Schimmler entgegen. Er streckte Riemer gut gelaunt die Hand entgegen: „Guten Morgen. Wie geht's? Was macht das Gewicht? Schon die vorgenommenen zwei Kilo verloren?" Riemer brummte etwas säuerlich, aber mit einem Augenzwinkern: „Nö, ich kann essen was ich will, ich nehme nicht ab". Dann verschwand er in seinem Dienstzimmer. Er warf, wie jeden Tag, seinen Hut an den alten, runden Garderobenständer. Und wie jeden Tag verfehlte die Kopfbedeckung den Ständer und landete auf dem Fußboden. Riemer legte den Mantel über seine Stuhllehne, setzte sich und öffnete die Fallakte ‚Rudolf Brenneis', die ihm so viel Kopfschmerzen bereitete. Keinerlei Einbruchsspuren, keine Haare, keine Hautschuppen, keine Fingerabdrücke, keine Fußspuren und das gefundene Blut stammte ausschließlich vom Opfer, das zwei Löcher im Körper hatte. Eins von vorn von einer 9 Millimeter und eins vom Kaliber 22 im Rücken. Zu allem Überfluss müssen laut der Gerichtsmedizinerin beide Kugeln gleichzeitig eingedrungen sein. Es war zum Kotzen, zwei Mann schießen gleichzeitig von vorn und von hinten auf ihr Ziel, und nicht ein einziger hinterlässt Spuren. Das Telefon klingelte. Riemer überhörte es beflissentlich. Er klappte vernehmbar den Aktendeckel zu, nahm seinen

Mantel über den Arm und hob den Hut auf. Er musste an die frische Luft, um nachzudenken. Vom anderen Ende des Flurs rief ihm Hauptkommissar Hohlbach hinterher: „Riemer, halt! Wollen Sie etwa verschwinden? Warum nehmen Sie das Telefon nicht ab?" Der Gerufene brummelte leise vor sich hin: „Diese Affenfresse hat mir heute gerade noch gefehlt". Dann drehte er sich um: „Ich will noch mal an den Tatort. Irgendwas muss die Spurensicherung dort übersehen haben". Sein Chef schüttelte den Kopf: „Kommt nicht in Frage! Sie haben schon viel zu viel Zeit damit vergeudet. Seit Tagen ackern Sie nun schon an diesem blöden Fall herum. Wenn keine Spuren und keinerlei Motiv zu finden sind, kann man doch mal eine Akte ungelöst ablegen. Auch im Falle, dass so was für Sie zum ersten Mal vorkommt". Riemers Gesicht drückte Ablehnung aus. Sein Gewissen regte sich, da er tatsächlich schon einmal einen Fall nicht lösen konnte. Er raunzte Hohlbach an: „Was wollen Sie mir genau sagen?" Der Hauptkommissar übersah die schlechte Laune seines Untergebenen: „Es gab einen Raubüberfall auf die Trattoria ,Rizzoli' in der Ritterstraße. Auf die Inhaberin wurde geschossen. Außer Ihnen ist im Moment keiner von unseren Kollegen verfügbar. Sie übernehmen das! Keine Widerrede! Und zum Feierabend haben Sie Ihren Bericht dazu fertig! Verstanden?" Dann drehte er sich um und ließ den missgelaunten Riemer einfach stehen.

Hinter der Glastür der Trattoria prangte zwar das Schild ,Closed', aber die Tür ließ sich ohne weiteres öffnen. An einem Tisch saß eine junge Frau und nippte an einer

Tasse Kaffee. Riemer zückte seinen Dienstausweis und stellte sich vor. Die Frau deutete auf einen Stuhl: „Setzen Sie sich doch. Ich habe ihren uniformierten Kollegen schon alles gesagt. Wollen Sie auch einen Kaffee?" Ohne auf eine Antwort zu warten stand sie auf und verschwand im Hinterzimmer. Riemer setzte sich ohne zu ahnen, dass die Stühle im Gastraum nicht für Übergewichtige geeignet waren. Die Armlehnen hatten ihn ziemlich arg eingeklemmt. Der Kommissar stemmte sich hoch, redlich bemüht, den Stuhl von seinen Hüften abzustreifen ohne ihn zu zerstören. Trotzdem knackte es vernehmlich, als sich Mann und Möbel von einander trennten. Die Inhaberin kam mit der zweiten Tasse Kaffee herein: „Wollen Sie sich nicht lieber setzen?" Riemer verneinte verlegen: „Ich hab's ein wenig im Rücken. Da komme ich schlecht wieder hoch. Aber sagen Sie mal, ich denke man hat auf Sie geschossen?" Die Frau nickte, streifte den Ärmel ihrer Bluse hoch und ließ gleichmütig einen Verband sehen: „Streifschuss. Nur ein kleiner Kratzer". „Und wie genau lief das alles nun ab?", fragte Riemer Kaffee schlürfend. Die Frau setzte sich wieder: „Mein Laden war zufällig leer. Der Kerl stürmte herein und hielt mir eine Waffe vor die Nase. Er hatte eine Maske auf. So eine hässliche Faschingsmaske. Und Handschuhe hatte er an. Mehr hab ich mir nicht gemerkt. Er hat mit Gewalt die Schublade aus meiner Kasse gerissen. Die Kasse ist hin, ich brauche eine neue. Dann kam es mir vor, als hätte er alles Geld in einen kleinen Sack geschüttet. Das wollte ich mir nicht gefallen lassen. Es waren meine ganzen Einnahmen. Ich muss schließlich davon leben. Deshalb bin ich auf ihn zugegangen und er hat geschossen. Dann ist er raus. Später habe ich erst gemerkt, dass er seltsamerweise nur die Münzen mitgenommen hat. Knapp dreißig Euro. Die Scheine klemmten noch alle in der Schublade. Komisch". Riemer stutzte: „Wer, um alles in der Welt, verübt einen Überfall wegen einer Hand voll Münzen? Haben Sie irgendeine Ahnung?" Die Frau schüttelte den Kopf: „Nein. Aber ich möchte jetzt gern nachhause. Ich muss mich hinlegen. Morgen will ich ja wieder öffnen". Der Kommissar setzte seine Tasse ab und verabschiedete sich zerstreut. In seinem Kopf kreisten die Gedanken ergebnislos immer wieder um sich selbst.

Entgegen der Weisung seines Vorgesetzten fuhr Kommissar Riemer doch noch einmal zum Tatort des anderen Falles. Die Wohnungstür war mit einem amtlichen Siegel versehen, das der Kommissar fein säuberlich mit seinem Taschenmesser durchtrennte. Dann versuchte er die Wohnung so zu betreten, als sähe er sie zum allerersten Mal. Auf dem Fußboden war noch immer die Umriss-Zeichnung zu sehen, wo das Opfer mit dem Gesicht nach unten gelegen hatte. Riemer fiel auf, dass der Kopf des Toten sehr nahe am Tisch zu Boden gekommen sein musste. Beim ersten Mal war ihm das gar nicht aufgefallen. Aber das hieß doch wohl, dass vor dem Erschossenen kein Platz gewesen sein konnte, um dort zu stehen. Wieso hatte ihn dann eine Kugel von vorn getroffen? In diese Gedanken hinein vernahm Riemer eine Stimme: „Was machen Sie denn hier?" Der Kommissar drehte sich um und sah einen äußerst unfreundlich blickenden Mann. Riemer zog seinen Dienstausweis aus dem Mantel: „Kriminalpolizei. Und wer sind Sie?" Das Gesicht des Mannes glättete sich ein wenig: „Ich bin Erik Zeisler, der Nachbar von Rudolf. Wir wohnen seit zwei Jahren hier und haben uns in dieser Zeit angefreundet. Wissen Sie, wir hatten alle beide nicht gerade viel Geld und haben uns halt ab und zu gegenseitig ausgeholfen. Sowas schweißt zusammen. Rudolf musste sogar hin und wieder betteln gehen. Die hatten ihm die Sozialhilfe gekürzt. Weiß der Teufel warum. Und ich habe manchmal Pfandflaschen gesammelt. Aber am Abend bevor er erschossen wurde, waren wir beide noch Essen. Das haben wir uns alle Halbejahre gegönnt. Diesmal hat sogar Rudolf alles bezahlt". Als Riemer sah, dass dem Mann die Tränen kamen, nestelte er schnell eine Visitenkarte aus der Brieftasche: „Schon gut. Hier, meine Karte. Falls Ihnen noch etwas einfällt, dann rufen Sie mich bitte unbedingt an!" Der Mann griff seinerseits in die Tasche und brachte ebenfalls eine Visitenkarte hervor. Er fuhr sich mit dem Handrücken über die Augen: „Ich bin Künstler. Genauer gesagt Maler. Ich habe zwar in zwei Jahren erst drei Bilder verkauft, aber man weiß ja nie".

Draußen war es bereits dunkel, als der Kommissar seine Wohnung betrat. Nachdem er abgelegt hatte, schob er eine Salami-Pizza in den Ofen und entkorkte eine Flasche Cabernet Sauvignon. Dann erinnerte er sich an seinen guten Vorsatz, ein paar Kilo abzunehmen. Also würde er nur eine halbe Pizza verputzen. Opfer muss man eben bringen. Beim Essen kreisten seine Gedanken immer noch um den Fall Brenneis. Erst als er das letzte Stück Pizza verdrückt hatte, fiel ihm ein, dass er doch nur eine halbe essen wollte. Was solls! Wenn er zum Essen in eine Gaststätte gegangen wäre, hätte er auch aufgegessen. Er setzte das Weinglas an die Lippen, verharrte aber mitten in der Bewegung. Moment mal, hatte nicht der Nachbar gesagt, dass er mit dem Opfer am Vorabend essen war? Riemer setzte das Glas ab und schlug sich vor die Stirn. Warum bloß hatte er nicht nachgefragt, wo die beiden gegessen hatten? Wer kein Geld hat, isst doch bestimmt nicht in einem Nobelrestaurant. Mit dem Plan, gleich am nächsten Morgen diesen Nachbarn anzurufen, leerte er genüsslich die Weinflasche.

Wie üblich kullerte am nächsten Morgen Riemers Hut wieder über den Parkettboden. Der Kommissar selbst ließ sich eilig in seinen Stuhl plumpsen, zog die Visitenkarte des Künstlers aus der Tasche und griff zum Telefonhörer. Nachdem der Maler ihm mitgeteilt hatte, wo die beiden gegessen hatten, knallte er den Hörer auf die Gabel, richtete seinen Blick an die Zimmerdecke und rief so laut er konnte: „Ich wusste es! Verdammt, ich wusste es!" Daraufhin öffnete sich ganz vorsichtig die Bürotür und Anwärter Mehlmann lugte um die Ecke: „Alles in Ordnung?" Riemer grinste von einem Ohr zum anderen: „Nix ist in Ordnung. Aber etwas ist hervorragend, und zwar, dass Hohlbach mir den Fall Brenneis nicht mehr wegnehmen kann. Der doppelt Erschossene war nämlich am Vorabend in der Trattoria Rizzoli essen. Die Fälle hängen zusammen. Und ich wette um zwei Kilogramm meines Körpergewichts, der Schlüssel sind die geklauten Münzen". Dann machte er sich auf in die Kantine. Dort holte er sich einen Kaffee, verzichtete aber nach einem Blick auf seinen Bauch, Essen zu bestellen. An einem der Tische saß reglos Kommissar Straubinger und starrte auf die Tischplatte. Riemer setzte sich neben ihn: „Hallo Straubi! Warum so finster?" Straubinger schielte aus den Augenwinkeln auf Riemer ohne den Kopf zu drehen: „Ach, so ein blöder Fall. Ein Dreizehnjähriger ist bei einem Kerl eingestiegen, der Euro-Münzen sammelt. Der Besitzer hat ihn überrascht, der Junge hat die Beute fallen lassen und ist aus dem Fenster raus. Später hat der Überfallene festgestellt, dass eine Sonderprägung fehlt, so eine 10 € Münze. Da das ein gültiges Zahlungsmittel ist, hatte ich zwar keine Hoffnung das Ding zurückzubringen, habe mich aber trotzdem auf den Weg zu dem Kleinen gemacht. Plötzlich klingelt mein Handy, Hohlbach dran. Er verbietet mir den Jungen zu befragen sowie weiter in dem Fall zu ermitteln. Als ich frage wieso, schnauzt er mich an, dass er als mein Vorgesetzter seine Anweisungen nicht begründen muss. Ich kann so nicht arbeiten". Riemers Ohren schienen bei dem Wort ‚Münze' um ein Drittel gewachsen zu sein. Er beugte sich zu Straubinger und sagte leise: „Dir hat es der Alte verboten, mir aber nicht. Gib mir mal die Adresse des Jungen! Ich nehme mir den Kleinen gleich morgen zur Brust". Straubinger verzog das Gesicht: „Mann, bau ja keine Scheiße!"

Als Riemer wieder sein Dienstzimmer betrat, wartete sein Telefon bereits mit hektischem Klingeln auf ihn. Er nahm den Hörer ab: „Ja?" Am anderen Ende keifte es: „Ich sage es Ihnen zum letzten Mal. Sie haben sich mit Namen und Dienstgrad am Telefon zu melden!" Der Kommissar antwortete gelassen: „Das ist aber schön, dass es das letzte Mal ist. Mir ging das nämlich schon langsam auf die Nerven". Es war deutlich zu hören, dass sein Chef nach Luft schnappte: „Riemer Sie spielen mit Ihrem Job. In mein Büro, aber dalli!"

Als Riemer eintrat, saß Hohlbach kerzengerade hinter seinem Schreibtisch und hatte immer noch die Zornesröte im Gesicht: „Riemer, ich werde Sie abmahnen müssen. Sie sollten mir bis gestern Abend Ihren Bericht einreichen. Ich habe ihn aber immer noch nicht". Kommissar Riemer konterte: „Das ist so nicht richtig. Sie haben wörtlich gesagt, dass ich meinen Bericht bis zum Feierabend fertig haben soll, nicht aber, dass ich Ihnen meine tiefgründigen Darlegungen übergeben muss. Und das Ding war zum Feierabend fertig. Ich kann Ihnen alles jederzeit übergeben. Soll ich?" Hohlbach ließ resigniert seinen Kopf auf die Unterarme fallen und murmelte nur noch: „Raus!"

Der Vater zerrte seinen Sohn in das Wohnzimmer und stellte ihn vor Riemer hin. Der Junge sagte bockig: „Sie sind nun schon der Dritte. Ich hab keine Lust, alles nochmal herzubeten". Ein Klaps auf den Hinterkopf belehrte ihn eines Besseren. „Unsere Nachbarin macht bei dem Kerl sauber. Die hat mir von dem Geld erzählt. Ich bin durchs offene Fenster rein, und als der Kerl ins Zimmer gestürmt kam, ist mir vor Schreck alles aus der Hand gefallen. Nachdem ich wieder draußen war, hab ich festgestellt, dass ich doch noch die 10 € hatte. Und weil ich auf keinen Fall wollte, dass man die bei mir findet, hab ich die Münze einem Bettler in den Hut geworfen. Das ist alles".

Als Kommissar Riemer die Trattoria betrat, erkannte ihn die Besitzerin sofort: „Ach, Sie sind doch der Kerl, der Armlehnen von Stühlen abbricht. Aber keine Sorge, ich habe den Stuhl als Schaden von dem Überfall deklariert. Die Versicherung bezahlt die Kasse und auch den Stuhl. Wollen Sie einen Kaffee? Natürlich im Stehen!" Riemer schüttelte den Kopf: „Danke nein! Aber sagen Sie mal, war bei diesen gestohlenen Münzen nicht vielleicht die Sonderprägung eines 10 € Stücks dabei? Die Frau schmunzelte: „Werd ich blöd sein? Als der Kerl damit bezahlt hat, habe ich es einkassiert und dafür einen Schein in die Kasse gelegt. Das man so eine Münze erhält, ist doch ein Glücksfall". Der Kommissar verzog mitleidig sein Gesicht: „Für Sie ist das in diesem Fall kein Glück. Ich muss das Objekt beschlagnahmen. Beweismittel. Tut mir leid!"

Kaum hatte der Kommissar das Kriminallabor betreten, winkte ihn auch schon ein Mitarbeiter zu sich heran und deutete auf den Bildschirm vor seiner Nase: „Hier, schauen Sie! Die Münze ist aus zwei Teilen zusammengepresst und in der Mitte befindet sich so etwas wie ein

Mikroplanfilm. Nur gut, dass wir nicht gleich mit Röntgenstrahlen experimentiert haben, sondern erst Ultraschall benutzten. In der Vergrößerung ist deutlich eine Namensliste erkennbar. Was die Namen allerdings bedeuten, weiß ich nicht". Riemer fuhr sich langsam mit dem Zeigefinger unter der Nase hindurch: „Schicken Sie die Ergebnisse und die Münze an Kommissar Straubinger. Mal sehen, wie der sich rauswindet, wenn Hohlbach erfährt, dass wir trotz Verbot weiter ermittelt haben".

Es hatte geregnet und Riemer klopfte die Wassertropfen von seinem Hut, als er den Flur der Dienststelle betrat. Mehlmann fing ihn vor seinem Büro ab: „Der Alte hat wieder einmal Sehnsucht nach Ihnen".
Als Riemer das Büro seines Chefs betrat, würdigte ihn dieser keines Blickes. Neben Hohlbach stand ein Herr in einem dezenten Anzug und offenem Hemd. Er streckte Riemer die Hand entgegen: „Das ist also der Held, der durch Intuition gleich drei Fälle auf einmal gelöst hat". Kommissar Riemer antwortete etwas unsicher: „Vielen Dank! Aber mit wem habe ich es zu tun?" Der Hauptkommissar drehte sich ihm zu: „Das ist Kollege Schneider vom Nachrichtendienst. Ihm verdanken Sie, dass ich Sie nicht gefeuert habe. Aber jetzt lasse ich Sie beide allein. Herr Schneider will noch kurz mit Ihnen reden". Und Hohlbach verließ fühlbar verschnupft sein Büro. Schneider machte eine einladende Geste in Richtung Konferenztisch: „Setzen wir uns doch!" Auf der Tischplatte lag ein flacher Karton, als Geschenk verpackt. Schneider schob das Präsent zu Riemer hin: „Das ist eine

Aufmerksamkeit von den Kollegen Ihrer Dienstelle. Angeblich soll es etwas Witziges sein. Ich habe die Aufgabe, es Ihnen zu überreichen". Riemer schob die Schachtel zur Seite: „Wollten Sie mir noch etwas zu den Fällen sagen?" Schneider legte beide Handflächen auf den Tisch: „Also, zum ersten haben Sie die Münze ausfindig gemacht. Die Liste darin ist die Namensliste von ausländischen Agenten. Nun wissen wir, wen wir überwachen oder falsch informieren müssen. Zum zweiten haben Sie den Fall von dem Erschossenen trotz Anweisung nicht zu den Akten gelegt. So ist Ihr Bericht in unsere Hände gelangt. Wir wussten sofort, wer dahinter steckt. Es ist ein bekannter Auftragskiller, der immer nach dem gleichen Muster tötet. Erst schießt er dem Opfer mit einer Walther PPK in den Bauch, dann dreht er den schwer Verwundeten um und schießt ihm nochmal mit einer Beretta in den Rücken. Wir haben ihn diesmal zwar wieder nicht erwischt, aber in seiner derzeitigen Wohnung einen Umschlag mit Geld gefunden. Dieser Umschlag war übersät mit Fingerabdrücken des Mannes, dem die Münze gestohlen wurde. Also konnten wir den auch gleich dingfest machen. Ein Spion der Gegenseite". Riemer guckte fragend: „Und die Trattoria?" Schneider schmunzelte: „Ist doch logisch. Der Dreizehnjährige ist vom Sammler gesehen worden, der hat ihn an einer Schule ausfindig gemacht und das dann dem Killer mitgeteilt. Der wiederum hat den Jungen, angeblich als Polizist, befragt und der hat ihm den Bettler gezeigt. Und als der arme Kerl ihm mitgeteilt hatte, wo die Münze verblieben war, hat der Killer den Mann von vorn und hinten erschossen, damit er nicht plaudern konnte. Dann hat er sich zu jener Trattoria aufgemacht und die Kasse geleert. Übrigens war er gestern Abend wieder dort, aber als die resolute Inhaberin ihm mitgeteilt hat, dass die Münze bei der Polizei ist, hat er sich still und heimlich verpisst. So, das wars. Ich danke Ihnen nochmals und vergessen Sie das Geschenk nicht!"

Riemer warf seine Schlüssel auf die Flurgarderobe und wollte wie immer auch den Mantel aufhängen. Diesmal streikte allerdings der Aufhänger und das Kleidungsstück fiel auf den Boden. Der Kommissar winkte ab und ließ das zusammengeknautschte Bündel einfach dort liegen. Im Wohnzimmer überlegte er eine Weile, ob er das sogenannte Geschenk überhaupt auspacken sollte. Irgendwie gefiel ihm nicht, dass der Inhalt ‚witzig' sein sollte. Dann riss er doch das geblümte Geschenkpapier ab und öffnete die Schachtel. Darin befand sich eine brandneue, digitale Personenwaage. Jetzt musste Riemer doch schmunzeln. Als er sich darauf stellte, zog er erstaunt die Stirn in Falten. Dann holte er die analoge Waage aus dem Bad und stellte sich auf diese. Das alte Ding zeigte doch böswilliger Weise zwei Kilo mehr an. Nach der erneuten Besteigung der digitalen Waage stellte er frohlockend fest, dass er doch zwei Kilo leichter war, als gedacht. Sofort tappte er zum Küchenschrank und holte eine Tafel Vollmilch-Nuss heraus. Die hatte er sich jetzt verdient.
Währenddessen saßen seine Kollegen in ihrer Stammkneipe und bekamen das Grinsen nicht mehr aus ihren

Gesichtern. Sie freuten sich nämlich auf Riemers Miene, wenn sie ihm am nächsten Tag mitteilen würden, dass der computerbegabte Mehlmann die Waage manipuliert hatte. Um genau zwei Kilo.

Friedhof der Blödmänner

Kennen Sie Stephen Edwin King? Ich meine nicht persönlich, obwohl das ja theoretisch möglich sein könnte. Für alle anderen Leser sei gesagt, Stephen King ist ein US-amerikanischer Schriftsteller, der auch unter verschiedenen Pseudonymen schrieb, 1972 als John Swithen und zwischen 1977 und 1985 als Richard Bachman. Sein Roman ‚Friedhof der Kuscheltiere‘ aus dem Jahr 1983 ist an die Erzählung ‚Der Wendigo‘ von Algernon Blackwood angelehnt und gilt als Kings kommerziell erfolgreichstes Werk. Darin geht es um Lebewesen, die im „Moor der kleinen Götter" beerdigt werden, von dort aber wieder lebendig zurückkommen, allerdings mit einem mehr als gruseligen Charakter.

Hinweis:
Zu dem, im Folgenden benutzten Begriff Dummheit, fragen Sie Ihren Arzt oder Apotheker, oder lesen Sie den anschließenden Satz:
Unverschuldete Unwissenheit hat nichts, aber auch gar nichts mit menschlicher Dummheit zu tun.

Es war beinahe unvorstellbar, aber es traf tatsächlich ein. Der Erschaffer unseres und unendlich vieler anderer Universen, nennen wir ihn mal Kevin, bekam auf einmal Langeweile. Viele Milliarden Jahre hatte er Sterne erschaffen und wieder explodieren lassen. Aus dem dadurch entstandenen Sternenstaub neue Sterne oder die verschiedensten Planeten gebildet, Monde geformt, Asteroiden durch die Unendlichkeit gejagt, Gasnebel erzeugt, schwarze Löcher und Pulsare entstehen lassen. Als ihm scheinbar nichts Neues mehr einfiel, hatte er sich die Quantenmechanik ausgedacht, aber deren Weiterentwicklung abgebrochen, da er sie selbst nicht mehr recht verstand. Und nun plötzlich Langeweile? Natürlich hätte er nochmal ein neues Universum erschaffen können, aber da wären auch bloß wieder Sterne, Planeten, Monde und schwarze Löcher gewesen. Langweilig! Da fiel ihm ein, dass auf manchen Planeten, als ungewolltes Nebenprodukt, Leben entstanden war. Meist nur irgendwelche Mikroben oder auch Flechten. Ein Planet aber beherbergte intelligentes Leben. Na ja, beinahe intelligent. Aber vielleicht konnte er ja die dortigen Lebewesen etwas schlauer machen. Also schaute sich unser Kevin diesen Planeten mal genauer an. Da gab es Flora und Fauna, und sogar eine Spezies, die Sprache besaß. Erstaunlicherweise bemühten sich diese Geschöpfe ihre Wörter für die Nachwelt zu erhalten. Erst wurde alles in Tontafeln geritzt, dann auf Kuhhäute geschrieben und schließlich auf Papier gedruckt. Und nachdem sich Kevin heimlich ein paar dieser Schriften besorgt hatte, stellte er fest, dass durch das Lesen seine Langeweile verflog. Als er dann das Buch ‚Friedhof der Kuscheltiere' durchgelesen hatte, verspürte er den Drang, auch so etwas in die Welt zu setzen. Nicht etwa das Gleiche, nein, er wollte ja kreativ sein. Also vielleicht umgedreht, böse Menschen begraben und als gute wieder auferstehen lassen. Aber ‚Gutmensch' galt dort zurzeit als Schimpfwort und schlauer wird man auch nicht, bloß weil man gut ist. Was ist also die logische Konsequenz? Man erstellt einen Friedhof, auf dem die blödesten Leute beerdigt werden, und nach einiger Zeit kommen sie als kluge und weise Menschen wieder zurück. Erfreut über diese grandiose Idee machte sich Kevin sofort ans Werk. Er nahm menschliche Gestalt an und suchte sich ein Fleckchen Erde, das er zu seinem Totenacker umgestalten wollte. Als er begann eine Friedhofsmauer aufzurichten, fand er sich einem Mann gegenüber, der von ihm die Besitzurkunde und die Baugenehmigung verlangte. Nachdem er nicht einmal einen Personalausweis vorzeigen konnte, kam er in Untersuchungshaft. Kopfschüttelnd ließ er die von ihm geschaffene Zeit rückwärtslaufen, erschuf mit einem ganz kurzen Fingerschnippen die benötigten Papiere und begann sein Werk von vorn. Als der Friedhof fertig war, schlug er am Tor eine große Tafel an, auf welcher stand:

Auf diesem Friedhof können die dümmsten, doofsten und blödesten Familienmitglieder beerdigt werden. Nach einiger Zeit werden diese Menschen wahrhaftig klug und weise wieder auferstehen.

Dann setzte er sich neben den Eingang und wartete. Und wartete. Und dort sitzt er vielleicht heute noch, denn kein Mensch wollte eingestehen, dass gerade seine Familie zu den dümmsten zählt. Und die Leute, die dermaßen dumm waren, dass sie eigentlich auch tot sein könnten, verpassten wegen chronischer Dummheit ihre letzte Chance.

Eine Frage

Wissen Sie, manche Tage geht mir eine ganz spezielle Frage nicht aus dem Kopf. Es ist keine wichtige Frage, aber bis heute konnte sie mir keiner beantworten. Sicher gibt es viel wichtigere Sachen, beispielsweise, was wird mit der Menschheit, wenn in sechs Milliarden Jahren unsere Sonne explodiert? Oder haben wir uns vielleicht schon vorher in einem Krieg um die Ressourcen gegenseitig ausgelöscht? Und es gibt natürlich wesentlich banalere Fragen, die aber verschiedene Menschen trotzdem brennend interessieren. Man braucht bloß einmal ins Internet auf sogenannte Frageseiten zu schauen. Da stehen dann Sachen wie: Existieren wir wirklich? Bis hin zu: Was ist wichtiger, ehrlich zu sein oder nett? Am lustigsten fand ich: Was würdest du tun, wenn heute dein letzter Tag auf dieser Welt wäre? Einer hat geantwortet: Natürlich schreiend durch die Gegend rennen und mich dann anschließen fürchterlich besaufen. Manche Fragen sind eben auch wirklich nur rein rhetorisch, wie fernerhin diese: Liebling, bin ich zu dick?
Fragen sind aber für uns Menschen wichtig. Wenn ein Mensch etwas Neues entdeckt oder erfunden hat, stand am Anfang meistens eine Frage, z.B. warum ist das so? Kann ich das eventuell anders machen?

Man kann aber auch mit Fragerein ins sprichwörtliche Fettnäpfchen treten. Zum Beispiel sollte man bei einer Papstaudienz nicht zu dem Heiligen Vater sagen: Und wie geht es der Frau Gemahlin?

Fragen können überdies witzig sein, oder zu mindestens witzig gemeint werden. Vielleicht kennen Sie auch so einen Witzbold, der zu Ihnen sagt: Frage mich mal wie es mir geht! Und wenn Sie aus Höflichkeit sagen: Wie geht es dir? Dann antwortet er: Ach, frag mich lieber nicht!

Auch Witze wurden oft um eine Frage gestrickt. Beispiel gefällig? (Das war übrigens jetzt auch schon wieder eine Frage.)

Zwei Bergsteiger erklimmen einen Gletscher. Einer rutscht ab und fällt in eine tiefe Spalte. Der andere ruft hinterher: Hast du dir weh getan? Und aus der Spalte schallt es zurück: Nein, ich falle ja noch!

Im Laufe der Zeit sind eine ganze Reihe Fragen mit lustigem oder scheinbar sinnlosem Kern aufgekommen, die oft von Mund zu Mund weitergegeben werden. Hier ein paar Beispiele aus dem Internet:

- Haben die Mitarbeiter einer Teefabrik eigentlich auch Kaffeepausen?
- Kann man sich zweimal halbtotlachen?
- Was sehen blinde Menschen in ihren Träumen?
- Wo ist bei einem Baum hinten?
- Wenn ein Schizophrener mit Selbstmord droht, ist das dann eine Geiselnahme?
- Warum wird die Nadel an einer Todesspritze desinfiziert?

- Wenn es heute draußen null Grad sind und morgen ist es doppelt so kalt, wieviel Grad sind es dann morgen?
- Was ist eigentlich das Gegenteil des Wortes Gegenteil?
- Haben Analphabeten auch Spaß mit Buchstabensuppe?
- Wo war ich nur in der Nacht von Freitag auf Montag?
- Wenn Schwimmen beim Abnehmen hilft, was machen dann Blauwale falsch?
- Rapper rappen, Rockstars rocken, aber was machen eigentlich Popstars?

Natürlich gibt es auch philosophische Fragen, wie: Haben wir eine Seele, und wenn ja, warum? Aber darüber sollten sich, meiner Meinung nach, einschlägige Philosophen ihre tiefgründigen Gedanken machen. Ich habe nämlich noch nie gehört, dass sich ein Bettler eine solche Frage gestellt hätte. Andersherum habe ich auch noch nie gehört, dass sich ein Philosoph die Frage gestellt hätte: Wo bekomme ich heute etwas zu essen her?

Aber ich merke, dass ich mich verplaudere. Ich muss langsam zu meiner Frage kommen, von der ich bereits am Anfang gesprochen habe. Also, als ich Kind war, gab es Wiener Würstchen. Einfache, ehrliche Wiener, auch manchmal Frankfurter genannt. Etwas später kamen dann die Käse-Wiener auf. Diese Würstchen besaßen eine Seele aus weichem Käse, der beim Erhitzen viel schneller heiß wurde als die umgebene Fleischmasse. Beim Hineinbeißen spritzte dann der dünnflüssig gewordene Käse heraus und verbrühte punktuell kleine Hautbereiche. Fast gleichzeitig wurden die Paprika-Wiener auf den Markt geworfen, denen gehäckselte Paprikaschoten beigemengt waren. Geschmeckt hat das ganze kaum nach Paprika, aber man hatte nach dem Essen kleine Stückchen der Paprikaschale zwischen den Zähnen. Bald darauf kam ein findiger Mensch auf die Idee, beide Möglichkeiten zu kombinieren. Also gab es jetzt Paprika-Wiener mit Käse. Kurz darauf erfand jemand die Chili-Wiener, dessen Brät in der Regel sogenanntes Chili-Pulver zugesetzt wurde. Zugegeben, die schmeckten mir gut, da ich gern scharf esse. Aber ich esse auch gern Käse. Jedoch kann ich machen, was ich will, ich bekomme hier in der Gegend keine Chili-Wiener mit Käse. Deshalb meine dringende Frage an Sie: Wo kann man so etwas kaufen?

Halb und halb

Eigentlich begann alles mit den NIO, den sogenannten ‚Nachgebildeten Intelligenten Organen'. Prothesen gab es zwar schon seit Langem, aber diese NIO funktionierten nicht nur genauso wie menschliche Organe, sie sahen auch hundertprozentig so aus. Der Höhepunkt waren künstliche Bauchspeicheldrüsen, wodurch deren Krebs endlich kein Todesurteil mehr darstellte. Gleichzeitig aber entwickelte die Medizin neue Methoden, um aus sogenannten Stammzellen alle möglichen körperverträglichen, menschlichen Organe zu züchten. Krebspatienten oder Verunfallte konnten künftig wählen, ob sie nachgezüchtete oder künstliche Organe transplantiert haben wollten. Da jedoch oftmals die NIO besser funktionierten als die Nachzuchten, wollten alle in Frage kommenden Menschen nur noch künstliche Organe eingesetzt bekommen. Etwas später ließen sich sogar völlig Gesunde die besseren, künstlichen Organe einpflanzen. Weil nun aber dadurch die gezüchteten, menschlichen Organe vakant waren, interessierte sich die Roboter-Industrie dafür, um jetzt damit ihre Produkte menschlicher zu machen. So entstanden mit der Zeit zwei gleich aussehende Rassen. Einerseits Menschen, die ungefähr zur Hälfte Cyborgs waren, und andererseits Cyborgs, die etwa zur Hälfte aus menschlichen Komponenten bestanden. Allerdings glaubten viele von denen, die auf menschliche Art geboren wurden, sie seien weit besser, als die sogenannten ‚Produzierten‘. Sie setzten sogar durch, dass es für Cyborgs eine separate Toilette gab. Denn auch wenn diese einen menschlichen Magen hätten, wäre es angeblich unnatürlich auf eine Toilette zu gehen, die auch Maschinen benutzten. Inzwischen wurden den Cyborgs seit einiger Zeit Gefühle eingepflanzt, damit sie mit den Menschen auf gleicher Ebene kommunizieren konnten. Genau diese implantierten Gefühle riefen viele Kritiker auf den Plan. Und es kam so, wie befürchtet. Cyborgs verliebten sich in Menschen und Menschen liebten Cyborgs. Irgendwann wurde das legalisiert und gemischte Eheschließungen genehmigt. Daraufhin rebellierte die Mehrheit der Cyborgs. Also wurden auch deren Eheschließung untereinander erlaubt. Da Cyborgs aber keine

Kinder zeugen konnten, ließen sie sich ihren gewünschten Nachwuchs einfach produzieren. Das zog wiederum nach sich, dass kinderlos gebliebene menschliche Ehen ebenfalls in Fabriken hergestellte Cyborg-Kinder adoptierten, obwohl bei den Halbwüchsigen ständig Teile ausgewechselt werden mussten. Auch Menschen mit abweichenden Neigungen traten auf den Plan. Sie ließen sich Cyborg-Tiere anfertigen und bestanden darauf, dass diese den menschlich anmutenden Cyborgs gleichgestellt wurden, um sie ebenfalls heiraten zu können. Am Ende dieser chaotischen Entwicklung, ließen sich dann zu allem Überfluss auch noch Menschen komplett alle Organe ihres Körpers gegen mechanische und elektronische Teile ersetzen. Im Gegensatz dazu gab es auch Menschen, die künstliche Teile vollständig ablehnten. Aus diesen bildete sich eine militante Gruppe, welche gegen die sogenannten ‚Kompletten' mit Gewalttaten vorging. Der Gipfel des Hasses wurde erreicht, als es den Cyborgs gelang, eine Methode zu entwickeln, um sich selbst fortpflanzen zu können. Damit waren die drei Kriterien, nach denen Leben definiert wird, ins Wanken geraten: Erstens Stoffwechsel, zweitens Fähigkeit zum Fortpflanzen und drittens abgeschlossene Form gegenüber der Umwelt.
Die Entwicklung des Ganzen schritt derart stürmisch voran, dass die Gesetzgebung hoffnungslos hinterherhinkte. Um wenigstens ein wenig Ordnung in das Durcheinander zu bringen, wurde von den Regierungen die OKCA gegründet, die **O**rganisation zur **K**lärung von **C**yborg **A**ngelegenheiten. Die durch einen Ausschuss bestallten Mitglieder waren teils Ermittler, teils Sonder-

Richter. Ihr Spruch galt unumstößlich und führte von kurzen Gefängnisstrafen bis hin zur totalen Demontage. Das erste Gesetz, das die Organisation vorlegte, wurde auch sofort von allen Regierungen verabschiedet. Es besagte, wenn mehr als fünfzig Prozent künstlicher Organe in einem Körper anzutreffen sind, gilt die entsprechende Person als Cyborg, unterliegt einem gesonderten Cyborg-Strafrecht und kann bei schweren Straftaten in geeigneter Form vernichtet werden. Wie man sich denken kann, führte das zu Protesten und Unruhen. Es bildeten sich vier Gruppen: Menschen ohne jegliche künstlichen Organe, Menschen mit den verschiedensten NIO, Cyborgs mit mehreren menschlichen Körperteilen und Roboter ohne ein einziges menschliches Organ. Es war nicht zu ermitteln, welche Fraktion den Krieg gegen welche Gruppe angefangen hatte, aber irgendwann befanden sich alle gegen jeden im Gefecht. Jede Rasse nahm für sich in Anspruch, dass ihre Weltanschauung und ihre Lebensweise, die einzig richtigen wären. Die Kämpfe zogen sich über Monate hin, bis fast gleichzeitig alle auf Atomwaffen zurückgriffen.

Viele Jahrhunderte vergingen, dann landeten Aliens auf dem Planeten. Die Außerirdischen Forscher hatten über einen langen Zeitraum ermittelt, dass es hier, allen Anzeichen nach, sehr wahrscheinlich eigenständiges Leben geben würde. Aber alles was sie vorfanden, waren verkohlte oder mumifizierte organische Reste und zermalmte, künstliche Eingeweide. Halb und halb.

Die Aufgabe

„Kommt mal alle ein klein wenig näher! Und du, du legst noch etwas Holz aufs Feuer. Schließlich soll das ja mindestens solange brennen, wie meine Schilderung dauert. Was ich euch jetzt erzähle, kann so oder so ausgelegt werden. Die einen sagen, es wäre reine Spinnerei oder ein modernes Märchen. Die anderen nehmen es zum Anlass, um an Dinge zu glauben, die unsere Augen und Ohren sowie unser Verstand nicht wahrnehmen können. Danke, das reicht jetzt mit dem Holz! Setze dich zu den anderen. Der Titel meiner Geschichte lautet: ‚Die Aufgabe‘. Und wer sich in der deutschen Sprache auskennt, der wird wissen, dass dies einerseits so etwas wie einen Auftrag bedeuten kann. Eben eine Angelegenheit, die der Lösung bedarf. Andererseits kann man das aber auch von ‚aufgeben‘ ableiten, was dann soviel bedeutet wie ‚ein Ende machen‘, also alles schon vor dem gesteckten Ziel aufzugeben. Um beide Deutungen wird es in dem folgenden Geschehen gehen. Die Geschichte beginnt an einem Ort, von dem viele Menschen glauben, dass er weit, weit unter der Erdoberfläche liegt. Und nun sperrt eure Ohren auf!“

Die Decke des Raumes war schwarz gestrichen, die Wände rot gekachelt. Der Fußboden sowie alle Möbel waren aus feinstem Ebenholz gefertigt. Gegenüber der Eingangstür stand ein massiver Schreibtisch, dessen Platte drei Reihen orangeblinkender Tasten zierten. Im Sessel dahinter saß ein Mann mit schwarzem Gesicht und einem dunkelroten Frack. Sein sehr stark behaarter

Zeigefinger drückte auf die letzte Taste der ersten Reihe: „Er soll reinkommen!" Die große Tür wurde geöffnet und eine Hand schubste brutal einen jungen Mann in den Raum. Der Gestoßene stolperte, konnte sich aber gerade noch abfangen. Dann spuckte er verächtlich auf den Boden. Der Schwarzgesichtige hinter dem Schreibtisch winkte nur kurz mit der Hand, und scheinbar aus dem Nichts kam ein Stuhl herangerutscht, knallte dem Stehenden von hinten in die Kniekehlen und brachte ihn so gegen seinen Willen zum Sitzen. Der rotbefrackte grinste: „Du wolltest dich doch in meiner Gegenwart nicht hinsetzen. Oder habe ich das beim letzten Mal falsch verstanden, Herr Totwald?" Der junge Mann spuckte erneut aus: „Ich heiße Hauswald. Jens Hauswald, und das weißt du Blödmann ganz genau!" Der so Beschimpfte grinste überheblich weiter: „Aber du wurdest tot im Wald aufgefunden. Also heißt du für mich Totwald. Außerdem kann ich hier jeden so nennen wie ich das will. Klar?" Jens Hauswald versuchte aufzustehen, aber eine unsichtbare Macht fesselte ihn an den Stuhl. Angestrengt quetschte er zwischen den Zähnen hindurch: „Wir sollen dich doch alle Luzifer nennen, dann nenne mich gefälligst auch Jens, du Teufel!" Der so betitelte verzog fragend sein Gesicht: „Und was hättest du davon, wenn ich dich Jens nenne? Dir kann doch scheißegal sein unter welchem Namen ich dich führe!" Hauswald lächelte: „Der Name Jens stammt aus dem Hebräischen und bedeutet ‚Gott ist gnädig'. Gefällt dir das?" Jetzt war es an Luzifer auszuspucken: „Du wirst deine Frechheiten noch bereuen!" „Ach ja?", fragte der Sitzende gleichmütig,

„Willst du mich vielleicht in die Hölle verbannen? Ach entschuldige, ich vergaß, da bin ich ja schon". Sein Peiniger schüttelte den Kopf: „Ich verstehe nicht, warum du hier so einen Aufstand machst. Alle beschweren sich über dich. Warum das alles?" Jens wurde laut: „Mensch, weil ich Langeweile habe!" Und Luzifer entgegnete ebenso vernehmlich: „Ich bin kein Mensch. Außerdem hast du doch selbst daran schuld. Dein Lebtag hast du nicht an die Dinge geglaubt, die in der Hölle so ablaufen. Ich würde dich liebend gern in siedendes Öl stecken, aber das darf ich eben nur mit Leuten machen, die sich das auch zu Lebzeiten vorgestellt haben. Für euch Ignoranten wird halt die Langeweile zur Höllenqual". Jens stutzte: „Moment mal! Hab ich das richtig verstanden? Wenn ich zu Lebzeiten nicht an die Hölle geglaubt habe, dann dürfte ich doch eigentlich gar nicht hier sein, oder?" Auf Luzifers Gesicht bildete sich sowas wie ein abfälliges Lächeln: „Da gibt es einen feinen Unterschied. Du hast nicht an unsere Methoden geglaubt. Aber erinnere dich, als du damals mit deinem Luftgewehr einen Spatzen erschossen hast, da hat deine Großmutter gesagt, du würdest dafür in die Hölle kommen. Und genau da hast du vor deinem geistigen Auge ein Bild gesehen, nämlich wie du vor einem Teufel stehst. Und das hat gereicht, dich nach deinem Ableben hier herunter zu holen. Da du dir aber weder damals noch später etwas von siedendem Öl vorgestellt hast, darf ich dich da auch nicht reinstecken, so gern ich das ansonsten gemacht hätte. Wir haben nämlich auch hier unten unsere Vorschriften. Schließlich sind wir eine rein deutsche Hölle". Jens blickte etwas finster: „Das heißt, wenn ich also nie an die Hölle oder an den Teufel gedacht hätte, dann wäre ich auch nicht hier?" Luzifer nickte bestätigend: „Dann würdest du einfach auf dem Friedhof verschimmeln und nie wieder etwas empfinden oder auch nur denken. Aber du bist nun mal hier. Das solltest du endlich akzeptieren!" Jens Hauswald richtete seinen Blick etwas arrogant an die Decke: „Dann tut es mir leid. Da werde ich wohl weiterhin aus Langeweile deinen Laden hier aufmischen". Der Schwarzgesichtige beugte sich leicht auf Jens zu: „Hör mal her, ich schlage dir ein Geschäft vor! Du musst verstehen, selbst ich habe leider einen Boss, auch wenn das kaum einer weiß. Und mein Boss verlangt von mir eine bestimmte Quote, damit wir den Wettbewerb gegen den Himmel gewinnen. Dabei geht es nicht nur um die Anzahl der geköderten Seelen, sondern auch um deren Qualität. Wenn ich also einen guten Menschen auf die schiefe Bahn bringen kann, dann bin ich fein raus. Jetzt mein Vorschlag. Du wirst mein Helfer und ich erteile dir gelegentlich eine spezielle Aufgabe! Ich schicke dich dafür ab und an auf die Erdoberfläche zurück, und du drehst gewissermaßen unfehlbare Menschen um. Wie du das machst, ist deine Angelegenheit. Hauptsache, die bauen dann Mist. Damit ist mir geholfen, und du hast was gegen deine quälende Langeweile getan. Einverstanden?" Jens nickte. Zurück auf die Oberfläche, das war sehr verlockend: „Und wen soll ich als erstes verleiten?" Luzifer drückte eine der Tasten auf seinem Schreibtisch. Ein schwarz gekleideter Helfer brachte eine dünne Akte herein und verschwand wieder. Luzifer öffnete den

Aktendeckel: „Eine gewisse Doris Wenderfeld. Verheiratet mit Anton Wenderfeld. Die Dame ist mir unheimlich. Nicht nur, dass sie keinen Alkohol trinkt, nicht raucht und ferner ihren Mann bisher noch nie betrogen hat, sie lügt auch nicht. Das habe ich bislang noch von keinem Menschen gehört". Jens machte große Augen: „Das klingt fast nach meiner Ex. Die hieß auch Doris. Aber die war nie verheiratet und hat mich auch deutlich wissen lassen, dass sie nie heiraten würde". Luzifer reichte Jens die Akte: „Du wirst jetzt zum Ausgang gebracht. Alles, was du noch wissen musst, steht in der Akte. Wenn du oben bist, lies dir alles gut durch!"

„Oh, das Holz ist fast heruntergebrannt. Nun ihr Guten, da fasse ich jetzt den Schluss der Geschichte noch schnell zusammen. Jens las in der Akte, dass es sich tatsächlich um seine ehemalige Freundin handelte, welche dennoch inzwischen geheiratet hatte. Er wollte nicht, dass die Gute in die Hölle kommen sollte. Selber mochte er aber auch nicht mehr dahin zurück. Also ließ er sich einen Trick einfallen. Er ging zu einem Hypnotiseur und ließ sich von diesem alle seine Gedanken an die Hölle blockieren. So wandelte er noch einige Jahre auf Erden herum, während Luzifer tief unten in seinem dunklen Zimmer Gift und Galle spuckte. Und als Jens dann starb, ruhte er friedlich in seinem Grab und konnte tatsächlich nie wieder etwas empfinden oder auch nur denken. So war seine Seele und die von Doris vor der Verdammnis geschützt. Und was lernen wir alle daraus? Wenn euch jemand dummes Zeug von der Hölle erzählt, glaubt es nicht. Es ist genauso erfunden, wie meine Geschichte. Und jetzt ab in die Betten! Vielleicht erzähle ich euch morgen wieder so eine Story am Lagerfeuer. Euch soll ja schließlich nicht langweilig werden!"

Julia und Andreas

Andreas Müller war seit einiger Zeit geschieden und wollte auch nie wieder eine Beziehung eingehen. Das hatte er sich geschworen. Der Trennungsschmerz saß einfach noch zu tief. So etwas wollte er schlichtweg nicht mehr erleben müssen. Und sein Vertrauen in das weibliche Geschlecht hatte auch ganz schön gelitten. Natürlich kann man Menschen nicht alle über einen Kamm scheren, darüber war er sich schon klar, aber gerade seiner Ehemaligen hätte er nie zugetraut, dass sie ihn einmal betrügen würde. Nun war er allein, aber keineswegs einsam. Durch seine Freunde hatte er reichlich soziale Kontakte. Ob Kino, Bowling oder Kneipenbesuch, stets hatte er das Gefühl gemocht zu werden. Trotzdem war er mit seinem Alltag nicht immer zufrieden. Wenn er Ärger mit seinem Chef bekam, machte er das schon mit sich selbst aus, aber wenn er Erfolge zu verzeichnen hatte, war keiner da, dem er unmittelbar davon berichten konnte, und der sich dann auch gemeinsam mit ihm freute. Außerdem meldete sich langsam die Biologie in seinem Kopf und brachte ihn dazu, der einen oder der anderen Frau hinterher zu blicken.

Es war an einem Dienstagmorgen, als er mit dem Bus zur Arbeit fuhr und plötzlich eine Frau erblickte, die ihm bisher noch nie aufgefallen war. Diese Frau besaß genau das Aussehen, dass er sich immer vorgestellt hatte. Sie war bestimmt kein Topmodel, aber alle Linien an ihr stimmten haargenau mit dem Geschmack von Andreas überein. Ihr Unterkiefer war zwar etwas kantiger als der von anderen Frauen, aber enorm sexy, soweit das ein Unterkiefer überhaupt sein kann. Sie war ein wenig flach über der Brust, und genau dieser Umstand schien ihren Charakter zu offenbaren. Andere ließen sich Silikon implantieren, sie nicht. Das gefiel ihm. Er stieg aus, als sie ausstieg, obwohl er im Normalfall noch zwei Stationen weitergefahren wäre, und beobachtete sie dann von Ferne. Ihr Laufstil war dynamisch und ihre vollen, kupferfarbenen Haare wippten bei jedem ihrer Schritte. Andreas war klar, die steht mit beiden Füßen fest auf der Erde und ist keine Zicke, die sich demnächst Botox in die Lippen spritzen lässt.

Zu Hause war er über sich selbst entsetzt. Was sollte das? Er hatte sich doch geschworen, nie wieder eine Frau anzusehen. Also betäubte er seine abwegigen Gedanken mit einer Flasche Kognak, die er vor einem halben Jahr zu seinem Geburtstag geschenkt bekommen hatte. Nicht, dass er ein typischer Säufer war, aber bei gelegentlichen Feierlichkeiten genehmigte er sich doch schon mal das eine oder das andere Glas.
Am nächsten Tag sah er sie wieder im Bus. Das brachte ihn am Abend in einen Konflikt. Entweder schon wieder

trinken, oder weiter an das wunderschöne Wesen denken. In der Endkonsequenz ließ er die Flasche in der Küche stehen und wälzte sich stundenlang im Bett hin und her. Was zur Folge hatte, dass ihn seine Kollegen am nächsten Tag aufgrund seiner Augenringe äußerst mitleidig anschauten.

Es vergingen mehrere Tage, ohne dass Andreas die Frau wiedersah. Weder im Bus, noch in der Stadt, noch im Supermarkt. Abends im Bett legte er sich ein paar Worte zurecht, die er zu ihr sagen wollte, falls er sie zufällig doch noch einmal zu Gesicht bekommen würde. Doch dann warf er alles wieder über den Haufen und überlegte sich andere Formulierungen. So vergingen einige Tage, ohne dass er die Frau aus seinen Gedanken verbannen konnte. Schließlich kam der 31. Dezember und die unvermeidliche Silvesterfeier mit seiner Clique. Natürlich wurde etwas mehr getrunken als an anderen Tagen und natürlich schüttete Andreas sein Herz gegenüber seinen Freunden aus. Elena, die auch nicht mehr so ganz nüchtern war, drückte ihre Stirn gegen seine und bestärkte ihn leicht lallend darin, dass er seiner Angebeteten unbedingt sagen sollte, was er fühlte, auch wenn sie ihn daraufhin abweisen würde. Sie meinte, es sei besser zu wissen woran man ist, als an Herzdrücken zu sterben. Er stimmte ihr zu.
Der Alltag fing Andreas wieder ein. Aufstehen, Morgentoilette, Frühstück, Arbeit, Fernsehen, Bett. Gelegentlich ging er mit seinen Freunden zum Bowling oder zu einer Geburtstagsfeier. Ab und zu nahm er auch seine Gitarre

zur Hand. Er mochte alte, amerikanische Songs, die leicht auf der Gitarre nachzuspielen waren. Dann erdachte er sich dazu hin und wieder eigene, deutsche Texte. Die waren zwar nicht immer gerade das Gelbe vom Ei, aber einer schien ihm doch ziemlich gut gelungen zu sein. Es war der Text zu ‚Killing Me Softly with His Song'. Ein Lied von Lori Lieberman aus dem Jahr 1972. Es wurde von Norman Gimbel und Charles Fox geschrieben und 1973 mit Roberta Flack zu einem wahren Hit. Seine deutsche Version des Textes lautete:

Du bist die Frau, die ich liebe.
Nie hätt' ich sowas gedacht.
Du bist die Frau meines Lebens,
suchte vergebens
nach Liebe.
Und doch jetzt kam sie, ganz heimlich, gar nicht erwartet
über Nacht.

Ich habe dich gesehen, du gingst mit meinem Freund.
Du bist für mich tabu, so hab ich stets gemeint.
Doch jetzt nach vielen Jahren,
da musste ich erfahren:
Du bist die Frau, die ich liebe ...

Als er diesen Text zu Papier gebracht hatte, konnte er nur noch an seine Angehimmelte denken und einfach nicht mehr einschlafen.

Die Sonne schien, als ob sie die Menschen dazu anregen wollte, Helden zu zeugen. Andreas sah allgegenwärtig nur fröhliche Gesichter, als er durch die Fußgängerzone streifte. Plötzlich fuhr es ihm durch alle Glieder, als hätte ihn ein Blitz als Ziel auserkoren. Sie! Er erinnerte sich an die Worte, die er sich bereits vor Längerem zurechtgelegt hatte, nahm allen Mut zusammen und stellte sich vor sie hin. Er räusperte sich und sagte: „Entschuldigen Sie bitte die Störung! Aber bevor ich platze, muss ich Ihnen sagen, dass sie fantastisch aussehen. Keine Angst, das ist keine Anmache. Ich habe zu Hause einen Spiegel und weiß genau, dass ich keine Chance bei Ihnen habe. Aber ich musste Ihnen einfach sagen, wie zauberhaft Sie sind!" Dann senkte er seinen Blick, trat beiseite und ging davon, ohne zurück zu blicken. An der nächsten Fußgängerampel musste er stehen bleiben und jemand tippte ihm von hinten auf die Schulter. Als er sich umdrehte, stand da dieses wahnsinnig hübsche Wesen: „Glaubst du nicht, dass es etwas unhöflich ist, eine Frau voll zu quatschen, ohne sich vorzustellen?" Sie hielt ihm ihre Hand hin: „Ich bin Julia. Und Du?" Mit rotem Kopf nahm er ihre Hand: „An … äh … Andreas". Sie ließ seine Hand los und stützte die Arme in die Hüften: „Noch nie hat ein Kerl das Wort ‚zauberhaft' mit mir in Verbindung gebracht. Wie wärs, wenn du mich mal zu einem Kaffee einladen würdest?" Er fand allmählich seine Fassung wieder und musste lächeln: „Würdest du vielleicht mit mir einen Kaffee trinken?" Sie nickte: „Mir gefallen Männer mit spontanen Ideen". Er hielt ihr demonstrativ seine Armbeuge hin, und sie hakte sich bei ihm unter, als würden sie sich schon eine Ewigkeit kennen. Als sie auf die Straße traten, quietschten Autoreifen und der Fahrer eines blauen LKWs drückte erschrocken auf die Hupe.

Die Fußgängerampel hatte gerade wieder auf Rot geschaltet.

Das Café befand sich an der Ecke eines kleinen Gebäudes. Es hieß auch ‚Café Ecke'. In der Getränkekarte erfuhren sie allerdings, dass es nach dem Besitzer, Karsten Ecke, benannt war. Als die Kellnerin kam, bestellte er sich höflich einen ‚Latte macchiato', während sie energisch äußerte: „Ich nehme einen großen Kaffee, aber bitte groß mit drei ‚o' geschrieben". Nach einiger Zeit gingen sie dann vom Kaffee zum Wein über. Und wenn zwei Seelenverwandte sich treffen, dann wird geredet, geredet und geredet. So erfuhr er, dass ihr erster Mann schon nach zwei Monaten bei einem Verkehrsunfall ums Leben kam, und sie seit Jahren Witwe war. Außerdem konnte sie, genau wie er, absolut nicht tanzen. Am Ende des Abends verabredeten sich beide für den nächsten Tag zu einem Schaufensterbummel.
Es waren genau drei Schaufenster nötig, dann fanden sich ihre Hände. Und einen Abschiedskuss gab es am Abend auch noch. Als sie am nächsten Tag herausfanden, dass beide Schiller liebten, war es nur logisch die Aufführung von ‚Kabale und Liebe' zu besuchen. In dieser Art vergingen noch ein paar Verabredungen, dann lud Andreas seine Julia zu sich nach Hause ein. Kerzen, Rotwein und ein selbst gekochtes Abendessen taten ihre Wirkung. Als dann Andreas seine Gitarre auspackte und den Song ‚Du bist die Frau, die ich liebe' spielte, bekam Julia ganz große Kulleraugen. Da musste das Bett von

Andreas, das bisher eigentlich nur eine Person kannte, plötzlich mit zwei Menschen klarkommen.

Andreas freute sich am Morgen bereits auf den nachmittäglichen Kinobesuch mit Julia. Gleich nach Feierabend hatten sie sich für den Film verabredet, und anschließend sollte ein abendlicher Tanzkurs folgen. Auf dem Weg zum Bus bekam er plötzlich Sehstörungen, und kurz vor der Haltestelle versagten seine Beine. Der von einem Passanten eilig herbeigerufene Notarzt brauchte ihm lediglich in die Pupillen zu leuchten, um festzustellen, dass etwas mit seinem Gehirn nicht stimmte. Ein Krankenwagen transportierte den Bewegungsunfähigen in die nahegelegene Universitäts-Klinik. Dort stellte man fest, dass ein Gehirntumor innerhalb der nächsten Stunden die Lungenfunktion lahmlegen würde. Es wurde eine Notoperation vorbereitet. Man sägte ein Stück seiner Schädeldecke heraus, entfernte den Tumor, setzte das Knochenstück wieder ein, vernähte die Kopfhaut und hoffte. Doch Andreas fiel in ein tiefes Koma.

Julia lief vor dem Kino nervös hin und her. Alle zwei Minuten schaute sie auf die Uhr. Dann machte sie sich auf den Weg zu der Wohnung von Andreas. Sie klingelte und klopfte, aber niemand reagierte. Später rief sie von zu Hause aus mehrmals bei ihm an, aber keiner meldete sich. Am nächsten Tag begann sie alle umliegenden Kliniken anzurufen. Man gab ihr jedoch immer nur die Antwort, dass man aus Datenschutzgründen am Telefon keine Auskunft geben dürfe. Eine Schwester, Sonja mit

Namen, gab ihr den Rat persönlich vorbei zu kommen, da man Verwandten vor Ort jederzeit Auskunft geben würde. Eine Stunde später stand Julia dort an der Anmeldung und fragte nach Schwester Sonja. Die kam auch und fragte: „Sind sie mit Andreas Müller verwandt?" Julia schüttelte zaghaft den Kopf. Die Schwester fragte erneut, diesmal betont langsam: „Sind sie mit Andreas Müller verwandt?" Jetzt nickte Julia energisch: „Er ist mein Bruder". Die Schwester bedeutete Julia, ihr zu folgen. Dann öffnete sie die Tür zu einem Krankenzimmer. Julia erschrak: „Das ... das ist er nicht!" Die Krankenschwester schloss die Tür wieder: „Es tut mir leid. Aber ich wünsche Ihnen viel Glück bei Ihrer weiteren Suche!" Die nächsten Wochen versuchte Julia immer wieder ihren Andreas zu erreichen. Schließlich glaubte sie, er hätte kalte Füße bekommen und wäre auf Nimmerwiedersehen verschwunden. So kam sie nicht auf die Idee, ihn bei der Polizei als vermisst zu melden.

Es vergingen etwa drei Monate, da hatte der Krankenpfleger Holger Brümmer das Erlebnis, von dem er noch jahrelang Verwandten und Freunden immer wieder erzählte. Er wollte gerade einen Komapatienten rasieren, als dieser sich urplötzlich aufrichtete, die Augen öffnete und sagte: „Ich nehme einen großen Kaffee, aber bitte groß mit drei ‚o' geschrieben". Dann blickte sich der Auferstandene verwirrt um und fragte: „Wo bin ich? Und verdammt, wer bin ich?" Man beruhigte ihn, er hätte lediglich eine retrograde Amnesie und sein Gedächtnis würde zurückkommen. Aber es kam nicht. Man sagte ihm, wer er sei und zeigte ihm seine Papiere. Er wurde eine Zeit lang in seiner eigenen Wohnung betreut, um sich wieder an sein Umfeld gewöhnen zu können. Man behandelte ihn auch medikamentös, aber das Gedächtnis kam und kam nicht zurück. Die einzige Hoffnung war, dass er irgendwann mit einem wichtigen oder schockierenden Ereignis aus seiner Vergangenheit konfrontiert werden würde, um die Gehirnregionen zu aktivieren, die ihm im Moment noch verschlossen blieben.

Andreas befand sich in einem seltsamen Zustand. Er wusste jetzt wer er war, aber nur deshalb, weil man es ihm häufig genug vorgebetet hatte. Seine Freunde versuchten ihm mit der Schilderung mehrerer Ereignisse von früher auf die Sprünge zu helfen, und allmählich glaubte er sogar, dass er das alles selbst miterlebt hätte. Mit der Zeit fand er sich dann ab, dass er halt ein neues Leben anfangen und nur nach vorn blicken musste. Und genau da geschah es. Er sah in der Fußgängerzone eine hübsche Frau, die ihm irgendwie bekannt vorkam. Plötzlich knallte es in seinem Kopf und riesige Mengen von Erinnerungen überfluteten wie ein Tsunami unbarmherzig das Gehirn. Er erinnerte sich an ihre erste Begegnung, an das Café, an den Song, an die darauffolgende Nacht und an ihren Namen, Julia! Langsam trat er an sie heran: „Entschuldigen Sie bitte, aber ich muss Ihnen sagen, dass sie zauberhaft aussehen!" Am ganzen Körper zitternd holte Julia aus und verpasste ihm eine schallende Ohrfeige. Dann zog sie ihn zu sich heran, küsste ihn und flüsterte: „Wo warst du? Wo warst du?" Er umarmte sie behutsam: „Komm, wir gehen einen Kaffee trinken, dann erzähle ich dir alles".

Es dauerte nicht mehr sehr lange, dann heirateten die beiden und zogen zusammen. Aus Tradition gingen sie jeden Sonntag in das kleine ‚Café Ecke'. Dort bestellten sie dann stets simultan: „Ich nehme einen großen Kaffee, aber bitte groß mit drei ‚o' geschrieben".

Parallele Dimensionen

Einige Menschen mögen dies, andere das. Jeder hat so seine Vorlieben. Meine Oma mütterlicherseits zum Beispiel liebte Mohnkuchen. Allerdings nahm sie nach dem Verzehr immer ihr Gebiss heraus und pulte die verbliebenen Mohnkörner zwischen den künstlichen Zähnen hervor. Wir Kinder fanden das abstoßend. Mein Opa hingegen liebte Blasmusik. Und die hörte er von morgens bis abends. Das fanden wir noch viel abstoßender. Wann und warum wir Präferenzen entwickeln, ist mir nicht ganz klar. Als Kleinkind scheinen wir noch nicht so richtige Vorlieben zu besitzen. Da wollen wir einfach nur das haben, womit gerade ein anderes Kind spielt. Und wenn ich von mir ausgehe, muss ich gestehen, in der Unterstufe meiner Schulzeit fand ich den Unterricht einfach blöd. Da bestand meine Vorliebe eindeutig aus der Pause. In den oberen Klassen hatte es mir dann aber die Physik angetan. Ich träumte sogar davon, später einmal selbst Physiker zu werden. Allerdings war mir zu diesem Zeitpunkt noch nicht bewusst, dass ein Standbein der Physik nun mal die Mathematik ist. Und in Mathe hatte ich leider nur eine Drei. Dann kam das Fach Astronomie. Ich war Feuer und Flamme, wie man so schön sagt. Am Ende meiner Schullaufbahn hatte ich in Astro eine Eins, in Physik eine Zwei, jedoch in Mathe immer noch eine Drei. Also beschloss ich, keine akademische Laufbahn einzuschlagen. Dessen ungeachtet interessierte ich mich weiterhin für Astrophysik und las alles zu dem Thema, was ich in die Finger bekam. Bald schon machte ich mir meine eigenen Gedanken dazu, welche oft von der gerade geltenden Schulmeinung abwichen. Nehmen wir zum Beispiel ein schwarzes Loch. Laut Stephen Hawking herrscht dort Singularität, sprich, es gibt dort keine drei, sondern nur noch eine einzige Dimension. Wenn also ein dreidimensionaler Körper, zum Beispiel ein Asteroid, hineingezogen wird, dann wird er zerrissen und besitzt anschließend nur noch eine einfache Dimension. Da habe ich mich gefragt, wieso von drei gleich auf eins. Wo bleibt die zweite Dimension? Nach einigem Nachdenken kam ich darauf, dass es vielleicht gar keine drei Dimensionen gibt. Stellen Sie sich vor, auf dem Tisch liegt ein steifer Draht, waagerecht vor Ihnen. Wenn Sie jetzt zwei Drittel des Drahtes neunzig Grad nach oben biegen, entspricht das einer zweiten Dimension. Dann biegen Sie das obere Drittel von sich weg nach hinten und schon haben Sie drei Dimensionen. Aber in Wirklichkeit ist der Draht doch nur ein zweimal gebogenes, eindimensionales Objekt. Vielleicht ist ja alles, was wir als dreidimensional empfinden, nur eine gebogene, verdrehte oder anderweitig verschwurbelte Dimension der Klasse eins und wird in einem schwarzen Loch nur wieder gerade gebogen. Wenn es also tatsächlich nur eine einzige Dimension gibt, dann kann man sich auch vorstellen, dass zwei oder mehr Universen parallel nebeneinander verlaufen, wie zwei Drähte oder Schienenstränge. Und wenn irgendwo nur der winzigste Fehler beim Urknall passiert sein sollte, dann könnte sich vielleicht ein Universum in der Unendlichkeit mit einem anderen Universum an einem klitzekleinen Punkt berühren.

Wie recht ich mit dieser Vermutung hatte, sollte mir erst viel später klar werden.

Kennen Sie das? Eine Frau ruft aus dem Esszimmer ihrem Mann zu: „Bring doch bitte das Salz mit!" Und er: „Wo steht denn das?" Sie: „Wo es immer steht. In der Küche, auf der Arbeitsplatte rechts". Der Ehemann guckt sich verzweifelt die Augen aus dem Kopf: „Da steht es nicht". Sie kommt und zeigt kopfschüttelnd auf das Salz. Es steht links. Der Mann hätte nur den Kopf etwas zur Seite drehen müssen, dann hätte er es gesehen. Aber das macht ein Mann nicht. Wenn man ihm sagt, das Salz steht rechts, dann steht es auch rechts. Sehen Sie, so ein Mann mit Scheuklappen bin ich auch. Mir wurde das ziemlich schmerzlich klar, als ich am Montagmorgen zur Arbeit fahren wollte. Ich trat aus dem Haus und stellte fest, dass mein Auto nicht mehr da war. Verzweifelt lief ich die Straße entlang, aber das Scheißding war einfach nicht zu finden. Kurz bevor ich der Polizei den Diebstahl melden wollte, entdeckte ich den Wagen auf der anderen Straßenseite. Ich hätte aber wetten können, dass ich die Karre gestern auf der hiesigen Seite geparkt hatte, direkt vorm Haus. Also überprüfte ich erstmal, ob vielleicht jemand mein Auto geknackt hatte. Es war aber nicht aufgebrochen worden, soweit ich feststellen konnte. Und wenn ich mich richtig an den Kilometerstand erinnerte, dann wurde damit auch nicht gefahren. Falls hier nicht das Fernsehen mit versteckter Kamera zu Gange war, stand eines wohl fest, ich hatte nicht mehr alle Latten am Zaun. Ziemlich verstört fuhr ich los. In meiner Werkhalle angekommen, grinste mich mein Freund Harald an: „Was hast du denn mit deinen Haaren gemacht? Sieht aber nicht schlecht aus". Verdammt nochmal, wollte mich denn hier die ganze Welt veräppeln? Meine Haare waren doch genauso wie immer. Das Spiel ging weiter, als ich meinen Arbeitskittel aus dem Schrank holen wollte. Der Schlüssel passte nicht. Da hatte doch einer das Schloss ausgewechselt, um mich zu foppen. Aber nicht mit mir. Ich ließ mir nichts anmerken, holte den großen Bolzenschneider und knackte das Vorhängeschloss auf. Morgen würde ich eben ein neues mitbringen. Aber dann machte ich doch große Augen. Ich hatte bisher immer blaue Arbeitskittel getragen, immer. Der Kittel in meinem Spind war jedoch braun, hatte aber trotzdem meinen Namen aufgestickt. Ziemlich bedröppelt tappte ich zur Meisterbude und meldete mich bei meinem Chef krank. Immer noch in der Hoffnung, irgendjemand würde „April, April!" rufen.

Zu Hause wollte ich mir erst einmal einen Tee aufbrühen, konnte aber nirgends meine Teedose finden, die schöne rote, mit den chinesischen Motiven. Stattdessen fiel mir eine Schachtel mit Teebeuteln in die Hand. Ich hasse Teebeutel und konnte mich auch nicht erinnern, jemals einen solchen aufgebrüht zu haben. Jetzt stand es wohl unwiderruflich fest, ich war geistig nicht mehr so ganz richtig auf der Höhe der Zeit. Ich hatte endgültig durchgedreht. Ich war ganz sicher bekloppt, verblödet, verrückt, durchgeknallt, geistig umnachtet, irre, meschugge, unzurechnungsfähig, plemplem oder auch alles zusammen. Zitternd schaltete ich den Fernsehapparat ein und ließ mich kraftlos in meinen Lieblingssessel sinken. Dann stand ich sofort wieder auf, schaltete den Fernseher aus und beschloss, zu meinem Hausarzt zu gehen. Die Sprechstundenhilfe kannte ich ganz gut, mit der war ich schon zwei- dreimal ausgegangen. Der könnte ich mich bestimmt anvertrauen. Als ich eintrat begrüßte sie mich: „Na, mal wieder krank?" Ich nickte: „Weißt du Brigitte, ich glaube in meinem Kopf stimmt etwas nicht". Sie antwortete: „Das glaube ich auch. Schließlich heiße ich Inge und nicht Brigitte. Bist du vielleicht gestürzt oder hast du dir den Kopf irgendwo angeschlagen?" Ich war völlig verzweifelt. Jetzt verwechselte ich schon Vornamen. Zerknirscht antwortete ich: „Ich weiß es selbst nicht mehr. Alles fühlt sich irgendwie anders an. Ich glaube ich drehe durch". Dann trottete ich mit hängenden Schultern ins Wartezimmer. Als ich etwas später dem Arzt mein Leiden schildern konnte, überwies der mich sofort zu einem Psychiater. In drei Tagen hatte ich auch schon einen Termin. Außerdem wurde ich für vierzehn Tage krankgeschrieben.

Die folgenden drei Tage waren Horror. Immer wieder stimmte meine Erinnerung nicht mit den Tatsachen überein. Ich suchte vergeblich nach Dingen, von denen ich überzeugt war, sie in der Wohnung zu haben. Dafür fand ich Gegenstände, die ich garantiert nie im Leben gekauft hätte. Am schlimmsten war, dass man sich im Supermarkt weigerte mein Geld anzunehmen. Angeblich wäre es Spielgeld. Gottseidank konnte ich mit meiner Kreditkarte bezahlen. Ich verstand die Welt nicht mehr.

Der Psychiater, der ständig an seinem Gesicht herumfingerte, hörte mir scheinbar gar nicht zu. Er blickte mich außerdem überhaupt nicht an. Auch als ich mitten im Satz aufhörte, dauerte es eine geraume Weile, bis er reagierte. Dann diagnostizierte er bei mir die sogenannte Persönlichkeitsstörung DSM-5, was immer das auch bedeutete. Ich bekam ein Psychopharmakon verschrieben, dessen Name wie eine haitianische Insel klang. Es half alles nichts. Mein Leben war eine einzige Tortur. Man verabreichte mir später sogar Elektroschocks, doch ohne eine messbare Wirkung. Im Endeffekt wurde ich dann dauerhaft arbeitsunfähig geschrieben. Also saß ich zu Hause herum und schob Langeweile. Ich begann alles Mögliche zu lesen. Vorrangig jedoch wissenschaftliche Abhandlungen. Dabei fiel mir eine Arbeit auf, die von Paralleluniversen handelte. Angeblich würden dort die Dinge ähnlich ablaufen wie hier, aber eben nicht ganz genauso. Mir fiel sofort meine Theorie von den parallel laufenden Dimensionen wieder ein. Sollte ich etwa …? Nein, das war unmöglich. Oder doch? Ich schrieb an den

Verlag und bat um eine Zusammenkunft mit Professor Chris Walden, dem Autor des Aufsatzes.

Der Mann war eine Frau. So kann man sich täuschen. Die Dame war mittleren Alters, aber mit einer beneidenswert glatten Haut. Zuerst schilderte ich ihr meine verzweifelte Lage, dann fragte sie mir noch drei bis fünf Löcher in den Bauch. Anschließend lud sie mich für den nächsten Tag in ihr Labor ein. Ich sollte aber unbedingt nüchtern kommen. Wo ich doch so gern esse.
Man glaubt gar nicht, wieviel Drähte auf einen einzelnen Kopf passen. Außerdem bekam ich auch noch zwei feuchte Elektroden auf die Brust geklebt und eine verdrahtete Klammer an jeden Zeigefinger gequetscht. Jetzt wusste ich, wie sich ein Computer fühlen musste. Zirka eine Viertelstunde wurden meine Gehirnwellen untersucht. Als ich schon dachte alles wäre vorbei, kam ein junger Mann in einem weißen Kittel und zapfte mir Blut ab. Allerdings so viel, dass ich dachte, künftig komplett leer zu sein. Danach vertröstete man mich auf den nächsten Tag. Da wären dann die Untersuchungen ausgewertet. An diesem Abend genehmigte ich mir ein paar Bier. Ein paar viele Bier.
Mit einem Kopf, der in der gefühlten Größe den Eifelturm überragte, betrat ich am nächsten Tag wieder das Labor. Chris Walden beglückwünschte mich überschwänglich. Sie erklärte, ich stamme tatsächlich aus einem anderen Universum. Das hätten die Experimente eindeutig bestätigt. Allein schon der atomare Aufbau meiner Zellen sei unverkennbar anders, als der von den

hiesigen Leuten. Und die fantastische Nachricht sei, man könne mich auch wieder in mein angestammtes Universum zurückbringen, weil es gelungen war, ein Gerät fertigzustellen mit welchem ein Mensch von einem Universum zu einem anderen wechseln könne, freilich ungetestet. Ungläubig ließ ich mich in einen separaten Raum führen, in dem ein Ding stand, das eine Mischung aus Computer, Frisörhaube und Moped darstellte. Zu meinem Entsetzen teilte man mir aber mit, dass ich die Benutzung dieses Objekts nur im Zustand der Vollnarkose überleben würde. Man schnallte mich an, setzte mir eine Art Trockenhaube auf den Schädel, jagte eine Spritze in meine Vene und verlangte, dass ich von zehn rückwärts auf null zählen solle. Bereits bei der Zahl Fünf hatte der Spaß ein Loch. Ich glaube, so tief und fest habe ich noch nie in meinem ganzen Leben geschlafen. Nach dem Erwachen fühlte ich stracks pochende Kopfschmerzen und einen kolossalen Durst. Erst als ich meine rote Teebüchse in der Hand hielt, fiel es mir wie Schuppen von den Augen. Ich war wieder da, wieder zu Hause, wieder in meinem Universum. Halleluja!

Der Mist ist bloß, dass jetzt hier auch alle denken, ich sei bescheuert. Keine Sau glaubt mir, und mein Chef hat mich gefeuert, weil ich über fünf Monate gefehlt habe. Es ist also völlig egal, wieviel Universen es gibt und in welchem man lebt. Arschlöcher gibt es überall.

Bienen

„Sag mal, du gehörst doch auch zur Familie der Apidae?"
Die Angesprochene entgegnete unwirsch: „Raspunda,
lass mich bitte in Ruhe. Ich habe zu arbeiten. Die Waben
machen sich nicht von allein. Außerdem ist dieses Volk
meine Familie. Basta!" Raspunda tänzelte etwas enttäuscht hin und her: „Weißt du Gundula, mir geht es doch
bloß darum, dass man uns als ‚Westliche Honigbiene'
bezeichnet". Gundula sagte erstmal nichts, dann summte
sie: „Und, was gefällt dir daran nicht? Es ist doch egal,
wie man uns nennt. Was ist schon ein Name? Was uns
Rose heißt, wie es auch hieße, würde trotzdem lieblich
duften. Klar?" Auf diesen Spruch hin hörte Raspunda auf
zu tänzeln und sagte spöttisch: „Ach du warst das, du, die
das Buch von William Shakespeare mit einer kleinen
Blumenwiese verwechselt hat. Ich hab mich halbtotge-
lacht, als man es mir vorgesummt hat". Gundula schüttelte sich: „Besser wäre gewesen, du hättest dich gleich
ganz totgelacht. Und nun flieg wieder an die Arbeit. Du
hast nicht umsonst Corbiculas an deinen Tibien. Also
mach was!" Raspunda war todunglücklich: „Du verstehst
mich einfach nicht. Die haben uns den Namen ‚Honigbiene' verpasst". Gundula platzte langsam der Kragen:
„Auch wenn du es dreimal sagst, damit ändert sich
nichts. Und wer sind überhaupt diese ominösen ‚die', von
denen du immer sprichst?" „Na die Honig Klauer, die
immer unsere Waben leerschleudern und dafür billiges
Zuckerwasser in den Stock deponieren. Diese Menschen
eben". Gundula stellte ihre Arbeit ein: „Vergiss bitte
nicht, dass uns die Menschen ein Zuhause geben. Nimm

nur mal unsere Verwandten in Nepal und Tibet, die Apis laboriosa. Die haben nicht so einen schönen Stock wie wir. Die müssen sich mühsam ihre einen Meter langen und ungeschützten Waben bauen, welche sie an Felsen hängen. Durch rücksichtsloses Sammeln ihres Honigs und ihres Wachses, wobei die Waben zerstört werden, sind sie allesamt vom Aussterben bedroht". Raspunda summte sehr unzufrieden: „Ja, ja. Aber wir leiden doch auch unter der Varroamilbe. Meine Cousine Quaranta hatte mal so ein Weibchen von diesen Biestern an der Bauchseite des Hinterleibs hängen. Was soll ich dir sagen, sie ist gestorben!" Gundula schüttelte abweisend ihr Köpfchen hin und her: „Aber die Menschen bekämpfen doch schon das Kroppzeug mit Phosphorsäureester, Pyrethroiden oder Hitze. Die wissen schließlich ganz genau, dass sie wegen der fehlenden Bestäubung nichts mehr ernten können, falls wir krepieren". Raspunda ließ ermattet ihren Hinterleib auf eine der Waben absinken: „Das geht doch alles am Thema vorbei. Du hast mich immer noch nicht richtig verstanden!" Jetzt wurde es Gundula zu viel: „Dann sag doch endlich, was du meinst und nerve mich hier nicht stundenlang. Sonst hole ich deinen Lieblingsvogel, mein Mädchen, den Bienenfresser. Hast du das begriffen?" Raspunda war verzweifelt: „Mir geht es doch nur darum, dass uns die Menschen ‚Honigbiene' nennen. Wir sammeln doch aber gar keinen Honig. Wir sammeln Nektar. Da wäre doch wohl ‚Nektarbiene' das richtige Wort. Oder?" Gundula war kurz vorm Explodieren: „Aber wir speichern den Nektar in unserem Honigmagen. Im Stock kotzen wir ihn aus, die anderen

Arbeitsbienen setzen körpereigene Fermente zu und entziehen dem Zeug eine Menge Wasser. Dann haben wir Honig. Also sind wir Honigbienen. Ende der Diskussion!" Raspunda drehte beleidigt ihrer Freundin das Hinterteil zu: „Aber die Menschen verzapfen noch viel mehr anderen Mist, Fräulein Hautflügler. Die haben sogar künstliche Drohnen gebaut, und die Dinger fliegen nicht nur zur Schwarmzeit". Jetzt wurde Gundula doch neugierig: „Aha, und wie sehen diese Drohnen aus?" Raspunda drehte ihren Körper langsam wieder zu ihrer Freundin hin: „Nun ja, die sind schön groß, summen auch viel lauter als unsere Jungs und können in alle Richtungen fliegen, sogar rückwärts". Erschrocken flüsterte Gundula: „Still, lass das bloß nicht unsere Königin hören!"

Mehlmanns Hochzeit

Nun, viele Menschen neigen bei der Beschreibung von Hochzeiten gern dazu, alles ein wenig zu übertreiben. Da wird mit Superlativen herumgeworfen, als gäbe es kein Morgen. Besonders beliebt ist der Spruch: Das war die schönste Hochzeit, die ich je gesehen habe. Für Leute, die zuvor noch nie eine Hochzeit gesehen hatten, kann das ja stimmen, aber viele andere benutzten diesen Satz ebenfalls, und würden ihn wahrscheinlich bei der nächsten Hochzeit auch wieder gebrauchen. Für Kommissar Riemer war es aber trotzdem die schönste Hochzeit aller Zeiten. Als er seine Tochter das erste Mal in ihrem Brautkleid sah, musste er tatsächlich eine Träne verdrücken.

Der Schneiderin war zweifellos der Spagat zwischen Klassik und Moderne gelungen. In seiner rührseligen Verfassung wechselte Riemer sogar ein paar Worte mit seiner Exfrau, obwohl er sich fest vorgenommen hatte, nicht mit ihr zu sprechen. Sein Bruder und seine Schwägerin erlösten ihn aus der Situation, indem sie ihn zur Bar zerrten. Die Gaststätte, in der die Hochzeitsfeier stattfand, hatte sich wirklich alle Mühe gegeben, um ihren Gästen jeden Wunsch zu erfüllen. Sogar einen Show-Barkeeper hatten sie engagiert. Der Kommissar ließ sich einen ‚Apple Martini‘ mixen, bei dem der Barkeeper den Shaker mit geschlossenen Augen hochwarf und auch sicher wieder auffing. Riemer beobachtete beim Trinken seine Tochter, die sich inzwischen die Seele aus dem Leib tanzte. Mit diesem Mehlmann. Musste sie unbedingt einen Kollegen von ihm heiraten, mit dem er jeden Tag zusammenkam? Ach was solls! Er bestellte sich noch ein zweites Glas, kam aber nicht mehr zum Trinken. Von der Eingangstür her erscholl unvermutet lautes Geschrei. Einer der vielen Verwandten des Bräutigams wollte nach draußen, um ungestört eine Zigarette zu rauchen. Als er die Tür öffnete, stürmte ein großer Hund in den Gastraum, ein Rottweiler. So schnell, dass niemand reagieren konnte, verbiss sich das Tier in das Bein eines der Kinder. Das Mädchen schrie gellend auf. Dann fiel ein Schuss und das Tier lag im Todeskampf röchelnd am Boden. Alle Hochzeitsgäste waren starr vor Schreck. Der einzige, der unmittelbar reagierte, war Riemer. Er rief sofort über sein Handy den Notarzt. Augenblicklich erwachte auch der Bräutigam aus seiner Starre. Mehlmann sprang zu dem schreienden Mädchen, zog den Gürtel aus seiner Anzughose und schnürte damit das Bein des Kindes ab. Fast gleichzeitig kam die Mutter heulend angerannt. Als wäre das ein Startschuss, auf den alle gewartet hatten, brach augenblicklich ein riesiger Tumult aus. Keiner wusste, was er eigentlich tun sollte, aber alle schrien laut durcheinander. Manche weinten. Als der Krankenwagen Mädchen und Mutter mitgenommen hatte, verabschiedeten sich die Gäste einer nach dem anderen. Keiner hatte mehr die geringste Lust zu feiern. Riemer nahm seinen Schwiegersohn unauffällig beiseite: „Hast du gesehen, wer auf den Hund geschossen hat?" Mehlmann schüttelte den Kopf: „Nein, aber ich hatte eigentlich gehofft, du warst das!"

Frau Dr. Mertens, wohl die schlankste Gerichtsmedizinerin Europas, legte bedachtsam das Tierchip-Lesegerät aus der Hand: „Ich hatte schon allerhand auf meinem Tisch, aber noch nie so einen schwarzen Teufel". Kommissar Riemer konterte lächelnd: „Genauer gesagt schwarz und braun. Aber haben Sie denn schon so einen Chip gefunden, der uns den Hundehalter sagen kann?" Dr. Mertens drehte sich um, lehnte ihren Rücken an den Seziertisch und schüttelte bedauernd den Kopf: „Kein Chip. Ich denke, anhand der Unterernährung des Tieres handelt es sich höchstwahrscheinlich um einen Streuner. Und bevor Sie eine Ihrer dämlichen Bemerkungen machen, ich meine nicht die Mitglieder der Mittelalterband ‚Die Streuner' aus Bonn, die auf historischen Märkten und bei Ritterspielen auftreten. Übrigens, die Kugel habe ich schon in die Ballistik gegeben, falls Sie das in irgendeiner Form interessiert".

Hohlbach saß hochaufgerichtet hinter seinem alten, mit Schnitzereien geschmückten Schreibtisch, wie ein stolzer Herzog zu Pferde. Kommissar Riemer hingegen lümmelte auf einem der Stühle, als wäre er noch ein Heranwachsender. Sein Chef räusperte sich umständlich: „Ich habe hier vom Fall ‚Hochzeit' den Bericht unserer Ballistik". Riemer entgegnete nicht gerade freundlich: „So, so. Heißt das jetzt schon ‚Fall Hochzeit'. Und wieso haben Sie den Bericht vor sich liegen, und nicht ich? Ich dachte, Sie hätten mir den Fall übertragen. Oder irre ich da?" Hohlbach rieb sich mit Daumen und Zeigefinger mehrmals an der Nase: „Nun ja, Sie müssen verstehen, die Presse sitzt mir im Nacken. Zwei Kriminalbeamte auf einer Hochzeit, und keiner will etwas gesehen haben. Sie haben doch wirklich nichts gesehen? Oder?" Riemer entgegnete unwirsch: „Ich habe was gesehen. Nämlich, dass ein kleines Mädchen am Boden lag und verblutet wäre, hätte mein Schwiegersohn nicht eingegriffen. Das habe ich gesehen!" Sein Chef hob abwehrend die rechte Hand: „Nicht gleich böse werden. Ich wollte doch nur noch einmal nachfragen, ob Sie den Schützen wirklich nicht bemerkt haben". Der Kommissar hievte seinen massigen Körper aus dem Stuhl: „Glauben Sie, ich würde noch hier herumgammeln, wenn ich den Kerl kennen würde? Und was ist nun mit dem Ballistik-Bericht?" Hohlbach rückte seine Brille zurecht und blickte auf das Papier vor sich: „Die Kugel ist aus Blei mit einem Kupfermantel. Leider stark deformiert. Somit ist das Kaliber nicht mehr feststellbar. Aber die Zusammensetzung des Materials ist wirklich interessant. Das Geschoss wurde wahrscheinlich vor zwanzig bis fünfundzwanzig Jahren hergestellt. Was auch die Voltammetrie bestätigt hat. Und", Hohlbach machte eine bedeutungsschwangere Pause, „das Ding war an der Oberfläche völlig verschimmelt!" Kommissar Riemer steckte wie immer, wenn er angestrengt nachdachte, seinen dicken Zeigefinger hinter den Hemdkragen: „OK. Ich werde mich jetzt erst mal sorgfältig mit Mehlmann besprechen". Sein Chef überreichte ihm den Bericht: „Und wenn Sie schon keinen Hundehalter haben, dann bringen Sie mir gefälligst den Eigentümer der Pistole. Den nageln wir dann wegen unerlaubten Waffenbesitzes an die Wand".

Auf dem Schreibtisch sah es aus, als hätte ein gewaltiger Wirbelsturm Fotos und Handys kreuz und quer durcheinander geblasen. Mehlmann und sein Schwiegervater hatten Stunde um Stunde zahlreiche Hochzeitfotos, sowie unzählige und stinklangweilige Videos angeschaut. Ohne Erfolg. Beiden flimmerte es vor den Augen, aber etwas Verdächtiges hatten sie nicht ausmachen können. Es war bereits gegen zwanzig Uhr, als sie sich vor der Dienststelle verabschiedeten. Mehlmann rief seinem Schwiegervater noch von Ferne zu, dass er inzwischen eine Wohnung gefunden hatte, und somit bald samt seiner frisch angetrauten das Zimmer bei Riemers Exfrau verlassen würde.

Als Riemer zu Hause angekommen war, warf er wie gewohnt die Autoschlüssel auf die Flurgarderobe. In Gedanken vertieft bemerkte er nicht, wie das Schlüsselbund hinter den kleinen Schrank rutschte. Dann betrat er das Wohnzimmer und stellte fest, dass er immer noch den Mantel anhatte. Er warf ihn über den nächstbesten Stuhl. Dann griff er zum Telefon und erkundigte sich nach dem Zustand des verletzten Mädchens. Es ging ihr, wie man so sagt, den Umständen entsprechend gut. Allerdings würde sie ihr Leben lang blickdichte Strümpfe tragen müssen, da wohl ziemlich große Narben an ihrem Bein verbleiben würden.

Der Kommissar schaltete gewohnheitsgemäß seinen Fernseher ein und setzte sich auf die Couch. Von dem Programm bekam er aber nicht das kleinste Bisschen mit, da seine Gedanken ganz woanders weilten.

Kommissar Riemer erschien zu spät in der Dienststelle. Er hatte lange nach den Autoschlüsseln gesucht und deswegen auch noch nicht gefrühstückt, was seine Laune keineswegs anhob. Also erstmal ab in die Kantine. Der Kaffee erschien ihm an diesem Tag besonders scheußlich. Riemer suchte sich einen freien Platz in der Nähe des Heizungskörpers. Es war für die Jahreszeit ziemlich kalt geworden. Der Kommissar kam neben dem Kollegen Hartwig vom Raubdezernat zu sitzen, den er noch von früher her kannte: „Na Volker, was machen die bösen Räuber?" Der entgegnete: „Beinahe hätte ich einen erwischt, der im Museum so ein klein bisschen eingebrochen hat. Aber das Überwachungsvideo von diesem Tag war so schlecht, dass man niemanden erkennen konnte. Da gab es nur einen Kerl, der immer wieder auf den Bändern aufgetaucht ist. Drei Wochen lang, jeden Tag. Aber das Verhör sowie die Wohnungsdurchsuchung bei dem Verdächtigen haben rein gar nichts ergeben. Angeblich geht er halt super gern ins Museum. Wer's glaubt". Riemer klopfte ihm auf die Schulter und stand auf, obwohl seine Tasse noch halb voll war: „Na dann weiterhin viel Erfolg!" Kaum, dass er die Kantinentür hinter sich geschlossen hatte, fuhr er blitzartig herum und hastete zurück zu seinem Gesprächspartner: „Du sagtest Museum? Waren da auch alte Waffen?" „Ja sicher. Und eine davon hat außerdem gefehlt. Bist du Hellseher?" Riemers Laune besserte sich: „Dann gib mir doch mal die Adresse dieses Verdächtigen!"

Observieren hat bisher selten jemandem Spaß gemacht. Natürlich auch Kommissar Riemer nicht. Die Hoffnung, dass ihn der Kerl irgendwann zu der Waffe führen würde, zerplatzte. Aber zumindest hatte er den Kerl erkannt. Es war ein Mitarbeiter der Firma, die bei der Hochzeit für das Catering verantwortlich gewesen war. Riemer nervte das alles gewaltig, und so fasste er einen Entschluss. Selbst auf die Gefahr hin, den Suspekten zu verschrecken, klingelte er bei ihm Sturm. Als Holger Weinert, ein verhältnismäßig junger Mann, die Tür öffnete, hielt ihm Riemer seinen Dienstausweis unter die Nase, und ohne eine Reaktion abzuwarten stürmte er in die Wohnung. Ungeheißen setzte er sich in einen der Sessel, streckte die Beine aus und sagte fordernd: „Wie wärs mit einem

Bier?" Der Überrumpelte brauchte eine Weile um sich zu fassen. Dann fragte er: „Sind Sie nicht im Dienst?" Der Kommissar entgegnete einigermaßen streng: „Pass auf mein Junge! Ich bin hier als dein Freund. Denkst du etwa, du kommst mit der Scheiße durch? Glaubst du wirklich, wir können dir nicht irgendwann den Diebstahl nachweisen?" Und dann wagte der Kommissar einen Schuss ins Blaue: „Hör zu, dass du mit dem alten Ding bei der Hochzeit auf den Hund geballert hast, habe ich deutlich gesehen. Ich war nämlich der Vater der Braut und habe unweit von dir gestanden. Also, wo hast du die Waffe versteckt?" Holger Weinert ließ sich zögernd auf einen Stuhl sinken: „Mal angenommen, also nur theoretisch, ich wüsste wo das Ding ist, was dann?" Riemer beugte sich etwas nach vorn: „Dann holst du uns jetzt mal ein Bier, und ich überlege in der Zwischenzeit, was ich mit dir anstelle". Als der junge Mann mit dem Bier zurückkam, tat Riemer, als wäre nichts gewesen. Er fragte nach Beruf, Hobby, Freundin und plauderte einfach drauflos, bis er erkannte, dass sein Gegenüber etwas gelöster war. Dann stellte er die entscheidende Frage: „Also, jetzt mal raus mit der Sprache! Wo ist die Knarre?" Holger Weinert zögerte kurz, dann gestand er: „Unten am Fluss. Genau am Angelsteg hab ich das Ding reingeworfen. Komme ich jetzt ins Gefängnis?" Der Kommissar stand auf und stellte die leere Bierflasche auf den Tisch: „Hättest du nicht geschossen, wäre das Mädchen jetzt sicherlich tot". Dann drehte er sich um und verließ ohne ein weiteres Wort die Wohnung.

Volker Hartwig vom Raubdezernat war äußerst erstaunt, als er einen anonymen Brief erhielt, in welchem der Ort beschrieben war, an dem die gestohlene, altertümliche Waffe zu finden sei. Es fehlte zwar eine Patrone, aber das Museum war froh, sein wertvolles Exponat unversehrt wiederbekommen zu haben.

Kommissar Riemer stand währenddessen vor dem altertümlichen Schreibtisch seines Chefs und blickte dem Hauptkommissar provokant in die Augen: „Können Sie sich daran erinnern, dass Sie mir vor einiger Zeit sagten, man müsse auch mal einen Fall unaufgeklärt zu den Akten legen können? Hiermit befolge ich Ihre Anweisung. Der Fall ‚Hochzeit' kommt ins Archiv. Er ist nicht aufklärbar". Dann drehte er sich um und verließ das Büro seines Chefs, wobei er die Tür offenstehen ließ. Er wusste nämlich ganz genau, dass sich Hohlbach darüber schwarz ärgern würde.

Magie

Desslara, die Schlange, und Abnahan, der Skorpion, herrschten über die schwimmende Insel Donpadion, die auch Insel der Magier genannt wurde. Dieses Eiland schwamm seit Jahren auf dem Meer Purpolda, dem größten Gewässer des Planeten Engoto.

Auf der Insel Donpadion besaßen Menschen und Tiere die gleichen Rechte und lebten demzufolge in friedlicher Gemeinschaft. Seit Urgedenken herrschte auf der Insel das ungeschriebene Gesetz, dass ein sterbender Zauberer kurz vor dem Tode seine Magie auf zwei andere Lebewesen übertragen darf. Sollte er das nicht tun, dann spränge seine Macht nur auf ein hochentwickeltes Säugetier über, welches ihn nach seinem Tode irgendwann berühren würde. Andere Lebewesen wie Spinnentiere, Echsen, Kriechtiere, Insekten oder sonstige Geschöpfe hätten dann keine Chance mehr, die magischen Kräfte zu übernehmen.

Als Ergotok, der größte Zauberer der Welt, seine letzte Stunde kommen sah, waren zufällig Desslara und Abnahan in seiner Nähe. Ergotoks Macht war aber so groß, dass die beiden um ein Haar daran zu Grunde gegangen wären, obwohl sie jeweils nur die Hälfte der Magie empfingen. Doch als sie sich nach einiger Zeit erholt hatten, benutzten sie ihre Macht, um jeden Menschen und jedes Tier auf der Insel zu unterjochen. Desslara allerdings neidete dem Skorpion dessen Kraft. Sie wollte unbedingt allein regieren und schmiedete einen hinterhältigen Plan. Da sie wusste, dass Abnahan kurzsichtig war, bat sie ihn eines Tages darum, ihr aus dem großen, lederbezogenen Buch der Magier einen bestimmten Spruch herauszusuchen, weil sie selbst angeblich des Lesens nicht mächtig wäre. Sie klappte das Buch auf, und da der Skorpion nahe an die Schrift heran musste, kletterte er in den Folianten. Die Schlange benutzte Kopf und Schwanz, um das Buch kräftig zuzuschlagen, wobei Abnahan schonungslos zerquetscht wurde. Dann umschlang die Hinterhältige ein großes Aquarium und zog es als Ballast und Tarnung über das Buch. Die Schlange konnte jedoch nicht ahnen, dass im gleichen Moment ein riesiger Vulkan unter der schwimmenden Insel ausbrach. Dieser vernichtete mit seinem giftigen Atem und seinem gewaltigen Feuer das schutzlose Eiland. Bevor auch nur einer der Magier einen Zauberspruch anwenden konnte, waren alle Geschöpfe ausnahmslos dahingegangen. Auch Desslara erstickte auf der Stelle, sosehr sie sich auch krümmte und verbog. Die zähflüssige Lava des Vulkans ergoss sich erbarmungslos über alles, was im Wege stand. Als der heiße Schmelzfluss das Aquarium erreichte, kühlte sein Wasser die Schlacke ab, und es bildete sich eine Art steinerner Schutzpanzer um das wertvolle Zauberbuch mit dem toten Skorpion und seiner schlafenden Magie.

Es vergingen Milliarden Jahre. Eiszeiten wechselten sich immer wieder mit heißen Perioden ab. Dieser Wandel machte das erstarrte Lavagestein mit der Zeit brüchig, und irgendwann lag dann das magische Buch teilweise frei. Seine Seiten waren durch Hitze und Wasser ziemlich stark in Mitleidenschaft gezogen worden. Was indessen unbeschadet alle Zeiten überdauert hatte, war die mächtige Magie des zerdrückten Abnahan.

Eines Tages landete nahe dem Vulkankegel ein Raumschiff. Es kam von einem Planeten, der von seinen Bewohnern Erde genannt wurde. Fünfzig Menschen strömten aus der Rakete und über den Planeten, um diesen nach allen Regeln der Kunst zu erforschen. Die Geologin Alena Navrátilová und der Vulkanologe Dirk Kruger setzten zum Vulkan über. Wie der Zufall es wollte, entdeckte Alena das Buch, öffnete es, fand den zermalmten Abnahan und stupste ihn mit dem Finger an. Es gab einen kurzen Lichtblitz und Alena ließ das Buch ins Wasser fallen. Sie stürzte auf den Rücken und wurde ohnmächtig. Dirk sollte später sagen, sie wäre wohl mit dem Kopf aufgeschlagen.

Die Wissenschaftler hatten viele Proben von dem fremden Planeten mitgenommen, mit deren Auswertung von den meisten Forschern bereits auf der Rückreise begonnen wurde. Nur Alena konnte nicht an den Arbeiten teilnehmen. Sie lag auf der Krankenstation und ihre Körpertemperatur wechselte ständig. Nach einigen Tagen ging es ihr dann besser, aber immer noch nicht so richtig gut. Bei einer der vielen ärztlichen Untersuchungen äußerte sie erschöpft: „Mir fehlt meine Familie. Ich wünschte, wir wären morgen bereits wieder zu Hause!"

Die Aufregung war nicht zu beschreiben. Vom Kapitän bis zum Navigator rannten alle durcheinander, als wäre es nicht die Brücke eines modernen Raumschiffes, sondern das Innere eines gewöhnlichen Hühnerstalls. Die Rückreise sollte reichlich sieben Jahre dauern, aber jetzt erfassten plötzlich die vorderen Sensoren eindeutig den Planeten Erde, zehntausend Kilometer voraus. Sechs Jahre und elf Monate früher als errechnet! Nach der glücklichen Landung versuchten die Analysten vom Schiff und die Experten von der Erde das erstaunliche Phänomen zu erklären. Weil man sich aber zu keinem einheitlichen Ergebnis durchringen konnte, lautete dann der offizielle Bericht, dass das Raumschiff wahrscheinlich wegen eines unvorhersehbaren Zufalls durch eine Einstein-Rosen-Brücke gerutscht sein musste.

Als die Quarantänezeit verstrichen war, durften die Astronauten zunächst nach Hause. Alena erwartete dort leider eine sehr schlimme Überraschung, ihr Vater hatte Krebs. Durch die aggressive Chemotherapie war ihm ständig schlecht, und auch alle Haare waren ausgefallen. Alena versuchte ihren Vater aufzuheitern und sagte scherzhaft: „Ach, bis Morgen sind deine Stoppeln bestimmt wieder nachgewachsen". Man kann sich die Aufregung vorstellen, als Alenas Erzeuger am nächsten Tag mit voller Haarpracht aufwachte. Das war der Zeitpunkt, an dem Alena den Verdacht schöpfte, dass mit ihr eventuell etwas nicht stimmen könnte. Also wünschte sie sich im Stillen, ihr Vater möge genesen. Aber die nächste Untersuchung zeigte, der Krebs war immer noch da und hatte sogar Metastasen gebildet. Als daraufhin der Kranke äußerte, dass er nun bald sterben müsse, sagte Alena unter Tränen: „Ich will nicht, dass du stirbst. Du sollst gesund werden!" Zwei Tage später war der Krebs samt aller Metastasen restlos verschwunden, was einige ratlose Ärzte zurück lies.

So spielte sich das nun immer und immer wieder ab. Manchmal erfüllten sich Alenas Wünsche, manchmal nicht, bis sie herausfand, dass der jeweilige Wunsch laut geäußert werden muss. Gedachte Wünsche blieben stets unberücksichtigt. Als nun ihre Familie scheinbar über Nacht zu ungeheurem Wohlstand gekommen war, wurden die Behörden aufmerksam, zumal die Astronauten aus Sicherheitsgründen sowieso unter besonderer Überwachung standen. Der Fall der Wunderheilung ihres Vaters zog ebenfalls seine Kreise. Ab und an pilgerten

Kranke zu dem Haus von Alena Navrátilová, um dort zu beten. Unter anderem auch ein kleines Mädchen, deren Gesicht völlig entstellt war. Alena tat das Kind so leid, dass sie vor die Tür trat und laut den Wunsch äußerte, die Missbildung möge verschwinden. Am nächsten Tag glänzte das Gesicht der Kleinen, als wäre es nie verunstaltet gewesen. Nachdem die Presse davon berichtete, traten plötzlich Neider auf den Plan. Alena wurde als Hexe bezeichnet, und trotz der aufgeklärten Zeit, forderten einige ihre öffentliche Verbrennung. Eines Tages brach ein Mann in ihr Haus ein und forderte, Alena solle ihm eine Million Dollar zaubern. Als Alena ablehnte, zog er eine Pistole und erschoss die Wehrlose. Dann rannte er auf die Straße und brüstete sich damit, die Hexe getötet zu haben. Er wurde zu lebenslanger Haft verurteilt.
Der Bestatter, der Alena zuerst berührte, war unerklärbarer Weise mehrere Tage lang ohnmächtig. Deshalb gab ihm sein Chef nach dem Erwachen zur Erholung ein paar Tage frei. Da es besonders schönes Wetter war, fuhr der Mann zum Baden an den nahegelegenen Stausee, jedoch ohne jemanden darüber zu informieren. Als er etwa bis zur Mitte geschwommen war, bekam er einen Wadenkrampf. Niemand hörte seine verzweifelten Hilferufe, und er sank unbemerkt zwölf Meter tief bis in den Schlamm des Grundes. Da der Ertrunkene niemals gefunden wurde, gibt es auch bis heute keine echten Zauberer auf unsere Erde. Eigentlich Schade.

Die Wetterstation

Levin Baer, also ich, hatte mal wieder keinen Fall zu lösen und putziger Weise somit regelrechte Langeweile. Da fiel mir beim Surfen im Internet auf, dass eine Firma ihre Restbestände an Armbanduhren in Form des Ausverkaufes anbot, und zwar das Stück für sage und schreibe einen einzigen Cent. Da meine Lieblingsuhr vor drei Tagen böswilliger Weise die Grätsche gemacht hatte, kam der Kauf so einer Uhr in meine engere Wahl. Eigentlich hatte ich zwar immer mein Handy dabei und konnte von diesem stets die aktuelle Uhrzeit abrufen, aber eine Armbanduhr ist halt schneller abgelesen, als ein Handy aus der Tasche gezogen. Zumindest bei mir, denn ich weiß nie genau in welcher Ecke mein Mobiltelefon steckt, und fange bei jedem Klingeln das große Suchen an. Aus einer unerklärlichen Laune heraus beschloss ich, da die Uhren dermaßen billig waren, gleich zehn davon zu ordern, natürlich mit unterschiedlichem Design. Als die Bestellung abgeschickt war, trollte ich mich in die Küche, um mir mein tägliches Abendbrot herzurichten. Eine Scheibe Graubrot, ganz dick mit Butter bestrichen, und dazu BmvS. Diesen Begriff hatte ich aus meiner Armeezeit ins Zivilleben hinüber gerettet. Es war die Abkürzung von ‚Bockwurst mit viel Senf‘. Am liebsten hatte ich diesen scharfen Dijon mit Meerrettich, genannt ‚au Raifort‘. Und natürlich kleckerte das Zeug auch diesmal wieder auf meinen Küchenteppich. Ich sage immer, wer einen Flokati in der Küche zu liegen hat, der hat auch garantiert einen gewaltigen Dachschaden. Und ich habe einen. Langsam sollte ich mal daran denken, einen

Leitfaden heraus zu geben, wie man Marmelade, Senf, Kakao oder Eigelb aus einem weißen Flokati entfernen kann.

Vor dem Zubettgehen wollte ich mich noch über die Außentemperatur informieren. Davon mache ich nämlich abhängig, ob ich mit offenem Fenster schlafe, oder eben nicht. Ich hatte mir so ein kleines digitales Thermometer zugelegt, dass mir brav für außen und innen die Temperatur anzeigte, in Celsius und in Fahrenheit. Doch diesmal zeigte das blöde Ding nur ‚LO LO' an. Meine hervorragende Halbbildung sagte mir, dass bestimmt die Batterie gewechselt werden müsse. Also tat ich das, um danach euphorisch auf das kleine Display des Gerätes zu blicken. Scheiße! Nix! Das Ding hatte es wohl meiner Uhr nachgetan und ebenfalls abgekackt. Na prima! Ich war gespannt, was wohl als Nächstes in meinem Haushalt kaputt gehen würde. Unbefriedigt legte ich mich ins Bett, nachdem ich vorsichtshalber das Schlafzimmerfenster geschlossen hatte.

Am nächsten Tag war auch nichts los. Anstatt untätig in meiner Detektei herum zu sitzen, beschloss ich, mir ein neues Außenthermometer zu kaufen. Aber so etwas gab es einfach nicht mehr. Nur komplette Wetterstationen, die zusätzlich allen möglichen Schnickschnack vorwiesen. Zum Beispiel eine Spracheinstellung, Luftdruckmessung, Alarmfunktion und, je nach Bewölkung, das stilisierte Bild einer lachenden Sonne oder einer dicken Wolke. Wie praktisch. Früher musste ich dafür aus dem

Fenster schauen. Da ich mich jedoch quasi in einer Notlage befand, legte ich schweren Herzens das billigste Gerät in den Einkaufskorb und trabte zur Kasse. Der Kassierer blickte mich erstaunlich lange an und fragte dann: „Waren Sie nicht mal Co-Trainer beim THW Kiel?" Ich weiß nicht, welcher Teufel mich in diesem Moment geritten hat, aber ich antwortete: „Natürlich. Von 1993 bis 2007". Dann wartete ich innerlich grinsend darauf, dass er ein Autogramm von mir verlangen würde. Aber der Mensch würdigte mich keines Blickes mehr. Also schnappte ich mir mein Wetterdingsbums, fuhr nach Hause und schraubte es an die Wand. Weil die Bedienungsanleitung dermaßen klein geschrieben war, dass selbst meine beleuchtete Lupe versagte, dauerte es eine ganze Weile, bis ich begriffen hatte, dass eine kleine Folie einen der Batteriekontakte schützte. Nach dem Herausziehen dieser Lamelle funktionierte dann mein Thermometer wirklich ganz ausgezeichnet. Dafür klebte das Plastikblättchen jetzt an meinem Finger. Ich schüttelte es ab, konnte aber nicht sehen, wohin es geflattert war. Nun gut, beim nächsten Staubsaugen würde ich es schon erwischen. Dann holte ich, sozusagen als Belohnung für getane Arbeit, meine Bourbon-Flasche aus dem Schrank. Das war alles, was ich an diesem Tag noch zu Wege brachte.

Am nächsten Morgen klingelte, wie üblich, um sieben Uhr mein Wecker. Besser gesagt, die Chronometer-App meines Handys ließ das klassische Bimmeln eines alten Weckers vernehmen. Falls ich um Neun in meinem Büro eintreffen wollte, und das wollte ich, dann sollte sich mein Hintern etwa acht Uhr dreißig im Auto befinden. Im Bad benötigte mein Astralleib ungefähr 45 Minuten, davon das Meiste auf der Keramik. Danach noch eine halbe Stunde für Zubereitung und Verzehr des Frühstücks, sowie eine knappe Viertelstunde um meinen Flokati zu reinigen. Dann musste ich normalerweise los. An diesem Tag sollte es freilich ein wenig später werden, denn als ich ins Wohnzimmer kam, fiel mir sofort auf, dass meine neuste Errungenschaft fehlte. Nur die Messingschraube ragte noch einsam aus der Wand. Da normalerweise eine Wetterstation über Nacht nicht unsichtbar wird, musste wohl ein geistig Unterbelichteter das Ding aus meiner Wohnung entwendet haben. Der Verdacht erhärtete sich, als ich an der Wohnungstür Einbruchsspuren entdeckte. Das Holz am Türrahmen neben dem Schloss zeigte deutliche Kratzspuren. Jetzt war ich erstmal stinksauer. Einen Privatdetektiv zu bestehlen! Ja gibt es denn gar keine Ehre mehr unter den Leuten? Und glaubte dieser Arsch vielleicht, dass ihn der weltbeste Schnüffler nicht aufspüren würde? Aber eigentlich war ich ja selbst schuld. Ich schloss nachts nie die Tür von innen ab. Wer sollte mich auch schon klauen. Nachdem ich dann wieder ruhiger war, durchsuchte ich gründlich meine Wohnung. Einerseits auf verdächtige Spuren, andererseits darauf, ob vielleicht noch weitere Sachen verschwunden waren. Fehlanzeige. Keine sichtbaren Spuren und nichts weiter fehlte. Hä? Da macht sich einer die Mühe, meine stabile Wohnungstür aufzuhebeln und dann maust er nur eine poplige Wetterstation? Die Sache stank doch zum Himmel, aber mächtig gewaltig. Also hatte ich nun doch einen Fall, nämlich meinen eigenen. Das Dumme war nur, ich wusste absolut nicht, wo ich mit den Ermittlungen ansetzen sollte. Fürs Erste fuhr ich in mein Büro. Dort konnte ich am besten Nachdenken. Da stand nämlich hinter dem dicksten Buch im Regal ebenfalls eine Flasche Bourbon. Wie jeden Morgen genehmigte ich mir genau zwei Zentimeter des edlen Getränks in meinem Lieblingsglas. Anschließend ordnete ich meine Gedanken. Ich ordnete und ordnete. Bis Mittag. Dann beschloss ich, meine Nachforschungen in der Filiale zu beginnen, in welcher ich die Wetterstation gekauft hatte. Irgendetwas Besonderes musste ja an diesen Dingern sein.

Als ich vor dem Geschäft stand, durfte ich feststellen, dass der Laden von zwölf bis vierzehn Uhr geschlossen hatte. Mann, wo gibt's denn sowas? Heutzutage, wo jede kleinste Boutique durchgängig von acht bis zweiundzwanzig Uhr geöffnet hat, macht ausgerechnet diese Filiale Mittagspause! Glücklicherweise befand sich nebenan ein Bäcker mit integriertem Café. Ich bestellte mir einen großen Pott Kaffee und dazu ein Brötchen mit Salami. Das Brötchen war unnötigerweise in Klarsichtfolie eingewickelt. Als ich diese entfernte, beschmierte ich mir die Finger mit Mayonnaise. Welches Rindvieh macht denn auf ein Salamibrötchen Mayonnaise? Das einzig Gute war, dass ich nichts von einem Teppich herunterkratzen musste, als etwas von dem Zeug beim Hineinbeißen auf dem Fußboden landete. Nachdem ich bezahlt hatte, räumte die Servierkraft eifrig den Tisch ab. Dabei blieb ihr die bekleckerte Klarsichtfolie an den Fingern kleben. Sie schüttelte die Hand, und die Folie landete auf dem Boden. Mir kam schlagartig ein Verdacht. Ich rannte hinaus, wobei wohl einer der Tische ein klein wenig verrutschte. Jedenfalls rief man mir einige sehr besondere Schimpfwörter hinterher. Mit Vollgas raste ich zu meiner Wohnung. Dort angekommen, musste ich feststellen, dass meine Tür einen Spalt breit geöffnet war. Im Nachhinein weiß ich nicht so genau, ob ich Angst oder Wut verspürte. Ich zog also langsam meine Pistole aus dem Holster. Wozu hatte ich sonst einen Waffenschein gemacht. Dann schlich ich mich geduckt in die Wohnung. Keine Sau war da. Nicht im Wohnzimmer, nicht im Schlafzimmer und im Bad schon mal gar nicht. Nach einer erneuten Inspektion konnte ich konstatieren, dass auch diesmal nichts aus der Wohnung fehlte. Nur mein Türrahmen war ziemlich ramponiert. Ich rief einen Tischler an, dem ich in der Vergangenheit einmal einen guten Dienst erwiesen hatte, und der mir daraufhin beteuerte, ich hätte noch etwas gut bei ihm. Anfänglich wollte er sich nicht daran erinnern. Dann frischte ich sein Gedächtnis etwas auf, indem ich ein paar Daten nannte, die seine jetzige Frau sehr interessiert hätten. Er versprach, noch am gleichen Tag den Schaden zu beheben. Nachdem das geklärt war, robbte ich auf allen Vieren durch meine gesamte Wohnung, immer auf der Suche nach der kleinen Folie, die ich Blödmann tags zuvor irgendwohin geschleudert hatte. Was, wenn ich dieses Stückchen Plastik mit den Schuhen nach draußen getragen hätte? Dann würde ich es wahrscheinlich nie mehr finden. Meine Suche zog sich bis zum späten Nachmittag hin. Nix! Als es an der Tür klopfte, dachte ich zuerst, es wäre der Tischler. Aber es war der Postbote mit einem größeren Päckchen. Nach dem Öffnen funkelten mich zehn Armbanduhren mit ihren glänzenden Zifferblättern an. Was wollte ich Riesentrottel bloß mit zehn Uhren? Ach was, man braucht doch gelegentlich auch Geschenke für andere Leute. Inzwischen war Abendbrotzeit. Während ich mit einem ungeeigneten Messer störrische Butter auf meinem Brot verteilte, klemmte ich das Handy zwischen Schulter und Ohr ein, in der Absicht den Tischler zu beschimpfen, weil er sich noch nicht hatte blicken lassen. Es nahm jedoch keiner ab. Dann säbelte ich einige Scheiben Salami herunter und überlegte dabei, ob ich auf die Wurst vielleicht doch mal Mayonnaise streichen sollte. Während ich genüsslich mein Brot mampfte, klingelte das Handy. Beim Griff nach dem Teil stieß ich Trottel mit dem Ellenbogen das Glas Cola um. Gottseidank war nicht mehr viel Flüssigkeit darin, aber es reichte, um meinen Teppich punktuell einzufärben. Der Tischler teilte mir mit, dass er ganz bestimmt am nächsten Tag käme. Ich spuckte beim Antworten einige Brotkrümel auf das Telefon, weil ich lautstark versicherte, einem gewissen Handwerker den Hals umzudrehen. Anschließend ging ich auf die Knie, um mich meinem beschmutzten Flokati zuzuwenden. Und was fand ich da? Jawohl, das lang gesuchte Folie-Stückchen! Ich hielt es gegen das Licht, konnte aber nichts Besonderes daran entdecken. Die Lupe hingegen ließ schemenhaft etwas erahnen. Aber schließlich hat ja irgendein Niederländer um das Jahr 1600 herum die Lichtmikroskopie erfunden.

Also packte ich mein Mikroskop aus, legte die Folie darunter, sah durch das Okular und staunte. Winzige Zahlen in sieben Reihen zu jeweils zehn Stück lächelten mich an. Meine Gedanken sausten hin und her. Einerseits sagte mein Ehrgeiz, dass ich die Sache selbst aufklären sollte, andererseits riet mein Verstand, die Behörden zu informieren, weil das Ganze einfach einen viel zu großen Klops für meine Gehaltsstufe darstellte. Aber zunächst wäre es wohl das Beste, die Folie zu verstecken. Da fiel mir meine defekte Armbanduhr ein. Ich fummelte mit einem Schraubendreher den hinteren Deckel ab, und gab das kleine Stückchen Plastik hinein. Nach dem Verschließen legte ich die Uhr an, in der Überzeugung, dass keiner dort etwas suchen würde. Dann sicherte ich meine Wohnungstür mit einer Wäscheleine, die ich zwischen Türklinke und Sofa spannte, da ja der Türrahmen immer noch zerstört war. Danach ging ich Zähneputzen. Kaum lag ich friedlich in meinem Bett, als mich ein Geräusch hochschreckte. Ich fingerte meine Pistole aus der Nachttischschublade und schlich ins Wohnzimmer. Die Couch war verrutscht und die Tür stand einen Spalt weit auf. Aber es war keiner zu sehen. Dieser erneute Einbruch überzeugte mich dann doch, die Folie am nächsten Tag zur Polizei zu bringen.

Der Uniformierte schaute mich sehr skeptisch an. Dann ließ er mich auf dem Flur warten, während er telefonierte. Ein Mann mit einem sichtbar teuren Anzug holte mich nach einer geschlagenen Stunde ab, hörte sich aufmerksam meine Geschichte an und hielt danach die Hand

147

auf. Also überreichte ich ihm bedächtig meine defekte Uhr.

Am nächsten Tag geschahen zwei Dinge gleichzeitig. Mein langersehnter Tischler stand vor der Tür und mein Telefon klingelte. Ich sollte sofort auf das Polizeirevier kommen. Also wies ich kurz den Handwerker ein, und fuhr dann zur Polizei. Dort begrüßte mich der Anzugträger vom Vortag. Er teilte mir mit, dass meine Folie eine große Hilfe bei der Aufklärung eines geplanten Terroranschlages geleistet hätte. Wohl durch einen blöden Zufall hatte ich beim Kauf der Wetterstation, auf die Frage nach dem Co-Trainer, das richtige Kennwort genannt. Sonst wäre mir das präparierte Gerät bestimmt wieder unter einem Vorwand abgenommen worden. Der Anzugmensch überreichte mir als Dankeschön eine kleine Schachtel, allerdings mit ziemlich unbeteiligtem Gesicht.

Zu Hause erwartete mich ein profimäßig ausgebesserter Türrahmen, aber auch eine gepfefferte Rechnung. Ich war gespannt, was mein Versicherungsvertreter wohl dazu sagen würde. Als ich dann das Geschenk auspackte, musste ich wider Willen lachen. Es war eine Armbanduhr. Jetzt besaß ich also elf von diesen Dingern. Elf Armbanduhren! Das war wohl dann doch der Beweis: Ich hatte eine echte Vollmeise.

Er und sie

Ich weiß, ich weiß! Das Nachstehende ist ein Klischee und keinesfalls repräsentativ. Aber ich würde nicht darüber schreiben, wenn ich nicht selbst so eine Szene gesehen hätte. Feministinnen sollten allerdings diese Geschichte überblättern.

Folgende Situation:

Er steht an der Tür, glatt rasiert, mit schlecht gebundener Herrenfliege, während sein frisch gereinigter Smoking etwas über dem Bauch spannt.

Sie dagegen hält sich seit geraumer Zeit im Schlafzimmer auf und trippelt angespannt zwischen dem großen Kleiderschrank und der überladenen Frisierkommode hin und her.

Er: Schatz, wir müssen langsam gehen!

Sie: Drängle doch nicht dauernd so! Du weißt schließlich genau, dass ich davon immer so nervös werde.

Er: Aber Mausi, ich will doch bloß sagen, wenn wir jetzt nicht endlich losgehen, dann kommen wir bestimmt zu spät.

Sie: Mach nicht immer so einen Aufstand! Wir sind doch im Leben noch nie zu spät gekommen.

Er: Ach so? Und was war vorige Woche mit dem Kino?

Sie: Da waren wir doch pünktlich genug. Als wir angekommen sind, lief sogar noch die Werbung. Und dann haben die auch noch ewig lange Eis verkauft. Wir hätten sogar zehn Minuten später kommen können und wären immer noch pünktlich gewesen.

Er: Schatz, ich glaube kaum, dass deine Schwester vor ihrer Hochzeit noch Werbeclips einspielt.

Sie: Und woher willst du das wissen? Es ist schließlich meine Schwester, und nicht deine.

Er: Mäuschen, kein normaler Mensch spielt vor seiner Eheschließung noch irgendwelche Werbefilme ab.

Sie: Könnte man aber. Da ließe sich viel Geld mit verdienen.

Er: Aber das steht doch jetzt gar nicht zur Debatte.

Sie: Das ist wieder mal typisch Mann. Wenn die Argumente ausgehen, dann wird die Diskussion einfach mit billigen Totschlagargumenten abgewürgt.

Er: Erna, ich bitte dich! Ich wollte doch nur wissen, ob du endlich fertig bist.

Sie: Ich bin schon lange fertig, ich war sogar schon früher fertig als du. Ich weiß bloß noch nicht, welches Kleid ich anziehe.

Er: Dann bist du eben doch noch nicht fertig. Aber wir müssen jetzt wirklich los. Wegen uns beiden wird die Hochzeit sicherlich nicht verschoben. Deine Schwester ist nämlich dabei die wichtigste Person, und nicht etwa du.

Sie: Du konntest ja meine Schwester noch nie leiden. Sicher wärest du froh, wenn wir gar nicht erst hingehen würden. Aber das sage ich dir, ich will die Hochzeit um keinen Preis versäumen.

Er: Dann musst du dich aber endgültig beeilen. Es ist jetzt schon ziemlich knapp mit der Zeit.

Sie: Seit ich denken kann, machst du mir Vorschriften. Ich weiß ganz genau, was ich zu tun habe. Du bist auch nur so ein ekliger Macho, der glaubt, dass sich Frauen nicht selbständig anziehen können, und ihr unbedingt in den Mantel helfen müssen.

Er: Das mache ich aus Höflichkeit.

Sie: Du und höflich? Und was war, als die Umwelt geklingelt hat, um für die Grünen zu sammeln? Da hast du die doch regelrecht abblitzen lassen.

Er: Nicht die Umwelt für die Grünen, sondern die Grünen haben für die Umwelt gesammelt. Die Umwelt kann ja schließlich nicht selbst sammeln.

Sie: Du drehst mir doch wiedermal die Worte im Mund um. Immer hat der Herr Oberschlau etwas an mir zu mäkeln. Warum hast du mich dann überhaupt geheiratet?

Er: Weil ich dich liebe, zum Teufel. Und jetzt mach, dass du endlich fertig wirst!

Sie: Schrei mich nicht an! Das kannst du mit deiner Sekretärin machen, mit dieser blöden Kuh. Wahrscheinlich hast du auch ein Verhältnis mit dieser Schlampe. Die ist bestimmt schnell angezogen, die hat nämlich garantiert nur ein einziges Kleid. Aber du musstest mir ja partout dutzende davon kaufen, sodass ich mich nicht entscheiden kann. Und damit haben wir es alleine dir zu verdanken, wenn wir zu spät kommen.

Er: Ach, jetzt bin ich wieder schuld? Entschuldige nur, dass ich überhaupt geboren wurde. Seit wir verheiratet sind, liegt immer alles nur an mir.

Sie: An wem denn sonst? Und damit du es weißt, ich ziehe jetzt das Blaue an. Weil ich genau weiß, dass du es nicht leiden kannst. Das hast du nun davon.

Nachtrag:
Leider sind die beiden doch etwas zu spät gekommen. Die Trauungszeremonie war gerade vorbei, als sie eintrafen. Dafür sah aber Erna besonders hübsch in ihrem roten Kleid aus.

Ein altes Buch

Kommissar Riemer hatte sich im Wohnzimmer eine Flasche seines Lieblingsweins bereitgestellt und tappte nun mit nackten Füßen in die Küche, um dem Hängeschrank eines der Rotweingläser zu entnehmen. Unvermittelt stieß er einen Fluch aus, und an der Stelle, an der soeben sein rechter Fuß gestanden hatte, waren kleine, rote Tropfen auf den Bodenkacheln zu erkennen. Vor zwei Tagen war aus Versehen ein Glas auf dem Küchenboden zerschellt. Riemer glaubte zwar alle Scherben aufgehoben bzw. aufgesaugt zu haben, aber wahrscheinlich hatte er einen Splitter übersehen, was das Piksen in seiner Fußsohle bestätigte. Aufgrund seiner Körperfülle hatte der Kommissar einige Minuten zu kämpfen, bevor er die Minischerbe aus dem Fuß gezogen hatte. Inzwischen war der Küchenboden großflächig mit Blut besudelt. Riemer holte sich ein Pflaster aus dem Medizinschränkchen über der Spüle. Dann nahm er einfach das vor ihm liegende Geschirrtuch und wischte damit seine Fußsohle ab, damit das Pflaster sicher kleben konnte. Da nun das Tuch sowieso versaut war, entfernte er damit auch noch das meiste Blut vom Boden. Aber trotzdem blieben einige unschöne Schlieren zurück. Riemer wollte zielbewusst den Wischeimer aus dem Besenschrank nehmen, als es an der Tür klingelte. Er ging in den Flur, zog sich sicherheitshalber die Hausschlappen an und öffnete. Vor der Tür stand seine Tochter. Als diese das blutige Tuch sah, stieß sie einen spitzen Schrei aus. Riemer beruhigte sie: „Kein Grund zur Sorge. Nur eine ganz kleine Verletzung an der Fußsohle. Halb so wild". Seine Tochter gewann die Fassung zurück: „Es sieht aber eher aus, als hätte hier jemand ein Schwein geschlachtet. Du Papa, hör zu! Wir müssen reden!" Riemer nickte: „Aber erst muss ich in der Küche den Fußboden aufwischen. Sonst trocknet das Blut an". Seine Tochter schob ihn beiseite: „Das mache ich. Glaub mir, ich kann das schneller". Während die Tochter angestrengt in der Küche werkelte, zog sich Riemer schnaufend seine Socken über die massigen Füße. Unterdessen klingelte sein Handy. Besser gesagt, es surrte. Und da es wie meist dicht an der Tischkante lag und das alte Modell ziemlich stark vibrierte, kippte es auch wie meist vom Tisch herunter. Und wieder einmal musste der Kommissar auf die Knie. Als er sich hochgerappelt hatte, war er noch etwas außer Puste: „Wer stört? Wehe es ist nicht wichtig. Ich bin nämlich schießwütig!" Der Dame aus der Zentrale war Riemers schweres Atmen aufgefallen: „Oh! Habe ich Sie bei etwas Wichtigem gestört?" Riemer setzte sich: „Nein, ich laufe nur gerade Marathon. Also was gibt's?" „Ich soll Ihnen von Hauptkommissar Hohlbach ausrichten, dass Sie sich sofort in das städtische Archiv zu begeben haben. Keine Ahnung, was da los ist". Riemer fluchte: „Verdammt noch mal, lässt mir denn diese Affenfresse überhaupt kein Privatleben mehr!" Dann klappte er das Handy zu und erhob sich. Seine Tochter kam mit gelösten Haaren aus der Küche: „Papi, können wir jetzt reden?" Der Kommissar schüttelte bedauernd den Kopf: „Schatz, das geht jetzt leider nicht! Ich muss los. Aber ich rufe dich an".

Kaum im Stadtarchiv eingetroffen, kam der Archivar auf Riemer zugestürmt. Das kleine, alte, grauhaarige Männlein packte ihn mit beiden Händen am Revers: „Sechzehnhunderteins! Stellen Sie sich das vor! Sechzehnhunderteins! Wer tut denn so etwas?" Dann kullerten dem Mann ein paar kleine Tränen über die Wangen. Der Kommissar drückte ihn von sich weg: „Nun mal langsam! Worum handelt es sich eigentlich?" Der Archivar rang nach Luft: „Das älteste Buch unserer Stadt. Ein Kleinod. Nicht nur historische Daten, sondern auch Rezepte aus der Region und einige Handzeichnungen. Entwendet! Für immer verloren. Verstehen Sie? Ganz heimtückisch gestohlen. Heute Nacht oder heut Morgen. Ich bin völlig fertig. Wer macht so was?" Riemer zog die Stirn kraus und blickte mehrmals suchend hin und her: „Und wo ist die versteckte Kamera? Sie wollen doch nicht etwa behaupten, dass die Mordkommission wegen eines alten Buches angefordert worden ist?" Der Grauhaarige verharrte circa eine Minute lang, als müsse er stark überlegen. Dann zeigte er mit dem Daumen über seine Schulter nach hinten: „Da! Unser Wachmann. Erschossen! Stellen Sie sich vor, der hat hier unten immer seine fettigen Mettbrötchen gegessen. Hier unten im

155

Archiv! Irgendwann hätte ich ihn dafür wahrscheinlich selbst erschossen".

Die forensische Pathologin Dr. Mertens war höchstwahrscheinlich die schlankeste Gerichtsmedizinerin Europas. Ihre Bekannten frotzelten immer, dass sie unter der Dusche von einem Strahl zum anderen hüpfen müsse, um überhaupt nass zu werden. Zudem verfügte sie auch noch über eine stattliche Größe. Gezwungenermaßen trug sie stets maßgeschneiderte Laborkittel, da kaum ein Kleidungsstück von der Stange für ihre Figur taugte. Als der rundliche Kommissar Riemer in die Pathologie eintrat, sah es aus, als würde eine Abrissbirne neben eine Straßenlaterne kullern: „Na, schon was herausgefunden?" Dr. Mertens drehte sich missmutig zu ihm um: „Immer das gleiche Spiel. Ich hab noch nicht mal angefangen, da platzen Sie hier unangemeldet herein. Wenn ich ein Ergebnis habe, dann werde ich es Ihnen schon noch mitteilen". Riemer ließ den Kopf hängen: „Entschuldigung, es ist nur, weil ich gleich bei Monkey Face antanzen muss. Da brauche ich auf jeden Fall etwas Verwertbares". Die Gerichtsmedizinerin drehte sich zur Seite, damit der Kommissar nicht sehen konnte, dass sie lachen musste: „Weiß Hohlbach, dass ihr ihn Affengesicht nennt?" Riemer zuckte mit den Schultern: „Und wenn schon, das schadet dann auch nichts mehr. Schließlich muss er ja selbst jeden Morgen sein Gesicht im Spiegel betrachten. Aber jetzt mal ehrlich, können Sie mir vielleicht schon irgendetwas Konkretes sagen?" Dr. Mertens legte ihre Hand salbungsvoll auf Riemers Schulter und blickte ihm von oben tief in die Augen: „Ja. Ich kann Ihnen definitiv sagen, dass der arme Kerl schon seit Stunden mausetot ist!"

Kriminalhauptkommissar Hohlbach stemmte gereizt beide Hände in die Hüften: „Sie haben den Archivar einfach laufen lassen, anstatt ihn hierher zum Verhör zu bringen? Und dass, obwohl hinter ihm eine Leiche lag? Sind Sie wahnsinnig? Und was ist mit dem Test auf Schmauchspuren an seinen Händen?" Riemer musste sich zusammenreißen, um nicht laut zu werden: „Den Test machen die Kollegen vom Labor. Die habe ich natürlich gleich angerufen. Im Übrigen hätte ein Verhör zu dem Zeitpunkt sowieso nichts gebracht. Der Mann war viel zu emotional. Wohl wegen so eines alten Schinkens aus dem siebzehnten Jahrhundert. Aber glauben Sie mir, der ist unschuldig. Ich schicke später noch mal Kollege Mehlmann zu ihm. Der kann ihn dann hierher bringen". Hohlbach wehrte vehement ab: „Oh nein! Mehlmann soll sich gar nicht erst in den Fall einarbeiten. Das werden Sie ganz alleine übernehmen! Und jetzt raus hier!" Als Riemer die Tür erreicht hatte, kollerte Hohlbach noch: „Ich weiß, dass Sie immer die Tür offen lassen, um mich zu ärgern, würde Ihnen aber raten, sie diesmal zu schließen. Falls Sie es vergessen haben sollten, die jährliche Beurteilung steht an, und die damit verbundene Einstufung. Und jetzt raten Sie mal, wer sie beurteilen wird!" Riemer warf die Tür hinter sich ziemlich heftig ins Schloss und murmelte leise: „Und jetzt raten Sie mal, wer mich kreuzweise …!"

„Ich bin seit knapp zwanzig Jahren Archivar in dieser Stadt. Vorher war es Arnold Jäger. Wir sind befreundet. Arnold musste aus gesundheitlichen Gründen aufhören. Die Lunge. Der Aktenstaub war für ihn ein gesundheitliches Risiko. Das haben zumindest seine Ärzte gesagt. Der hat dann auf Uhrmacher umgeschult. Ich war früher Buchhalter und bin Akten gewöhnt. Manchmal haben sich regelrechte Aktenberge auf meinem Schreibtisch gestapelt". Riemer zog Stift und Notizblock aus seiner Hemdtasche und bremste erstmal den Redefluss des Archivars: „Wann und wo haben Sie den toten Wachmann gefunden?" Der alte Mann kratzte sich am Kopf: „Hm, das war gegen acht Uhr. Um acht beginnt mein Arbeitstag. Von acht bis fünfzehn Uhr nachmittags, müssen Sie wissen. Früher habe ich voll gearbeitet. Aber seit ich Rentner bin, geht das nur noch stundenweise. Ich hätte längst aufgehört, aber die haben keinen Jüngeren. Seit geraumer Zeit wissen die schon, dass ich hier höchstens noch zwei Jahre bleibe, aber die kümmern sich ja um nichts. Mir solls egal sein". Riemer winkte ab: „Ist ja gut. Ich will nur noch wissen, ob Sie die Leiche berührt oder bewegt haben". Der Archivar schien entsetzt: „Ich fasse doch keinen Toten an. Um Gottes willen! Außerdem ist mir gleich die Lücke im Regal aufgefallen. Eben dort, wo sonst immer unser wertvollstes Buch gestanden hat. Da kümmere ich mich doch nicht um einen Menschen, zudem er sowieso tot war. Oder war er es etwa nicht?" Riemer ging gar nicht erst auf die Frage ein: „Haben Sie sonst noch jemanden gesehen, im Archiv oder auch nur in der Nähe?" Der alte Mann schüttelte den Kopf: „Nein, aber ich kann sowieso nicht mehr richtig sehen. Ich war schon bei mehreren Augenärzten. Aber die meinten alle, es läge am Alter. Nächste Woche muss ich zur Operation. Sie sagen wegen so einem Star. Keine Ahnung, was Vögel damit zu tun haben". Der Kommissar konnte nicht genau erkennen, ob das Humor oder Unwissenheit war. Aber er machte sich schleunigst auf die Socken, damit ihn der Alte nicht noch mehr zutexten konnte.

„Wie bitte was?", Kommissar Riemer zog die Augenbrauen zusammen, „Plastik?" Dr. Mertens zog demonstrativ ihre Schultern nach oben: „Schauen Sie mich nicht so böse an. Ich hab das Geschoss nicht hergestellt. Unser Kriminallabor sagt, es ist aus Polyhexamethylenadipinsäureamid". Riemer schüttelte sich: „So ein Wort werde ich in meinem ganzen Leben nicht aussprechen können. Gibt's denn da keinen einfacheren Namen für?" Die Pathologin lächelte: „Nylon". Jetzt war Riemer doch etwas verwirrt: „Heißt das, dass der Wachmann mit einem Nylonstrumpf erschossen wurde?" Dr. Mertens lachte: „Gewiss nicht! Nylon gibt es natürlich auch in anderen, kompakten Formen. Früher wurden daraus gelegentlich Dichtringe gefertigt. Heute nimmt man dafür eher Fluorkautschuk oder ein Copolymer aus Butadien und Acrylnitril. Unser Mörder hat aus stabilem Nylon ein Geschoss angefertigt, ich nehme an, auf einer kleinen Drehbank, wie sie Feinmechaniker haben. Aber da ist noch was. An der Oberfläche des Geschosses hat man Spuren von einem, in Deutschland hergestellten, PETG Filament in signalweiß gefunden". Riemers Gesicht strahlte so viel

Unwissenheit aus, dass die Gerichtsmedizinerin gar nicht erst auf einen Kommentar wartete: „Ein solches Filament verwendet man, um einen 3D-Drucker zu füttern. Wenn Sie mich fragen, und ich gehe davon aus, dass Sie mich fragen, dann sollten Sie nach jemanden suchen, der in der Lage ist, mit einem 3D-Programm umzugehen, um dann mit einem 3D-Drucker eine Plastikwaffe herzustellen. Anleitungen dazu findet man übrigens im Internet".

Als Kommissar Riemer wieder in die Dienststelle zurück kam, konnte er gerade noch sehen, wie sein Schwiegersohn fluchtartig den Flur verließ. Verwundert rief er ihm nach: „He Mehlmann! Herr Schwiegersohn! Warum so eilig?" Bevor er aber etwas unternehmen konnte, öffnete Hohlbach seine Bürotür: „Zu mir! Aber flott!" Riemer bewegte seinen üppigen Körper prompt extra langsam in die Richtung des Chefbüros. Als er eingetreten war, hob Hohlbach triumphierend ein altes, leicht zerfleddertes Buch in die Höhe: „Was sagen Sie nun? Das kam vor einer Stunde mit der Post hier an. Anonymer Absender. Der Archivar hätte mich vorhin beinahe geküsst. Als ich ihm aber mitteilte, dass das Ding erst noch kriminaltechnisch untersucht werden muss, wollte er mich erdrosseln. Und was haben Sie vorzuweisen?" Riemer sagte betont ruhig: „Ach nix. Höchstens, dass das Geschoss aus Polyhexadingsbums war, und die Pistole aus Plastik. Also nichts Ungewöhnliches". Hohlbach wurde ungehalten: „Wollen Sie mich eventuell wieder verarschen? Was ist dieses Polydingsbums?" Riemer lächelte: „Nylon. Wenn ich es nicht besser wüsste, dann würde ich sagen, der

Kerl wurde mit einem Nylonstrumpf erschossen. Und jetzt habe ich Feierabend!" Er drehte sich um und verließ Hohlbachs Büro, ohne auf dessen Keifen zu achten.

Zu Hause angekommen nahm sich der Kommissar vor, endlich die Flasche Wein einzuverleiben, die seit dem Vortag geduldig auf ihr Leeren wartete. Aber er kam nicht dazu, weil ihn wiederum die Türklingel davon abhielt. Es war von Neuem seine Tochter: „Papi wir müssen unbedingt reden!" Riemer entkorkte die Flasche und bot seiner Tochter ein Glas Wein an, was diese aber ablehnte: „Nein danke! Hör zu und fange nicht gleich an zu schimpfen. Mein Mann, also dein Kollege Mehlmann und geliebter Schwiegersohn, wird nächste Woche nach Hamburg versetzt. Wir haben dort auch schon eine kleine Wohnung und geben also unsere Behausung hier auf. Außerdem bekomme ich dort in vierzehn Tagen auch eine Festanstellung". Riemer unterbrach ihren Redefluss: „Das heißt, wir sehen uns nur noch an den Feiertagen, oder?" Sie nickte: „Bitte sei nicht böse! Und ich muss auch gleich wieder los. Es gibt noch so vieles zu organisieren". Als sie schon an der Tür stand, ergänzte sie lächelnd: „Übrigens, Mehlmann wird Vater". Der Kommissar murmelte: „Das geschieht ihm recht". Kaum dass seine Tochter aus der Tür war, da fiel es ihm wie Schuppen von den Augen: „Ach du Scheiße, ich werde Opa! Das muss gefeiert werden!"

Als Kommissar Riemer am nächsten Morgen die Wohnung des Mordopfers inspizierte, hatte er immer noch leichte Kopfschmerzen. Aber was er hier zu sehen bekam, hätte ihm sowieso den Kopf zum Brummen gebracht. Jede Menge seltsamer Zeichen an den Wänden, Voodoo-Puppen, Räucherstäbchen, Tierschädel, seltsame Fläschchen und Feuerkelche wurden ergänzt durch eine Reihe von Zauberbeuteln, die in der okkulten Szene den Namen Mojo Grands-Maîtres hatten. Nach Ansicht des Kommissars, hatte der Tote zu Lebzeiten wahrscheinlich ein gewaltiges Rad ab. Aber ansonsten war das alles nicht sehr ergiebig für ein Mordmotiv. Also würde er einfach mal einen Schuss ins Blaue wagen, und die Elektronikläden abklappern. Er fand es zwar wahrscheinlicher, dass der Mörder seinen 3D-Drucker im Internet bestellt hatte, aber möglich war ja schließlich alles.

Der sogenannte ‚Kommissar Zufall' spielte auch diesmal in Riemers Hände. Nachdem der Verkäufer eine ganze Weile angespannt auf seiner Computertastatur herumgehackt hatte, nahm dessen Gesicht einen entspannten Ausdruck an: „Hier! Ich hab's. Das war ein Ultimaker S5 für 6.600 €. Verkauft vor einer Woche an einen Herrn A. Jäger". Riemer stutzte. Irgendwo hatte er diesen Namen schon einmal gehört: „Haben Sie auch eine Adresse für mich?"

Kaum, dass der Kommissar seinen Dienstausweis gezückt hatte, begann Arnold Jäger zu schluchzen: „Ich wusste, dass Sie kommen würden. Spätestens heute Nachmittag hätte ich mich freiwillig gestellt. Ich halte das alles einfach nicht mehr aus. Der 3D-Drucker war ein

Geschenk für meinen Enkel. Der studiert Informatik. Da brauchte er, wie er mir sagte, ein wirklich professionelles Gerät. Zum Dank hat mir der Bastard meine Uhrmacherdrehbank geklaut. Und was macht danach dieser dumme Kerl? Er stellt doch tatsächlich eine Pistole her. Ich hab sie ihm heimlich weggenommen und dann den Drucker eingeschlossen. Es sollte doch keiner sterben". Riemers Tonfall wurde streng: „Es ist aber einer gestorben. Und da Sie die Pistole hatten, gehe ich mal davon aus, Sie waren auch der Schütze. Nun müssen Sie mir bloß noch sagen, aus welchem Grund Sie geschossen haben!" Der Weinende erzählte stockend weiter: „Ich hatte die Pistole dummerweise noch in der Tasche, als ich meinen Freund im Stadtarchiv besuchen wollte. Das mache ich halt ab und zu. Er war aber noch nicht zugegen. Dafür habe ich diesen Wachmann überrascht, als er sich mit dem wichtigsten Buch unserer Stadt unerlaubt entfernen wollte. Angeblich hätte er wohl ein altes Rezept daraus abschreiben wollen, wie er sagte. Da ich nicht sehr kräftig bin, ist mir nichts weiter eingefallen, als ihn mit der Pistole zu bedrohen, damit er das Buch wieder zurückstellt. Aber dieser dumme Mensch hat das unbezahlbare Werk nach mir geworfen, und da habe ich vor Schreck einfach abgedrückt. Weil aber das Buch durch den Wurf beschädigt gewesen ist, habe ich es mit zu mir nach Hause genommen, um es mit meinen bescheidenen Mitteln zu restaurieren. Dann habe ich es an die Polizei geschickt. Das war alles". Riemer presste eine ganze Weile die Lippen aufeinander, dann fragte er: „Und um den Wachmann haben

Sie sich nicht gekümmert?" Arnold Jäger blickte ihn ungläubig an: „Um einen, der so mit Büchern umgeht?"

Kommissar Riemers Bürotür öffnete sich knarrend und sein Kollege Schimmler betrat mit einem leichten Lächeln den Raum: „Na, wie war deine Beurteilung?" Riemer blickte auf: „Der Alte hat sozusagen Gnade vor Recht walten lassen, weil ich den Fall mit der Plastikpistole so schnell aufgeklärt habe. Ich werde also nicht herabgestuft. Allerdings hätte ich eine Beförderung wegen des Geldes gut gebrauchen können. Mehlmann zieht ja nun mit meiner Tochter nach Hamburg und ich werde bald Opa. Deshalb hatte ich mir vorgenommen, so einen riesengroßen Affen aus Plüsch zu kaufen". Schimmler schmunzelte: „Meinst du nicht, dass für ein Neugeborenes eher ein ganz kleiner Affe besser geeignet wäre?" Aber Riemer entgegnete: „Der Affe ist doch nicht für mein Enkelkind, sondern für mein Schwiegersöhnchen Mehlmann. Damit er zukünftig unseren allerliebsten Herrn Hauptkommissar Hohlbach nicht vermisst!"

Bernhardts Freund

Bernhardt Fitzmüller zählte zu den Einzelgängern, den Eigenbrötlern, den Eremiten. Dabei bekam er bei der Einschulung von seinen Klassenkameraden den freundschaftlichen Spitznamen ‚Berni' verabreicht. Später sollte er sich immer wieder wehmütig an diese Zeit erinnern. Es war die schönste Zeit seines Lebens. Ab der zweiten Klasse fingen dann nämlich die Mitschüler an ihn zu moppen, da er scheinbar nicht besonders hell im Kopf war. Keiner ahnte damals, dass Berni einfach nur zu den Spätentwicklern gehörte. Mit der Zeit zog er sich gekränkt immer mehr von den Menschen zurück. Er wollte möglichst nur seine Ruhe vor anderen haben. Das Einzige, was ihm nicht gefiel, das war, dadurch keine Frau kennenzulernen. Aber lieber Single sein, als einen Menschen um sich zu haben, der ständig etwas von einem wollte. Er erlernte das Programmieren von Computern und nahm schließlich ein Angebot als Softwareentwickler an, weil ihm zugesichert wurde, dass er von zu Hause aus arbeiten konnte. Als jedoch ein neuer Kindergarten vor seiner Wohnung eröffnet wurde, konnte er den Kinderlärm nicht mehr ertragen und suchte nach einer anderen Bleibe. Durch eine Zeitungsannonce stieß er auf ein kleines Häuschen am Stadtrand, das zur Miete angeboten wurde. Der Mietzins war erstaunlicherweise sogar geringer als der seiner jetzigen Wohnung. Eigentlich hätte er da schon hellhörig werden müssen, aber die Freude über die Einsparung machte ihn wohl blind dafür. Der Umzug kostete einige Nerven, aber als dann endlich das umgemeldete Telefon und der Internetanschluss funktionierten, war alles wieder in Ordnung. Einmal im Monat musste er in seiner Firma zum Briefing erscheinen, ansonsten vermied er es, sein Häuschen zu verlassen. Schließlich gab es einen Lieferdienst für Lebensmittel. Und was er sonst noch benötigte, bestellte er einfach im Internet. Die georderten Waren wurden ja immer bis an die Haustür geliefert.

Es begann ungefähr eine Woche nach seinem Einzug. Er bemerkte verwundert, dass manche Gegenstände an einem anderen Platz lagen, als er sie am Vortag abgelegt hatte. Zuerst schob er es auf eine gelegentliche Zerstreutheit. Dann begann er aber abends zu notieren, an welche Stelle er bestimmte Dinge gelegt hatte. Und tatsächlich befanden sich einige von denen am anderen Morgen ganz woanders. Etwas später fand er in der Küche die Scherben einer Tasse. Er wusste jedoch ganz genau, dass ihm in letzter Zeit nichts heruntergefallen war. Daraufhin wandte er sich an eine Sicherheitsfirma. Diese installierte an seine Wohnungstür zusätzliche Riegel, und an alle Fenster Einbruchssensoren. Trotzdem wechselten immer wieder einige Gegenstände über Nacht ihre Position. Berni begann in der ganzen Wohnung Mehl auszustreuen. Und wirklich, morgens waren darin Fußabdrücke zu finden. Da die mysteriösen Vorgänge nur nachts passierten, beschloss Berni, eine Nacht lang zu wachen. Er formte zur Ablenkung aus Decken und Kissen eine Art menschlichen Körper in seinem Bett, bewaffnete sich mit einer Taschenlampe, hockte sich in eine Zimmerecke und zog zur Tarnung eine Sofadecke über den Kopf. Es dauerte nicht lange und eine wohlige Wärme umgab ihn. Als es hell wurde, erwachte er auf der Seite liegend, völlig verspannt. Er rappelte sich hoch, schleppte sich ins Bad und duschte ausgiebig. Während dessen stieg in ihm Wut über sich selbst hoch. Ganz mies gelaunt aß er sein Frühstück. Es klingelte und Berni riss dermaßen wütend die Tür auf, dass der Bote mit den Nahrungsmitteln einen Schreck für sein ganzes Leben bekam.

Diesmal setzte sich Berni am Abend mit seiner Taschenlampe unter den Tisch im Wohnzimmer. Jedoch ohne Sofadecke, denn er wollte absolut nicht wieder einschlafen. Die Zeit zog sich und die Müdigkeit begann langsam an dem Wartenden hochzukriechen. Plötzlich hörte er aus Richtung Schrank ein Geklirr. Er rollte sich seitlich unter dem Tisch vor, sprang auf und schaltete die Taschenlampe ein. Etwa drei Meter vor ihm stand ein Mann mit einem Vollbart und zerschlissenen Klamotten. Berni nahm allen Mut zusammen und rief: „Hände hoch, oder ich schieße!" Den Kerl schien das nicht besonders zu beeindrucken. Er stemmte beide Hände in die Hüften und fragte dreist: „Und womit?" Berni wusste nicht so genau, was er darauf erwidern sollte. Nach einer kurzen Pause krächzte er: „Ich werfe dir die Taschenlampe an den Kopf, wenn du mir nicht sofort sagst, wie du hier hereingekommen bist!" Die zerlumpte Figur grinste: „Dann ziehe ich den Kopf ein, die Taschenlampe knallt gegen die Wand, ist kaputt und es wird dunkel. Was hast du dann gekonnt, du Schlaukopf?" Berni ließ resigniert die Lampe sinken, ging zum Lichtschalter neben der Tür und knipste die Deckenlampe an. Die einsetzende Helligkeit ließ in kurzzeitig die Augen schließen. Als er sie wieder öffnete, war die Figur verschwunden. Erst glaubte er, er habe nur geträumt, dann hörte er aber ein Geräusch aus der Küche. Dort angekommen, erblickte er den Mann auf einem Stuhl sitzend und einen Apfel aus der Obstschale in den Händen drehend. Berni setzte sich neben ihn: „Jetzt mal ehrlich, wie kommst du hier herein?" Der Angesprochene entgegnete ernsthaft: „Ich kann durch die

Wände gehen". Berni musste lachen: „Willst du mir erzählen, du bist ein Gespenst?" Der Geselle nickte: „Ja. Und ich wurde in diesem Haus ermordet. Im Fegefeuer konnte man sich nicht so richtig entscheiden, ob ich nach oben oder nach unten gehöre. Also schickten die mich wieder zurück, damit ich noch eine sogenannte gute Tat vollbringen kann, denn dann würde ich meine verdiente Ruhe finden. Ich will aber gar keine Ruhe. Ich will hierbleiben, denn ich bin viel zu neugierig. Nebenbei, was ist das für ein Ding auf deinem Schreibtisch? Ich habe so etwas noch nie gesehen". Berni ging gar nicht erst auf die Frage ein: „Heißt das etwa, du spukst hier seit Längerem rum?" Der Geist nickte wieder: „Was glaubst du denn, warum die Miete für dieses Haus so niedrig ist? Ich habe hier schon eine ganze Menge Leute vergrault. Keiner will in einem Haus wohnen, in dem er ständig von einem Gespenst beobachtet wird". Berni kratzte sich angestrengt am Hinterkopf: „Aber warum habe ich dich nicht schon viel früher gesehen?" Anstatt einer Antwort wurde sein Gegenüber langsam undurchsichtig, bis nur noch ein in der Luft schwebender Apfel zu sehen war. Berni murmelte vor sich hin: „Soweit zur Privatsphäre und zum Datenschutz". Dann sagte er laut: „Und wie geht das hier nun weiter? Legst du dich nachts auch neben mich ins Bett, oder wie?" Nur die gedämpfte Stimme des Geistes schwang im Raum, als dieser antwortete: „Ich schlafe meist am Tag, und dann immer im Keller. Da, wo man mich zu Lebzeiten umgebracht hat. Das ist so eine Art Vorschrift. Aber ich kann auch am Tage herumwandeln, falls ich das will. Schließlich vermag ich mich jederzeit unsichtbar zu machen". Berni wurde langsam böse: „Hör zu! Ich habe dieses Haus gemietet und sehe nicht ein, hier wegzuziehen. Also begehe deine gute Tat, und dann verpiss dich!" Die Antwort war: „Ich habe hier schon gespukt, da bist du armes Würstchen noch mit der Trommel um den Christbaum gerannt. Also habe ich die älteren Rechte. Wie wärs dann, wenn du dich lieber verpisst?" Berni war jetzt ziemlich wütend. Gereizt fragte er: „Und was, wenn ich einen Geisterjäger rufe?" Anstelle einer Antwort fiel nur der Apfel auf den Tisch und rollte noch ein kleines Stückchen weiter. Dann war Ruhe.

In dieser Nacht schlief Berni äußerst schlecht. Gegen drei Uhr morgens stand er wie gerädert auf, um in der Küche einen Schluck Wasser zu trinken. Dort traf er auf seinen Peiniger. Der grinste ihn überheblich an: „Na, Herr Fitzmüller, kannst du auch nicht schlafen?" Berni ließ sich verzweifelt auf einen Küchenstuhl sinken: „Was hältst du von einem Deal? Du kannst hier Nacht für Nacht spuken, solange du willst. Außerdem bekommst du von mir alle Informationen, die du brauchst, um deine Neugier zu stillen. Dafür lässt du dich tagsüber nicht mehr blicken. Was sagst du?" Das Gespenst setzte sich ebenfalls: „Hör zu! Ich war ein Leben lang ein Einzelgänger. Und wie ich feststellen konnte, bist du vom gleichen Schlag. Ich weiß nicht, wie es dir geht, aber ich wollte immer einen Freund. Wie wäre es, wenn wir beide Freunde würden? Dann hätten wir eine Grundlage für gegenseitiges Vertrauen. Was meinst du dazu?" Berni überlegte eine ganze Weile. Dann nickte er: „Gut. Lass uns Freunde werden. Aber unter einer Bedingung. Du sagst mir wie du heißt, damit ich endlich weiß, wie ich dich ansprechen kann. Und dann sagst du mir noch, ob du ausschließlich nur spuken kannst, oder vielleicht noch andere Qualitäten besitzt". „Ich heiße Hubertus. Und ich kann, wie du eigentlich noch wissen solltest, mich unsichtbar machen und durch Wände gehen. Reicht das nicht?" Berni schüttelte den Kopf: „Komm, Geister können doch bestimmt noch mehr, sonst hätten die Lebenden nicht so viel Angst vor ihnen". Hubertus wand sich hin und her: „Nun ja, wir können so Einiges, aber das sagen wir normalerweise niemandem". Berni bohrte nach: „Und auch keinem Freund?" Der Geist zögerte etwas, dann sagte er: „Ein klein wenig Hellsehen ist drin, aber auf jeden Fall keine Lotto-Zahlen!" „Und wäre es dir möglich mir vielleicht zu sagen, ob es eine Frau gibt, die mich lieben könnte und mit der ich auch klarkommen würde?" Hubertus nickte mehrmals: „Klar. Für einen Freund höre ich mich gerne um. Geh einfach wieder schlafen. Wir beide sprechen dann Morgen weiter! Ist das OK für dich?"

Wider Erwarten schlief Berni selig ein, kaum dass er seine Beine ins Bett gezogen hatte. Am Morgen rief er noch gähnend nach Hubertus. Umsonst. Niemand meldete sich. Nur die alten Klamotten von Hubertus lagen in der Küche, wohingegen Bernis bester Anzug verschwunden war. Verwundert machte sich Berni Frühstück und setzte sich anschließend an den Laptop, um zu arbeiten. Er erschrak fürchterlich, als eine Stimme an seinem linken Ohr sagte: „Da bin ich wieder! Das Mädel wurde in deinem Namen für heute Abend eingeladen. Ich habe vorgegeben, von einer Partnervermittlung zu kommen.

Vielleicht solltest du jetzt etwas aufräumen. Und krame die Kerzen hervor. Eine gute Flasche Wein wäre auch ziemlich angebracht!" Zwar fühlte sich Berni gewissermaßen überrumpelt, begann aber sofort mit dem Aufräumen und Putzen. Dann bestellte er für abends beim Lieferdienst ein Candle-Light-Dinner für zwei Personen. Ungefähr ab sechzehn Uhr war er mit allem fertig, aber nicht in der Lage, noch irgendeine vernünftige Tätigkeit auszuführen. Zusammengekauert saß er in der Küche und wartete auf das Eintreffen der Frau. Als es klingelte, war er so erschrocken, dass er sich beim Aufspringen den Kopf am Regal stieß. Dann sagte er sicherheitshalber: „Hubertus, verpiss dich!" Nach dem Öffnen der Tür fiel er zunächst in eine kurze Starre. Er hatte nicht erwartet, dass ihm dieses holde Wesen dermaßen gut gefallen würde. Sie hielt ihm die Hand hin: „Ich bin Christina. Und du bist bestimmt Bernhardt". Er bat sie herein, nahm ihr den Mantel ab und goss Wein in die vorbereiteten Gläser. Dann bat er um einen Moment Geduld und verschwand in der Küche, um kurz darauf mit dem Essen zurückzukommen. Sie aßen, tranken und quatschten, als würden sie sich schon seit Ewigkeiten kennen. Dann folgte eine Verabredung für den nächsten Tag und ein Abschiedskuss an der Tür. Als er glücklich lächelnd die Tür geschlossen hatte, rief er nach Hubertus. Der erschien auch sofort: „Na, alles klar?" Berni holte tief Luft: „Ich danke dir, mein Freund. Du hast ein gutes Werk getan!" Hubertus wurde auf der Stelle noch blasser, als er sowieso schon war: „Bist du denn verrückt? Was sagst du da? Du Blödmann weißt doch ganz genau, dass die mich nach einer guten Tat zu sich holen. So was nennt sich nun Freund. Das ist doch zum Kotzen!". Langsam verblasste seine Gestalt. Wie von Ferne hörte Berni noch: „Komm du mir ja nicht in den Himmel! Sonst trete ich dir für alle Ewigkeit täglich in den Arsch!"

Für Bernhardt Fitzmüller jedoch hatte die Sache ein Happyend. Berni heiratete Christina und näherte sich Stück für Stück wieder dem normalen Leben an. Er ging mit seiner Frau aus, traf andere Menschen und fühlte sich obendrein dabei auch noch wohl. Sie zogen zusammen, in das jetzt spukfreie Haus, und als ihm seine Christina einen Jungen gebar, nannte er ihn, entgegen dem Willen seiner Frau, Hubertus. Und wenn sie nicht gestorben sind, dann leben sie noch heute. Ich vermute allerdings eher, dass Berni, unter den lachenden Augen seiner Frau, tagtäglich einen freundschaftlichen Tritt in den Hintern entgegennimmt.

Verarsche

Manchmal merken wir es, manchmal nicht. Wir werden verarscht, und zwar so gut wie tagtäglich. Nehmen Sie nur mal die Formulierung: ‚Sie sparen damit …'. Nein, Sie sparen nicht. Sie müssen etwas kaufen, das angeblich wenig kostet. Mit diesem Kauf haben Sie aber Geld ausgegeben und nicht etwa auf das Sparbuch eingezahlt. Selbst die Aussage: ‚Sie zahlen weniger' ist oftmals irreführend, da zuvor der Preis künstlich hochgesetzt wurde, um einige Zeit danach angeblich eine Preissenkung an den Kunden weiterzugeben.

Anderes Thema. Sie kennen bestimmt die historische Aussage: ‚Die Rente ist sicher‘. Damit sollte Rentnern suggeriert werden, dass sie sich keine Sorgen machen brauchen. Aber in der Formulierung wird nicht etwa gesagt, dass die Höhe der Rente sicher ist, und schon gar nicht, für welchen Bevölkerungskreis die Aussage gilt. Auch wenn die Rente um die Hälfte gekürzt werden würde, wäre ja immer noch sicher, dass es Rentenzahlungen gibt.

Manchmal handelt es sich aber auch nur um einen harmlosen Scherz, der in der Umgangssprache ‚Verarsche‘ genannt wird. Zum Beispiel bei der Fernsehsendung ‚Versteckte Kamera‘.

Schlimmer liegt die Sache wohl bei Versicherungen. Man schließt beispielsweise eine Hausratversicherung ab, und dann zerstört ein Unwetter Tisch und Stühle auf dem Balkon. Der Schaden wird gemeldet, aber die Versicherung antwortet, dass Dinge auf dem Balkon nicht zur Wohnung gehören, da sie sich außerhalb der Wohnräume befänden. Deshalb gäbe es kein Geld. Bleibt die Frage, ob man sich eigentlich gegen Versicherungen versichern kann.

Oder nehmen Sie die Verpackungsgrößen. Sie kaufen zum Beispiel abgepackte Wurst und haben bisher 1,20 € dafür gezahlt. Irgendwann kommt Ihnen etwas seltsam vor, und Sie stellen fest, dass früher der Inhalt hundert Gramm betrug, dass Sie jetzt aber für den gleichen Preis eine gleich aussehende Packung mit nur noch achtzig Gramm bekommen.

Auch die beliebte Bemerkung: ,Klinisch getestet' sagt nichts darüber aus, wie der Test ausgefallen ist. Man kann auch Arsen klinisch testen, aber schlucken würde ich es lieber nicht.

Leute, wir werden verarscht, leider manchmal auch von unseren besten Freunden.

Betrachten wir also jetzt einmal einen Menschen, auf dessen Rücken so etwas ausgetragen wird. Nennen wir ihn beispielsweise Harald Möhring. Und sagen wir, dieser Harald hat seit der Schulzeit einen Freund mit Namen Sebastian Eichler. Beide hatten mittels eines scharfen Taschenmessers Blutsbrüderschaft geschlossen und gingen seitdem zusammen durch Dick und Dünn.

Eines Tages bat Sebastian seinen Freund, ihm einen Gefallen zu tun. Angeblich hätte er seinen Führerschein verloren und müsse am nächsten Tag einige Dinge verrichten, die mit Bus oder Bahn nur sehr umständlich zu erledigen wären. Natürlich sagte Harald zu, zumal er als Selbständiger seine Zeit einrichten konnte, wie er es für richtig hielt.

Nachdem Sebastian in Haralds Auto eingestiegen war, dirigierte er seinen Freund in die Nachbargemeinde, eine Kleinstadt mit zwölftausend Einwohnern. Vor der dortigen Sparkasse bat Sebastian, den Wagen anzuhalten. Er stieg aus und verschwand in der Filiale. Zehn Minuten später kam er herausgerannt, in der Hand einen prall gefüllten Müllsack, eine Maske vor seinem Gesicht und eine Pistole zwischen den Zähnen. Er zerrte die Wagentür auf, knallte die Waffe auf das Armaturenbrett, warf den Sack auf die Rückbank, riss die Maske herunter und rief: „Los! Fahr, fahr, fahr! Gib Gas, Mensch! Fahr endlich los!" Harald war dermaßen überrumpelt, dass er ohne weiter nachzudenken den Gang einlegte und das Gaspedal bis auf den Fahrzeugboden durchdrückte. Der Wagen schnellte mit quietschenden Pneus davon. Außerhalb der Stadt bremste Harald ab: „Was war denn das für ein Bockmist? Hast du die Bank überfallen? Und seit wann hast du eine Pistole? Ich fahre jetzt direkt zur Polizei!" Sebastian entgegnete: „Mach nur! Fahr zu den Bullen! Aber denke dran, du bist der Fahrer des Fluchtwagens. Außerdem werde ich aussagen, dass der ganze Plan von dir stammt. Du gehst genauso in den Knast wie ich. Und jetzt fahr weiter, sonst erwischen die uns noch!" Harald biss die Zähne zusammen und setzte das Auto wieder in Bewegung: „Ich hätte nie gedacht, dass mich einmal mein bester Freund verarscht. Also, wo soll es hingehen?" Sebastian grinste zufrieden: „Fahr zu meiner Scheune!"

Als Sebastian den Müllsack entlud, bemerkte Harald, dass noch zwei weitere Säcke in der Scheune standen. Ihm fiel ein, in der Zeitung gelesen zu haben, dass in der vorigen Woche bereits zwei andere Bankfilialen beraubt worden waren. „So", sagte Sebastian, „wir haben hier über eine Million. Nachdem etwas Zeit vergangen ist, bekommst du deinen Anteil. Sagen wir mal Hunderttausend. Aber nicht gleich alles auf einmal ausgeben!" Harald hob abwehrend beide Hände: „Oh nein, ich will nichts von diesem Geld. Und von dir will ich auch nichts mehr wissen!" Sebastian grinste: „Das wäre aber schade. Morgen gebe ich nämlich eine große Party, und zwar hier in der Scheune. Schau ruhig mal rein, alles ist schon vorbereitet. Da hinten ist die Bar, und rechts daneben kommt der Discjockey hin. Siehst du?" Harald wandte sich ab, ging ohne ein Wort zum Auto und fuhr mit gemischten Gefühlen davon. Die ganze Nacht wälzte er sich in seinem Bett hin und her.

Am nächsten Tag schmeckte ihm weder das Frühstück, noch das Mittagessen. Am Nachmittag fasste er endlich den Entschluss, zur Polizei zu gehen und alles zu beichten. Vielleicht würde seine Strafe ja zur Bewährung ausgesetzt werden, immerhin war er Ersttäter.

Auf der Wache hörte sich ein Uniformierter aufmerksam die Schilderung von Harald an. Dann erklärte er ihm, dass er logischerweise zuerst alles auf Wahrheitsgehalt prüfen müsse. Harald sollte solange in einer Zelle auf das Ergebnis warten. Mit hängendem Kopf ließ sich der Geständige einschließen.

Es war schon dunkel, als der Beamte die Zelle aufschloss und Harald mit in einen Streifenwagen nahm. Sie fuhren zu Sebastians Scheune. Als der Uniformierte das Tor öffnete, empfing sie nur Dunkelheit. Harald wunderte sich: „Hier sollte doch eine Party sein?" Der Polizist sagte: „Und hier ist auch eine!" Im gleichen Moment machten mehrere Scheinwerfer die Nacht zum Tage und zwanzig Kehlen riefen fröhlich: „Überraschung!" Sebastian trat aus dem Licht heraus: „Kumpel, du hast es garantiert vergessen, stimmts? Genau heute vor fünfundzwanzig

Jahren haben wir Blutsbrüderschaft geschlossen. Damals haben wir geschworen, dieses Jubiläum nicht normal, sondern mit irgendeinem Blödsinn zu feiern. Ich glaube, dass ist gelungen. Übrigens, der Mensch da in Uniform ist weitläufig mit mir verwandt und hat den ganzen Quatsch mitgemacht". Auf dieses Stichwort hin kamen drei ehemalige Mitschüler nach vorn, jeder mit einem der ominösen Müllsäcke in der Hand. Sie öffneten die Säcke und man konnte sehen, dass alle drei jede Menge Konfetti enthielten. Und sosehr auch Harald versuchte sich zu wehren, er bekam das gesamte Konfetti über den Kopf geschüttet. Bleibt nur noch zu sagen, dass die Party legendär wurde, und dass bereits am nächsten Tag Harald, trotz Brummschädel, überlegte, wie es ihm nun seinerseits gelingen könnte, seinen Freund demnächst zu verarschen.

Raureif

Ein morgendlicher Blick aus dem Fenster zeigte vereinzelt kleine, weiße Kristalle und mein Thermometer erinnerte mich eindringlich mit einem fetten Minuszeichen daran, nun doch endlich meinem kleinen, roten Flitzer die Winterräder anzupassen. Natürlich quetschte ich mir dabei wie üblich den rechten Zeigefinger, was sich in einer schicken, dicken Blutblase und einem unsauberen Wort aus meinem Munde manifestierte. Danach trug ich die Sommerreifen in den Keller, wobei ich bekümmert feststellen musste, dass die Dinger allerhöchstens noch für eine einzige Saison tauglich waren. Vielleicht sollte ich weniger Bourbon trinken, und dafür etwas mehr Geld für Reifen zurücklegen. Sei es, wie es sei, auf jeden Fall waren die Landschaft und meine Karre jetzt frisch bereift.

Mein Name ist übrigens Levin Baer und ich betreibe die Detektei ‚Baer und Behr'. In meinem Büro steht immer noch der eingestaubte Schreibtisch meines verstorbenen Freundes Max und ich bringe es nicht über das Herz, das Möbel wegzuräumen. Wer den Film ‚Falsches Spiel mit Roger Rabbit' gesehen hat, weiß genau was ich meine.

Mein Geschäft läuft nicht besonders gut, was möglicherweise an meinem gepfefferten Honorar liegt. Aber wenn ich weniger verlangen würde, käme ich mit den mageren Aufträgen überhaupt nicht mehr über die Runden.

Auf dem Weg ins Büro passierte das, was mir nach jedem Reifenwechsel im Winter passiert. Beim Gas geben drehten die Räder durch. Das lag wohl daran, dass meine Winterräder einen kleineren Durchmesser hatten als die Sommerbereifung. Aber dafür waren die Pneus ziemlich billig gewesen.

Ich kam wie meist pünktlich um neun Uhr im Büro an. Meine Öffnungzeit beginnt jedoch erst um Zehn. Früher hatte ich während dieser Stundendifferenz immer die Bürotür offen gelassen. Weil mir aber gelegentlich vor der Geschäftszeit bereits Kunden in den Laden latschten, schließe ich neuerdings immer ab. Ich trinke nämlich nach der Tradition, die mein Freund Max einst eingeführt hatte, all morgendlich einen kleinen Schluck Bourbon.

Ungefähr zwei Finger breit. Dabei brauche ich keinen Klienten als Zuschauer.

Kaum hatte ich das Glas an den Mund gesetzt, betätigte jemand mehrmals die Klinke. Nachdem vergeblichen Versuch, die Bürotür zu öffnen, klopfte dieser Jemand dermaßen heftig an das obere Glas meiner Tür, dass ich befürchtete, bald in einem Haufen Scherben zu stehen. Ich würgte meinen Bourbon auf einen Schluck hinunter und schloss auf. Vor mir stand ein ausgemergeltes, grauhaariges Männlein, etwa einen Meter sechzig groß und wütend. Ich deutete mit spitzem Finger auf die Stelle an meiner Tür, an der die Öffnungszeit zehn Uhr stand. Das Männchen stemmte die Hände in die Hüften und sagte mit einer erstaunlich tiefen Stimme: „Sie sind wohl auch zu faul zum Arbeiten?" Ich war einerseits verblüfft über so viel Dreistigkeit, andererseits imponierte mir die Direktheit dieses kleinen Mannes. Mit einer ausladenden Bewegung meiner rechten Hand dirigierte ich ihn auf den Besucherstuhl. Dann setzte ich mich hinter meinen Schreibtisch und versuchte eine überlegene Miene aufzusetzen: „Was meinten Sie vorhin mit ‚auch'?" Er schnaufte: „Weil die Bullen ihre fetten Hinterteile nicht aus den bequemen Sesseln bekommen. Angeblich können die ohne stichhaltige Beweise nicht tätig werden. Und ich dachte, es wäre nicht meine, sondern die Aufgabe dieser Kasper, Beweise zu beschaffen. Oder was meinen Sie?" Ich lehnte mich stirnrunzelnd zurück: „Ich meine, dass ich überhaupt nicht weiß, wovon Sie eigentlich reden. Am besten Sie fangen am Anfang an. Also, warum waren Sie bei der Polizei?" Der Sitzriese holte ein kariertes Taschentuch aus seiner ausgebeulten Jeans und wischte sich den Schweiß von der Stirn: „Ich heiße Wehrmann, Gerold Wehrmann. Und ich wohne neben ihr. Also neben Ursula. Äh, neben Frau Müller geborene Eichler. Wir kennen uns schon sehr lange. Als Kinder waren wir in der gleichen Schule. Und in der Pubertät … na ja, das tut hier nichts zur Sache. Sie hat mich nicht geheiratet, weil ich so klein bin. Ich frage Sie, finden Sie das in Ordnung?" Ich wurde aus dem Gesagten nicht ganz schlau, antwortete aber höflich: „Auf die Größe kommt es nicht an. Aber waren Sie wegen der verpassten Hochzeit bei der Polizei?" Er tippte sich an die Stirn: „Was haben Sie denn geraucht? Ich bin zwar klein, aber nicht doof. Also, die Uschi hat meinen Nachbarn geheiratet, diesen Müller. Der heißt auch noch Adolf mit Vornamen. Ich an seiner Stelle hätte meinen Namen ändern lassen. Was denken Sie?" Ich wurde langsam ungeduldig: „Könnten Sie eventuell zur Sache kommen? Ich möchte nämlich Weihnachten zu Hause feiern!" Er war vergnatzt: „Und ich dachte Sie hätten gesagt, ich solle am Anfang anfangen. Jetzt wollen Sie doch bloß das Ende hören. Genau wie die Bullen. Fehlt nur noch, dass Sie ebenfalls Beweise von mir vorgelegt haben wollen". Dann verstummte er beleidigt und blickte trotzig zur Seite. Der Kerl brachte es mit seinem Verhalten tatsächlich fertig, mir ein schlechtes Gewissen zu fabrizieren. Versöhnlich sagte ich: „Ich weiß leider immer noch nicht, worum es geht. Erzählen Sie doch bitte weiter!" Nachdem er mir einen Blick zugeworfen hatte, der ein niederes Lebewesen wahrscheinlich getötet hätte, fuhr er fort: „Manchmal, wenn Uschi im Garten arbeitet oder ihr Küchenfenster weit aufhat, beobachte ich sie von Weitem. Ich erkenne sie immer an ihren Haaren. Richtig schwarze, dicke Locken. Und eine Figur. Hinreißend. Nicht, dass Sie denken ich wäre ein Stalker. Ich bedränge sie nicht. Aber sie sieht halt so hübsch aus, da kann ich nicht wegsehen. Können Sie das verstehen?" Langsam wurde ich verzweifelt und sagte verzagt: „Bitte kommen Sie auf den Punkt!" Sein Gesicht wurde sehr, sehr ärgerlich: „Sie werden es schon noch erwarten können. Schließlich sehen Sie nicht aus, als würden Sie in den nächsten fünf Minuten das Zeitliche segnen! Also jetzt kommt's! Vorgestern schaue ich ihr so durchs Küchenfenster beim Kochen zu. Da kommt dieser Müller von hinten mit einem ziemlich großen Messer. Er holt aus, sie springt zur Seite, und dann höre ich nur noch einen Schrei. Ab diesem Zeitpunkt habe ich die arme Uschi nicht mehr gesehen. Dieser Mistkerl hat sie umgebracht. Und Sie werden das beweisen!" Ich hob die Hände: „Moment, Moment, Moment! Sie haben gar nicht gesehen, dass Herr Müller zugestochen hat?" Er antwortete erregt: „Sagen Sie nicht ‚Herr‘ zu diesem Mörder. Aber genau genommen habe ich es nicht gesehen. Die Uschi ist doch zur Seite gesprungen". Ich kratzte mich mehrmals am Kinn: „Kein Wunder, dass die Polizei nichts unternimmt. Und ich kann auch nicht garantieren, dass ich bei der geschilderten Lage etwas herausbekomme. Es könnte sein, Sie werfen Ihr Geld zum Fenster raus. Ich nehme nämlich zweihundert am Tag. Soll ich trotzdem ermitteln?" Er nickte: „Klar. Ich war mir von Anfang an sicher, dass es teuer werden würde. Aber meine Uschi ist es wert!" Ich nickte bedeutungsvoll und holte ein Auftragsformular aus meinem Schreibtisch. Nachdem er unterschrieben hatte, bemerkte er noch im Befehlston eines Hauptfeldwebels: „Ich werde mich jeden Tag nach den Ermittlungen erkundigen". Dann zog er die Nase mit einem Geräusch hoch, das jedem Elefanten Ehre gemacht hätte. In der Tür drehte er sich noch einmal um: „Bis morgen!" Ich konnte mir nicht helfen, irgendwie roch das Ganze ziemlich nach Hitchcocks ,Das Fenster zum Hof'.

Es war später Nachmittag, als ich an der Tür der Müllers klingelte. Adolf Müller öffnete mit einem verbiesterten Gesicht. Ich sagte möglichst unschuldig: „Verzeihung, ich weiß nicht genau, ob ich hier richtig bin. Ich bin Versicherungsvertreter und es geht um die Erwerbsunfähigkeitsrente einer Frau Ursula Müller. Die wohnt doch hier im Haus?" Herr Müller schaute mich argwöhnisch an: „Meine Frau arbeitet nicht. Sie ist Hausfrau". Scheinbar uneinsichtig fuhr ich fort: „Vielleicht arbeitet sie ja heimlich und ohne Ihr Wissen. Kann ich die Dame eventuell persönlich sprechen?" Herr Müller verzog wütend das Gesicht: „Nein. Sie ist verreist. Und jetzt verschwinden Sie, bevor ich grob werde!" Genauso schlau wie vorher trat ich den Rückzug an. Trotzdem war es ein seltsamer Zufall, dass die Frau gerade jetzt verreist sein sollte. Es wurde Zeit, mich mal mit meiner alten Freundin Erna Singmann zum Essen zu verabreden.
Erna arbeitete auf dem Einwohnermeldeamt und tat mir gelegentlich einen Gefallen, immer in der Hoffnung, dass

sie mich eines Tages vor den Altar zerren könne. Als ich damals Monika heiratete, war sie stocksauer, aber nach meiner Scheidung war ihre Welt wieder in Ordnung. Ab und an beschaffte sie mir heimlich die eine oder auch die andere Information. Leider kostete mich das meist ein schweineteures Dreigängemenü nebst einer kostspieligen Flasche Rotwein. Diesmal auch, aber am nächsten Tag besaß ich alle relevanten Daten von Ursula Eichler, verheiratete Müller. Außerdem wusste ich, dass dieser Adolf Müller ein riesiges Baugeschäft betrieb, und ziemlich groß damit abkassierte. Kein Wunder, dass seine Frau nicht arbeiten musste. Viel wichtiger war aber, dass ich von den Nachbarn aus der näheren Umgebung erfuhr, was Ursula machte, wenn sie nicht gerade den Haushalt in Ordnung hielt. Dienstags begab sie sich am Nachmittag ins Fitnessstudio, und freitags traf sie sich am Abend immer mit anderen Hausfrauen zu einem sogenannten Mädels-Abend. Ich begann meine Ermittlungen in der Muckibude. Dort teilte man mir zu meinem Erstaunen mit, dass Frau Müller vor Kurzem ihre Mitgliedschaft telefonisch gekündigt hatte. Blieb also nur die freitägliche Zusammenkunft im Restaurant ‚Zum Anker'. Die Gaststätte atmete aus jeder ihrer Poren maritimes Flair. Alle Wände waren gespickt mit Fischernetzen, Seesternen, Muscheln und Bilder von Fischkuttern. Für meinen Geschmack wirkte dazwischen der große mit Goldbronze verzierte Anker etwas kitschig. Es war Freitag gegen einundzwanzig Uhr, als ich, mit einem zugegebenermaßen leeren Briefumschlag, den Gastraum betrat. Eine Ansammlung von Frauen konnte ich jedoch nicht erblicken.

Auf meine Nachfrage hin, führte mich der Wirt durch eine angrenzende Tür in das sogenannte Vereinszimmer. Die Frauen begrüßten mich in Feierlaune mit einem mächtigen Gejohle. Ich behauptete einer Frau Ursula Müller einen persönlichen Brief übergeben zu müssen, wobei ich mein scheinbar wichtiges Couvert nach oben hielt. Man teilte mir mit, dass Frau Müller aus unerfindlichen Gründen nicht erschienen sei. Ich dankte und begab mich, mit ein paar düsteren Gedanken in meinem Hirnkasten, nach draußen.

Was, wenn mein Klient doch recht hatte? Wie könnte ich den Mord beweisen? Bisher würde man anhand der Fakten noch nicht einmal eine Vermisstenanzeige akzeptieren. Schließlich fehlt jeder irgendwann mal zu einer gemütlichen Runde, auch falls es nur aus Krankheit ist.

Am nächsten Morgen hörte ich schon auf dem Flur vor meinem Büro das Telefon Sturm klingeln. Glauben Sie mir, ich höre schon an der Art des Läutens, wer am anderen Ende wartet. Natürlich war es dieser aufdringliche Zwerg. Nachdem ich den Hörer an mein Ohr gedrückt hatte, bestand die Gefahr, einen Tinnitus zu bekommen. Die Stimme des Kerls am anderen Ende überschlug sich förmlich, als er brüllte: „Sie ist wieder da. Gott sei Dank ist sie wieder da. Ich habe sie durch das Küchenfenster gesehen. Ich konnte es gar nicht glauben. Ich muss mich getäuscht haben. Sie ist quicklebendig. Sie brauchen nicht weiter nachzuforschen. Ist das nicht schön?" Na Bravo. Viel Lärm um Nichts. Und meinen schönen Fall war ich auch los. Eiskalt entgegnete ich: „Aber meine

Rechnung für bisher erbrachte Leistungen bekommen Sie trotzdem", und legte deprimiert auf.

Kennen Sie das unbestimmte Gefühl, dass irgendetwas nicht stimmen könnte? Man schreibt ein Wort, und beim Betrachten beschleicht einen der Gedanke, es könne falsch geschrieben sein. Oder wenn man seinem Ehepartner ansieht, dass etwas nicht stimmt, und er beantwortet die Frage: „Was ist los?" mit einem einfachen: „Nichts. Was soll los sein?" Damals, als mich Monika betrog, da hatte sich auch so eine unbestimmte Empfindung in meinem Bauch breit gemacht, und im Moment hatte ich just das gleiche Gefühl in der gleichen Gegend. Hier war etwas faul. Wenn nicht sogar oberfaul. Ich beschloss, den Fall auf eigene Faust weiter zu verfolgen und diesen Adolf Müller zu überwachen. Wenn man absolut nicht mehr weiter weiß, dann hilft aus Erfahrung immer noch das gute, alte Observieren.

Inzwischen war es verdammt kalt geworden. Auch der heiße Kaffee in meiner Thermoskanne war nicht mehr in der Lage, mein Zittern aus dem Weg zu schaffen. Gerade als ich beschloss, nach Hause zu fahren und ein wärmendes Bad zu nehmen, kam der Verdächtige aus der Tür und stopfte etwas in den Müll. Kaum, dass er wieder im Haus war, durchstöberte ich die Tonne und fand eine Perücke mit dicken, schwarzen Locken. Nachtigall, ick hör dir trapsen! Ich hatte erstmal genug gesehen. Zu Hause machten heißes Wasser und kalter Bourbon aus mir wieder einen vernünftigen und gut durchwärmten Menschen. Zwar konnte ich mir nicht erlauben, mit meinem Geld in der Gegend herumzuwerfen, aber eine kleine Heizung mit Anschluss an den Zigarettenanzünder in meinem Auto gönnte ich mir dann doch. Nicht, dass damit das Innere meines Wagens anheimelnd warm wurde, jedoch auch der Gedanke zählt, wie der Volksmund landläufig sagt. Eigentlich hatte der Erfinder nur im Sinn gehabt, mit dem Gerät beim Abtauen von Autoscheiben zu helfen. Man konnte sich aber auch die Hände ein wenig daran wärmen. Am dritten Tag meiner frostigen Überwachung, war mir das Glück hold. Oder es war auch nur der Zufall, der mir da freundlich zulächelte. Der Kerl stieg in sein Auto und brauste los, als wären alle Furien der Welt hinter ihm her. Ich konnte kaum folgen. Im Nachbarort stellte sich dann heraus, dass ihn nur seine unbändige Vorfreude auf eine Frau dermaßen rasen ließ. Weil die zwei versäumt hatten die Vorhänge zuzuziehen, konnte ich von der Buche im Garten aus alles detailgetreu miterleben. Kurz bevor ich steifgefroren vom Baum fiel, erhaschte ich dann doch noch das entscheidende Gespräch zwischen den beiden. Ich ließ mir aber noch bis zum nächsten Tag Zeit, bevor ich die Polizei verständigte. Schließlich braucht der Mensch etwas Wärme, und Tote laufen auch nicht davon. Zumindest nach meinem Wissensstand ist das so. Der Rest ist schnell erzählt. Bei der Geliebten von Herrn Müller wurde im Keller eine frisch betonierte Stelle aufgerissen, die Leiche von Uschi geborgen und danach zwei Menschen in Handschellen der Justiz zugeführt. Aber das weitaus größere Verbrechen ist meiner Meinung nach, dass sich mein zu klein geratener Freund weigert, das Honorar für die letzten vier Tage

186

zu zahlen. Manchmal habe ich tatsächlich das Gefühl, ich könnte auch einen Mord begehen.

Die Fremden

Es geschah mitten im pazifischen Ozean. Genauer gesagt im Südpazifik an den Koordinaten 3 Grad 38 Minuten Süd und 123 Grad 37 Minuten West. Zufälligerweise schipperte der Plastikmüllsammler ‚Boyan' in unmittelbarer Nähe. Die Besatzung erzählte später, dass stundenlang eine Art metaller Regen mit großen schwarzen Tropfen vom Himmel gefallen sei. Das Wasser hätte solange wie wild gebrodelt, bis sich eine schwarze Insel mit einer Größe von ungefähr einem Quadratkilometer aus den Fluten empor gehoben hätte. Danach wäre der Regen versiegt und ein zylinderförmiges Raumschiff hätte unter Tosen mittig auf dem seltsamen Eiland aufgesetzt. Sofort schickten Amerika, China und Australien einige ihrer Erkundungsschiffe in die Region. Aber alle Wissenschaftler und Militärs konnten in den nächsten Monaten nichts, aber auch gar nichts ermitteln. Das Raumschiff stand Tag für Tag regungslos da, ohne auch nur das geringste Lebenszeichen von sich zu geben oder irgendwelche Signale auszusenden, und die Materialzusammensetzung der Insel konnte trotz aller Bemühungen nicht ermittelt werden. Schließlich einigten sich die maßgebenden Leute darauf, dass das Schiff ein Erkundungs-Roboter sei, den man unbedingt im Auge behalten müsse. Dem Material der Insel gab man, abgeleitet von ‚the other',

also ‚das Andere', den einfallslosen Namen ‚Theother'.
Es verging Monat um Monat, und nach einem Jahr verloren die Menschen allmählich ihr Interesse an Insel und Raumschiff. Nur ein kleines, international besetztes Forscherteam blieb noch auf dem Eiland. Allerdings konnte keiner der Wissenschaftler neue Erkenntnisse erlangen. Dagegen mehrten sich solche Stimmen in der restlichen Welt, die den Metallzylinder mittels einer Atombombe vernichten wollten. Daraufhin verließen mehr und mehr Wissenschaftler mit den Versorgungsschiffen die Insel. Auch die Versorgung wurde aus finanziellen Gründen eingestellt. Nur ein seltsamer Kauz mit Namen Bob Krumholz weigerte sich, die Insel zu verlassen. Er sollte das aber kurz darauf erheblich bereuen. Sein Trinkwasservorrat ging nämlich zur Neige, und die Entsalzungsanlage hatte den Geist aufgegeben. Zwar forderte er mit seinem Satellitentelefon Trinkwasser und Ersatzteile an, aber danach sagte auch sein Telefon keinen Mucks mehr. Vielleicht ein technischer Defekt, vielleicht hatte aber auch nur der Akku keinen Saft mehr, oder der zuständige Satellit war abgestürzt. Wer weiß das schon? Konserven hatte er noch mehr als genug in seinem Zelt, aber er wusste, dass der menschliche Körper normalerweise kaum länger als drei Tage ohne Wasser auskommen kann. Nachdem er sich eine Woche lang keine Zähne mehr geputzt hatte, um Wasser zu sparen, war auch der letzte Tropfen aus der letzten kleinen Flasche Mineralwasser die Kehle hinunter gewandert. Stets wenn er sich am Inselrand in das Wasser erleichterte, schimpfte er lautstark mit dem Ozean, wegen dessen erbärmlichen

Salzgehaltes. Allmählich steigerte sich sein Durst zu unerträglicher Qual und Bob hatte Probleme beim Hören und Sehen. Gelegentlich begann er obendrein auch noch zu fantasieren. Ihm erschien die Rakete als Limonadenstand, mit den kühlsten Getränken, die sich ein Mensch nur wünschen konnte. Mit bleiernen Schritten schleppte er sich zu dem Zylinder hin. Da öffnete sich eine Tür in dem Metall und eine Frau trat heraus, in der Hand eine Flasche mit Mineralwasser. Bob trank gierig ein paar Schlucke, bis er erstaunt bemerkte, dass es gar keine Halluzination war. Die Frau begrüßte ihn in mehreren Sprachen. In Französisch, Deutsch, Spanisch, Englisch und auch in Chinesisch, genauer gesagt in Mandarin. Bob bedankte sich überschwänglich, soweit sein körperlicher Zustand überhaupt noch eine Art Überschwang zuließ. Die fremde Frau lächelte höflich: „Du musst verzeihen, aber wir sind gewissermaßen noch nicht so weit. Die Sprachen eurer Welt zu erlernen funktionierte ganz gut, aber mit euren Körpern sind wir noch nicht ganz im Reinen. Das Problem war, dass ihr hier in der Regel zwei Geschlechter habt, wir aber nur eins. Also mussten wir uns für eines entscheiden, mit dem wir beginnen wollten. Das Los fiel auf die Frauen. Deshalb können wir im Moment noch keine männliche Gestalt annehmen. Ich hoffe, du vermisst das nicht! Eigentlich wollten wir erst viel später in Erscheinung treten, aber wir bemerkten deine Notlage. Da konnten wir doch nicht untätig zusehen. Wenn du willst, dann bringe ich dir regelmäßig etwas zu trinken!" Bob nickte so heftig, dass es in seinem Genick knackte. Die Fremde verschwand wieder im Schiff und die Tür schloss sich nahtlos. Bob war sich erst sicher, dass er nicht geträumt hatte, als er auf die Flasche in seiner Hand blickte. Dann nahm er noch einen riesigen Schluck, legte sich erschöpft auf die Luftmatratze in seinem Zelt und schlief ein.

Am nächsten Morgen ging es ihm schon wieder etwas besser. Er frühstückte Dosenbrot und leerte den Rest Mineralwasser. Dann stellte er sich vor das Raumschiff und schwenkte die leere Buddel hin und her. Erwartungsgemäß trat die Frau wieder heraus und brachte eine neue Flasche Mineralwasser. Nachdem die leere und die volle ihre Plätze getauscht hatten, sagte Bob: „Ihr könnt euch viel Zeit und Aufwand sparen, wenn ihr keine männliche Gestalt annehmt. Das stört bei uns garantiert niemanden. Aber würdest du mir vielleicht sagen, warum ihr überhaupt hier seid, ich meine, hier auf der Erde?" Die Fremde nickte: „Eure Erde geht langsam ihrem Untergang entgegen. Das Klima erwärmt sich beängstigend und der Erdkern verändert sein Magnetfeld, wodurch die Menschen zukünftig immer mehr energiereiche Strahlung abbekommen werden. Das kann neben Veränderung des Erbgutes auch zu Krankheiten oder sogar zum Tod führen. Wir haben bisher im gesamten All nur hier auf der Erde intelligentes Leben gefunden. Da wir somit die Menschen als unsere Verwandten ansehen, möchten wir gern die Menschheit retten. Wir erstellen gerade eine Quantenbrücke zu einem anderen, sehr stabilen Planeten, der zu 99,9 Prozent der Erde entspricht. In rund fünf Wochen sind wir soweit und können beginnen, euch auf diesen Planeten umzusiedeln. Ich glaube man nennt das hier

‚beamen'. Wenn wir so weit sind, treten wir an alle Regierungen eures Planeten heran, und bieten den Menschen des jeweiligen Landes unsere Hilfe für eine Umsiedlung an. Das geschieht natürlich alles auf Freiwilligenbasis. Wenn du möchtest, bist du der erste, der umzieht. Selbstverständlich gibt es dort eine entsprechende Infrastruktur. Wir haben bereits im Vorfeld schon automatische Fabriken erbaut, die alle Umsiedler mit Produkten des täglichen Bedarfs und auch mit Medikamenten versorgen werden. Wer nicht will, braucht nicht mehr zu arbeiten, und alle irdischen Krankheiten können dort von uns auf Wunsch geheilt werden. Ist das richtig so?" Bob war einigermaßen perplex. Das hörte sich doch an, als würde man ins Paradies umziehen: „Und sollen da alle Menschen unseres Planeten hin?" Die Fremde lächelte milde: „Ich sagte bereits, nur Freiwillige". Bob hakte nach: „Und was passiert mit denen, die hierbleiben?" Die Alien-Dame wurde wieder ernst: „Das liegt bei jenen selbst. Wir ziehen uns dann von der Erde zurück". Bob war noch nicht zufrieden: „Könnt ihr nicht die Erde umgestalten, damit wir hier bleiben können?" Die Fremde schien etwas ärgerlich zu werden: „Erstens würde das viel zu viel Energie benötigen, und zweitens würdet ihr garantiert die Erde dann etwas später auch wieder zu Grunde richten". Bob wurde nachdenklich: „Und was, wenn wir auch den neuen Planeten zerstören?" Die Alien-Frau schüttelte den Kopf: „Dort seid ihr in unserer Nähe, und wir könnten auch zur Not vernunftbildend eingreifen. Der Aufwand, jedes Mal zur Erde fliegen zu müssen, wäre dagegen viel zu aufwendig. Bist du mit dieser Antwort zufrieden?" Bob nickte: „Ja. Aber könntet ihr mich vielleicht jetzt schon von hier nach Hause beamen? Ich möchte doch einiges zusammenpacken, was ich dann gern mitnehmen würde". Die Fremde entgegnete nach kurzer Überlegung: „Gut. Wir bereiten alles vor. In etwa zwei bis drei Erdentagen sind wir bestimmt in der Lage, einen einzelnen Menschen irgendwohin zu senden, solange es sich nur um einen Platz auf diesem Planeten handelt. Also bis Morgen!" Sprach's und verschwand im Raumschiff. Bob Krumholz hingegen verzog sich in sein Zelt und schwang sich auf die Luftmatratze. Das letzte Mal in seinem Leben.

Obwohl die Menschen der Erde seit ihrem aufrechten Gang immer nur danach trachteten, andere zu bekämpfen, waren sich die Regierungen dieses eine Mal tatsächlich einig. Die Offensive begann genau um Mitternacht. Von Abfangjägern flankiert, flogen drei Langstreckenbomber bis zu dem künstlichen Eiland und warfen ihre totbringende Last ab. Da Bob keine Angehörigen hatte, trauerte auch niemand um ihn. Das Schiff und die Insel wurden förmlich in ihre Moleküle zerrissen. Die atomare Strahlung kostete Millionen von Meeresbewohnern das Leben, und das verseuchte Wasser wurde bis an alle Küsten des Pazifiks gespült. Tausende Lichtjahre von diesem Szenario entfernt, produzierten eigenständige Fabriken hochwertige Erzeugnisse, die niemals jemand verwenden würde. Wieder einmal hatten die überheblichen Menschen, wie schon so oft in ihrer Geschichte, eine große Gelegenheit verpasst.

Depressiv

Ein Philosoph hat einmal gesagt: „Ein enttäuschter Optimist hat immer noch ein besseres Leben, als ein bestätigter Pessimist". Dietrich Herting war seit Kindesbeinen an ein wirklich uneingeschränkter Pessimist. Er war ein verweichlichter Junge, der die Tage am liebsten träumend verbrachte, sich vor jedem und allem fürchtete und häufig an Kopfschmerzen litt. Bereits mit vierundzwanzig hatte er keine Lust mehr zum Leben, aber viel zu viel Angst vorm Sterben. Es blieb nicht aus, dass er wegen Depressionen einem Facharzt für Psychiatrie vorgestellt wurde. Trotz gelegentlichen Behandlungserfolgen hatte er stets das Gefühl, dass immer noch Luft nach unten war. Er verließ äußerst selten seine Wohnung in dem Altbau, der aus unerfindlichen Gründen nach fauligen Äpfeln roch. Aus einem der Fenster konnte er auf den nahegelegenen Hafen blicken, hatte aber meist das Rollo bis ganz nach unten gezogen, da er keine Schiffe mochte. Als dann eines Tages die alte Verkabelung wegen eines Kurzschlusses keinen Strom mehr hergab, und somit sein Fernseher kalt blieb, wollte er sich endgültig die Pulsadern aufschneiden. Aber er fand, trotz anhaltenden Suchens, seine Rasierklingen einfach nicht. Das bewies ihm wieder einmal, dass sein Leben wirklich nur absolute Kacke war. Kurz darauf verlor er auch noch seinen Job, weil er die Kollegen im Büro wiederholt davon überzeugen wollte, dass es sinnlos sei weiterhin zu arbeiten, da die Welt sowieso eines Tages untergehen würde. Seinem gebeutelten Arbeitsvermittler im Jobcenter ging er alsdann mächtig auf die Nerven, da er ständig nur jammerte, dass der Staat bestimmt eines Tages die Zahlung von Arbeitslosengeld einstellen würde. Aufgrund seines labilen Gemütszustandes wollte ihn aber auch kein Arbeitgeber eine Anstellung gewähren. So lümmelte er tagsüber meist auf seiner alten, von der Mutter geerbten Couch herum. Abends war er dann dermaßen antriebslos, dass er keine Lust mehr hatte, sich ein Brot zu schmieren. Dann kämpfte in ihm der Hunger gegen die starke Abneigung, das Haus zu verlassen. Meistens gewann der Hunger, und er schlich sich in die kleine Gaststätte an der Ecke, um zu einem geregelten Abendbrot zu kommen. Bei seinem letzten Arzttermin zerkratzte er die komplette rechte Seite seines Kleinwagens, als er einen Pfeiler das Patientenparkplatzes streifte. Daraufhin beschloss er, nur noch mit dem Bus zu fahren. Ein paar Tage später begann sich sein Sofa aufzulösen. Eine Sprungfeder nach der anderen spießte sich durch den Bezugsstoff und bohrte sich bisweilen in Dietrichs schlaffes Hinterteil. Er benutzte einen Bolzenschneider, um die überstehenden Teile abzuzwicken, was das Metall aber nur noch spitzer und schärfer machte. Im Endeffekt legte er dann zwei Bretter über die Sitzfläche, worauf er konstatieren musste, dass die Bequemlichkeit weitgehendst verloren gegangen war. Eine alte Matratze aus der Bodenkammer sorgte für ausreichende Abhilfe. Dann und wann kam er nicht umhin, einkaufen zu gehen. Als er bei der Neueröffnung eines Lebensmittelgeschäftes aus Reklamegründen am Eingang ein Rubbellos geschenkt bekam, warf er es einfach weg, in der Überzeugung, sowieso kein Glück zu haben. Ein kleiner Junge, der hinter ihm den Laden betreten hatte, hob es auf, rubbelte es frei und gewann einen Tausender. Das machte Dietrich nur noch mehr depressiv. Ansonsten floss sein Leben meist eintönig dahin, nur unterbrochen von gelegentlichen Katastrophen. So gaben beispielsweise sein Küchenherd und seine Waschmaschine am gleichen Tag ihren Geist auf. Das Deutsche Rote Kreuz half ihm aufgrund seiner katastrophal finanziellen Lage mit älteren, gebrauchten Modellen aus. Zwar hatte er jetzt statt eines Ceranfeldes nur noch gusseiserne Kochplatten, aber er stand sowieso nur selten am Herd. Gelegentlich masturbierte er, und ab und an kaufte er sich eine Flasche Schnaps, da er hoffte, in betrunkenem Zustand sein Leben besser auszuhalten. Aber er vertrug den Alkohol nicht, und der darauffolgende Kater machte alles nur noch viel unangenehmer. Doch gerade als er sich vorgenommen hatte, auf dem Schwarzmarkt Gift oder vielleicht eine Pistole zu beschaffen, sorgte die Vorsehung für eine Wende. Er bekam einen Job. Nun war der Beruf des Postzustellers nicht unbedingt das, was er wirklich wollte, aber ein regelmäßiges Gehalt, das einiges über dem Arbeitslosengeld lag, reizte ihn dann doch. Zwar störte ihn, dass er sich zwangsläufig eine geraume Zeit des Tages außerhalb seiner Wohnung befand, aber die körperliche Bewegung tat ihm auch gut. Indes hatte er immer wieder depressive Schübe. Später wurde er in eine andere Abteilung versetzt und musste nun Post an weit abgelegene Adressen bringen. Dazu erhielt er ein Transportrad mit einem starken Elektroantrieb. Nun war er zwar länger unterwegs, hatte aber wesentlich weniger Briefe und Päckchen zuzustellen. Eines schönen Tages musste er ein kleines Paket an den Kapitän eines Luxusdampfers überbringen. Er stellte sein Rad an der Anlegestelle ab und schloss es an. Da das Schiff jeden Moment ablegen sollte, rannte er wie besessen die Reling hoch und wies das Päckchen dem dort stehenden Matrosen vor. Der wollte es nicht annehmen, und deutete ihm den Weg zur Kommandobrücke. Weil Dietrich völlig außer Atem war, setzte er sich kurz in einen der Stühle auf Deck. Dann trabte er weiter in Richtung Brücke. Aber irgendwie schien er sich verlaufen zu haben, denn er stand vor einem verschlossenem Schott. Also ging er einige Schritte zurück, bis er die entsprechende Treppe fand. Beim Betreten der Brücke, schauten ihn mehrere Augenpaare verwundert an. An den vier Ärmelstreifen machte er den Kapitän aus, ging zu ihm und stellte das Päckchen zu. Der Schiffsführer blickte ihn erstaunt an und äußerte bisher nicht gewusst zu haben, dass es auf seinem Schiff einen Postboten gäbe. Als Dietrich beteuerte nicht vom Schiff, sondern von Land zu sein, eröffnete man dem Verzweifelten, dass der Liner inzwischen abgelegt hätte. Er müsse bis zur nächsten Anlegestelle an Bord bleiben. Ganze fünf Tage lang. Man teilte ihm eine überaus kleine Kabine im Heck des Schiffes zu. Dietrich war völlig niedergeschlagen und wollte sich eigentlich ins Wasser stürzen, aber selbst zu dieser Tat hatte er keine Kraft mehr. Am ersten Tag seiner notgedrungenen Reise saß er zitternd auf dem Rand der Koje und traute sich nicht hinaus. Da er selbst bei den Mahlzeiten nicht zugegen war, ließ der Kapitän einen Matrosen nach dem unfreiwilligen Passagier suchen. Der Seemann packte den Ängstlichen einfach am Arm und zerrte ihn trotz Protest in die Mannschaftsmesse. Am zweiten Tag wurde Dietrich schon etwas mutiger. Hätte er allerdings gewusst, dass eine Gruppe Terroristen an Bord war, wäre er bestimmt wieder in eine tiefe Depression gefallen. Gegen Mittag rief er mit dem Handy seinen Chef an, um die Situation zu erklären. Diesem ging es aber ausschließlich nur um das Elektrorad. Er eröffnete seinem Angestellten, falls das Rad vom Pier gestohlen werden sollte, dann müsse Dietrich es voll und ganz ersetzen. Am dritten Tag fasste sich unser Held ein Herz und wollte an Deck gehen. Kaum hatte er die Tür hinter sich geschlossen, erschütterte eine gewaltige Explosion das gesamte Schiff. Unmittelbar darauf ertönte eine Sirene und aus mehreren Lautsprechern erscholl die Anweisung, man solle die Rettungsbote aufsuchen. Aber alle, die das versuchten, sahen sich getäuscht. Sämtliche Bote waren gewaltsam unbrauchbar gemacht worden. Dietrich hingegen versuchte erst gar nicht eines der Rettungsboote zu erreichen. Für ihn war das Ganze ein Wink des Schicksals. Hier und jetzt würde sein Leben endlich ein Ende finden. Er ging zurück in seine Kajüte, legte sich in die Koje und schloss die Augen. Dann ging alles fürchterlich schnell. Die Explosion hatte den kompletten Bug vom Schiff getrennt. Durch das eindringende Wasser wurde das Schiff kopflastig und kippte schlagartig mit dem Bug nach unten. Alle, die noch nicht von selbst ins Wasser gesprungen waren, wurden unweigerlich vom Schiff herunter katapultiert. Dietrich schleuderte es von der Liege herunter und direkt an die Wand neben der Tür. Nur die gut funktionierenden Schotts waren der Grund, dass der Luxusliner nicht komplett sank, sondern einen Teil seines Hecks über Wasser hielt. Da aber der Technikraum im Bug untergebracht gewesen war, konnte der Funkoffizier weder ein ‚SOS' noch ein ‚Mayday' absetzen. Deshalb waren bedauerlicherweise alle Passagiere und Besatzungsmitglieder bereits in den Fluten ertrunken oder auch erfroren, als nach drei Tagen die Rettungskräfte eintrafen. Sie fanden nur noch im Heck einen schrecklich durstigen Überlebenden, Dietrich. Dieser murmelte auf dem ganzen Weg bis hin zum Hospital immer nur, dass er selbst zum Ertrinken zu blöd sei. Als er wieder zu Hause war, stellte ihm sein Chef natürlich das Elektrofahrrad in Rechnung. Dietrich kümmerte sich nicht darum, und als ihn sein Chef verklagte, wurde festgestellt, dass das teure Elektro-Bike zum damaligen Zeitpunkt ordnungsgemäß angeschlossen war, und deshalb kein schuldhaftes Handeln des Angeklagten vorläge. Also konnte Dietrichs Leben ohne große Aufregungen weiter vor sich hin plätschern. Sein Arzt verschrieb ihm die nötigen Medikamente und sein Zustand hielt sich in der Waage, wie man so schön sagt. Als man ihn dann zu seinem hundertsten Geburtstag bat, eine kleine Rede zu halten, äußerte er nur niedergeschlagen, dass er einfach zu dumm zum Sterben sei. Ein Jahr später, nach seinem Ableben, verwechselte ein Mitarbeiter des zuständigen Bestatters zwei Särge. Als man Dietrichs Leichnam verbrennen wollte, war dieser nicht mehr aufzufinden. Da kann man doch zu Recht depressiv werden, oder?

That's life!

Der eiskalte Wind peitschte dicke Regentropfen durch die Gassen der Kleinstadt und über die angrenzende Justizvollzugsanstalt. Logisch, dass dies die Insassen beim Hofgang nicht besonders erfreute. Einer jedoch hatte im Moment noch kein Auge für das Wetter. Heute war der letzte Tag für Diether Gruber, nach zweiundzwanzig Jahren. Er trat mit seiner Reisetasche durch das große Eisentor auf die nasse Straße und atmete tief durch. Dann spurtete er zu dem Unterstand an der Bushaltestelle und setzte sich auf einen der ziemlich ramponierten Sitze. Der Bus würde ihn in die Stadt bringen, wo ein Sozialarbeiter bereits eine kleine Wohnung angemietet hatte. Wohnküche mit Bad. Und dazu noch komplett möbliert. Leider würde hier draußen die Sache mit dem Geld etwas schwieriger werden. Man konnte ihm bisher noch keine Arbeit vermitteln. Raubmörder stellt niemand gerne ein. Was allerdings niemand wusste war die Tatsache, dass er damals nicht zwanzig Riesen erbeutet hatte, wie bei Gericht festgestellt worden war, sondern zweihundertzwanzig bildschöne Tausender. Der Tote konnte nicht mehr reden, und seine Frau wusste es nicht besser. Ihr Mann hatte sozusagen einiges beiseite gebracht, von dem die Gute nie etwas erfahren sollte. Er wollte sich nämlich demnächst von seiner Frau trennen. Dieses Problem hatte Diether jedoch vorzeitig auf seine eigene, brutale Weise gelöst, und dann zweihunderttausend Mäuse ins Ausland transferiert. Genauer gesagt einhundertneunzigtausend und einen Pass auf den Namen Fred Barber, der ihn zehntausend gekostet hatte. Nun musste allerdings irgendwie ein Weg her, um wieder nach New York an das wertvolle Schließfach zu kommen. Dazu brauchte er Geld, wenn auch nur ein paar Hunderter. Wahrscheinlich würde er dazu noch einmal ein linkes Ding drehen müssen. Blöderweise war er gezwungen, sich noch drei Jahre lang wöchentlich bei einem Bewährungshelfer zu melden. Diether zog fröstelnd die Jacke vor der Brust zusammen. Das Wetter war aber auch wirklich zum kotzen. Von der Stadt her näherte sich eine dunkelblaue Limousine. Auf Höhe der Bushaltestelle hielt der Wagen an, und das Fahrerfenster wurde herunter gelassen. Eine junge, hübsche Frau blickte zu dem Fröstelnden hinüber: „Bist du Gruber? Dieter Gruber?" Der Angesprochene stand auf und trat einen Schritt vor: „Nicht einfach nur Dieter, sondern Diether, Diet-Herr, verstehst du? Soviel Zeit muss sein! Da lege ich nämlich großen Wert drauf". Die Frau zuckte mit den Schultern: „Von mir aus. Spring rein, wir haben dir ein Geschäft vorzuschlagen!" Die hintere Tür öffnete sich, und Diether konnte einen Mann mit Vollbart wahrnehmen, der ihn mit einer schnellen Handbewegung zum Einsteigen zu überzeugen versuchte. In Diethers Kopf ging einiges drunter und drüber. Dann gab er sich aber einen Ruck, rannte über die Straße und schnellte auf den freien Platz der Sitzbank. Der Bärtige wirkte erschrocken: „Nun mal langsam mit den jungen Pferden. Bist du immer so schnell? Glaube mir, du kommst noch früh genug zu spät! Ich bin Konstantin, und die Schöne da vorn ist Mona. Man nennt uns auch ‚Die Schöne und das Biest'. Zigarette?" Der Mann hielt Diether ein aufgeklapptes Zigarettenetui entgegen. Diether bediente sich, und der Bartmann steckte das Etui in die Tasche seiner sündhaft teuren Jacke, um danach ein Einwegfeuerzeug heraus zu nesteln: „Hier, schenk ich dir!" Nachdem die Zigarette brannte, fragte Diether: „Also, was wollt ihr von mir?" Konstantin sagte zu Mona: „Fahr los!" Und zu Diether: „Das erzähle ich dir in unserem Office".

Das gesamte Büro war auffallend spartanisch ausgestattet. Schmucklose Möbel und fast leere Regale legten den Verdacht nahe, dass dieser Raum nur einen vorläufigen Treffpunkt darstellte. Konstantin setzte sich einigermaßen steif hinter den Schreibtisch, während sich Mona kokett auf eine der Seitenkanten hockte, wobei ihr Rock berauschend nach oben rutschte. Diether nahm neugierig auf dem Polsterstuhl vor dem Schreibtisch Platz: „Also raus damit! Was wollt ihr von mir?" Konstantin beugte sich vor und legte die Unterarme derart auf die Schreibtischplatte, dass seine Fingerspitzen die vordere Kante umfassen konnten: „Du bist doch damals eingefahren, weil dich einer überrascht hat, als du diesen altertümlichen Tresor geknackt hast. Stimmts?" Diether nickte und Konstantin fuhr fort: „Wenn meine Informationen richtig sind, dann war das damals das sogenannte Modell Walther mit einem Bramah-Hauptschloss nebst Kontrollschloss. Richtig?" Diether nickte erneut. Konstantin lehnte sich wieder zurück: „Siehst du, und genau um so ein Ding handelt es sich. Natürlich wäre das in wenigen Minuten aufgebohrt oder mit einer Sauerstofflanze aufgeschnitten. Aber es geht darum, keinerlei Spuren zu hinterlassen. Der Tresor muss hinterher genau so aussehen und eingestellt sein wie vorher. Von den jungen Leuten hat keiner mehr gelernt so einen Kasten zu öffnen. Und die gesamte moderne Elektronik nützt uns in diesem Fall genau so viel wie ein Kilo feuchter Kehricht. Deshalb kommst du nun ins Spiel. Du sollst einen Din A4 Umschlag gegen einen gleich aussehenden aus dem Tresor vertauschen. Mona fährt uns zu dem Gebäude, ich setze die Alarmanlage außer Betrieb und du kümmerst dich um den Safe. Alles klar?" Diether lehnte sich lässig zurück: „Und was ist für mich dabei drin?" Die hübsche Mona stieg verführerisch vom Schreibtisch herunter: „Zehn Riesen. Zehn schöne, dicke Riesen". Diether lachte laut auf: „Keine Chance. Ich war gerade im Knast. Und das wohl lange genug. Unter fünfundzwanzigtausend ist mir das Risiko zu groß! Ihr zwei braucht immerhin einen Spezialisten für Antikes, also mich!" Daraufhin stand Konstantin ebenfalls auf und sagte ärgerlich: „Mann, wir müssen uns doch nur den Schlüssel dafür besorgen, dann brauchen wir dich überhaupt nicht mehr. Oder wir kapern uns einen Schlosser. So ein altes Ding bekommt doch ein Zehnjähriger auf". Diether grinste geringschätzig: „Dann besorge dir doch einen zehnjährigen Schlosser, der den richtigen Schlüssel hat. Aber ich denke, wenn du das könntest, hättest du nicht gerade mich belästigt. Oder?" Konstantin knirschte mit den Zähnen: „Zwanzig. Glatte zwanzig und keinen Penny mehr. Sag ‚Ja' oder lass es bleiben!" Diether stemmte sich träge vom Stuhl hoch und hielt Konstantin die Hand hin: „Abgemacht, unter der Bedingung, dass ihr mich jetzt gleich nach Hause fahrt!"

An diesem Abend gab es drei Leute, die sich vor Lachen ausschütteten. Nachdem Dieter das erste Mal in seiner neuen Wohnung Platz genommen hatte, schlug er sich auf die Schenkel und grunzte: „Zwanzigtausend für einen Schrank, den ich mit einer Sicherheitsnadel aufkriege! Mann, sind die blöd!" Dann stellte er noch die Weckfunktion an seiner Armbanduhr auf Sieben ein, damit er am nächsten Morgen nicht aus Versehen den Termin bei dem Bewehrungshelfer verpasste. Zur gleichen Zeit prusteten ein Mann und eine Frau in einem dunkelblauen Auto vor Lachen kleine Speicheltröpfchen von innen an die Windschutzscheibe: „Zwanzigtausend für einen Safe, den man mit einer Haarnadel öffnen kann! Oh Gott, ist der naiv!"

Die Nacht war mild, ein paar Wolken verdeckten den Mond und wer gut hinhörte, der konnte von fern den Ruf eines Uhus wahrnehmen. Mona stoppte den Wagen neben einer Mauer, die als Umzäunung für eine Luxusvilla diente. Konstantin öffnete den Kofferraum, schnappte sich einen Laptop, einige Kabel und den besagten Umschlag. Dann reichte er Diether einen Wurfanker, der an einem zehn Meter langen Seil befestigt war. Danach nahm jeder noch eine Taschenlampe heraus und Diether hängte sich sein Bündel mit den Einbruchswerkzeugen um die Schulter. Während Mona im Fluchtauto wartete, schleuderte Diether den Anker über die Mauer. Dann kletterte er nach oben, beugte sich aber wieder nach unten, um Konstantin den Laptop und den Umschlag abzunehmen. Beide sprangen auf der anderen Seite der Mauer hinab auf den vorzüglich gepflegten Rasen und schlichen geduckt bis zum Eingang der Villa. Dort angekommen, hebelte Konstantin ein Kästchen mit einem Tastenfeld auf, befestigte einige Drähte zwischen dem Kasten und seinem Laptop und tippte anschließend auf dem Computer herum, als wäre er bei der Weltmeisterschaft im Schnellschreiben. Dann gab es auf einmal einen leisen Klicklaut und die Tür schwenkte langsam nach innen. Konstantin deutete ins Haus: „Die Treppe hoch und gleich die erste Tür rechts. Ich stehe hier schmiere und pfeife, falls etwas nicht ganz koscher ist. Also los!" Diether knipste die Taschenlampe an und tappte vorsichtig Stufe um Stufe nach oben. Hinter der Tür sah er dann auch gleich den antiken Tresor stehen. Er zog einen Schließhaken aus seinem Bündel und machte sich ans Werk. Keine zwei Minuten später war der Safe offen. Er legte sein Couvert hinein, aber den anderen Umschlag konnte Diether beim besten Willen nirgends entdecken. Im Tresor lag lediglich eine glänzende Stahlkassette mit einem sechsstelligen Zahlenschloss. Verflixt, jetzt gab es für ihn nur drei Optionen. Entweder den Rückzug antreten, da würde er jedoch bestimmt kein Geld bekommen, oder die Kassette mitnehmen, dann würde man aber den Einbruch bemerken, oder die Kassette knacken, das könnte freilich unter Umständen sehr lange dauern. Während er noch hin und her überlegte, ging plötzlich das Deckenlicht an und eine Sirene zerrte lautstark an seinen Nerven. Fünf Uniformierte stürmten ins Zimmer und legten dem Überrumpelten Handschellen an. Als sie ihn nach draußen zu einem Streifenwagen führten, war von Konstantin und Mona nicht das Geringste zu sehen.

Der Verhörraum sah genauso aus, wie man sich im Allgemeinen einen solchen vorstellt. Graue Wände, ein großer Spiegel sowie ein Tisch, den man mit dicken Bolzen am Boden angeschraubt hatte, und zwei Stühle, mehr nicht. Diethers Handschellen waren mit einer Kette an dem Tisch gesichert. Ihm gegenüber saß ein Mann in einem korrekt passenden Anzug, kurzen Haaren und randloser Brille. Er blickte in die vor ihm liegende Akte: „Sie sind also Dieter Gruber". Diether reagierte mürrisch: „Nicht einfach nur Dieter, sondern Diether, Diet-Herr, verstehst du? Soviel Zeit muss sein! Da lege ich nämlich großen Wert drauf". Der Anzugträger antwortete gelassen: „Sie legen scheinbar auch Wert darauf in den Knast zu gehen. Zu den drei Jahren Ihrer Bewährung kommen jetzt noch zehn Jahre wegen Einbruchsdiebstahl". Diether zog an seiner Kette: „Einbruch ja, Diebstahl nein. Ich bin ja gar nicht dazu gekommen, etwas wegzunehmen. Ihr wart doch viel zu schnell da!" Der Beamte hob den Zeigefinger: „Sie haben vielleicht nichts genommen, aber Ihr Komplize. Oder wollen Sie mir weismachen, dass ein nach langen Jahren entlassener Knastbruder eine hochmoderne Alarmanlage außer Betrieb setzen kann?" Diether lehnte sich zurück: „In dem Raum war keiner außer mir. Logischerweise kann auch keiner etwas weggenommen haben!" Der Anzugträger lächelte: „Na klar! Und die Stahlkassette ist von ganz allein davongeflogen! Ist es das, was Sie hier aussagen wollen?" Diether zog die Stirn in tiefe Falten: „Moment mal, als die mich dort hoppgenommen haben, war die blöde Kassette noch im Schrank! Mir soll hier was untergeschoben werden! Da mache ich nicht mit! Ab jetzt sage ich keinen Ton mehr!" Er lehnte sich zurück, schloss die Augen und ignorierte alle weiteren Fragen. Der Anzugmann teilte ihm mit, dass er bis zur Verhandlung in Untersuchungshaft bleiben müsse und ein Uniformierter führte ihn in eine Arrestzelle.

Diether hatte gerade etwas gedöst, als seine Zellentür geöffnet wurde. Ein Wächter winkte mit seinem Zeigefinger: „Gruber, in den Besucherraum! Du hast einen Gast". Skeptisch folgte Diether dem Beamten. Der Uniformierte blieb an der Tür stehen, während Diether ungläubig auf seinen Besucher zuging: „Du traust dich noch hierher? Schlimm genug, dass du mich hingehängt hast. Willst du mich jetzt auch noch demütigen?" Konstantin beugte sich nach vorn und sagte leise: „Still! Ich kann dich hier rausholen". Diether senkte seine Stimme: „Ach ja, und wie?" Konstantin winkte seinen Gegenüber näher zu sich heran: „Pass auf! Als die dich hoch genommen haben, war doch keiner weiter als die Polizisten im Raum. Trotzdem ist diese Kassette verschwunden. Merkst du was? Einer der Bullen ist, nun sagen wir, mein Freund. Und genau der hat morgen Nachtschicht. Da könnte er doch aus Versehen mal eine Tür nicht abschließen. Oder?" Diether wurde misstrauisch: „Und was verlangst du als Gegenleistung?" Konstantin grinste: „Die Hälfte von den Zweihunderttausend, die du auf die Seite gebracht hast. Ja mein Freund, da staunst du, was? Ich weiß davon. Der Kerl, den du erleichtert hast, hatte ein Verhältnis. Dieser

Dame hat er nämlich von dem Zaster erzählt. Und als diese gewisse Dame starb, hat sie ihrer Tochter auf dem Totenbett alles gebeichtet. Diese Tochter war ausgerechnet Mona, meine Verlobte. Jetzt du!" Diether drehte sich vorsichtig zu dem Wächter an der Tür um. Der Kerl betrachtete seine Fingernägel und interessierte sich einen Dreck um die beiden Gestalten am Tisch. Also blickte Diether wieder in Konstantins Augen: „Einverstanden. Aber du musst mir einen Pass besorgen und für uns beide eine ESTA-Genehmigung zur Einreise in die USA. Außerdem brauchen wir zwei Flugtickets. Schaffst du das?" Konstantin grinste: „Wenn's weiter nichts ist. Morgen Nacht um ein Uhr solltest du nicht schlafen. Sonst verpasst du eine blaue Limousine vor der Tür". Diether stand auf: „Ich muss aber vorher noch mal in meine Wohnung, um einen ganz speziellen Schlüssel zu holen". Konstantin erhob sich ebenfalls: „OK!"
Die Zellentür öffnete sich wie von Geisterhand. Auf dem Flur war niemand zu erkennen. In der Wachstube brannte zwar Licht, es war aber kein Mensch drin. Diether hastete auf die Straße, sprang in die Limousine zu Konstantin, und Mona gab Gas. Vor seinem Haus hielten sie an, die beiden Männer gingen in die Wohnung, Diether schob den Wohnzimmerschrank ein Stückchen nach vorn und quetschte sich dahinter. Dort lag der Schlüssel zum Schließfach, aber auch eine Pistole, allerdings ungeladen. Da er Konstantins Blicken entzogen war, steckte Diether beides ein: „Ich hab den Schlüssel. Wenn du alles andere hast, können wir Hübschen jetzt zum Flugplatz fahren".

In der Abfertigungshalle quetschte Konstantin zwischen den Zähnen hervor: „Ich bleibe ganz dicht hinter dir. Also mach auf keinen Fall irgendwelchen Mist!" Diether drehte sich um und überrumpelte seinen Widersacher mit einer Umarmung. Er brachte seinen Mund ganz dicht an Konstantins Ohr: „Vergiss nicht, dass ich ein Mörder bin!" Dabei steckte er unbemerkt die Pistole in Konstantins Manteltasche. Als dieser unmittelbar hinter Diether durch die Sicherheitsschleuse trat, ging sofort der Alarm los. Ein Sicherheitsbeamter zog die Pistole aus Konstantins Tasche und ein anderer legte dem Verdächtigen Handschellen an. Diether hörte noch von Ferne, wie der Gefesselte schrie: „Ich verfolge einen flüchtigen Verbrecher!" Worauf der Sicherheitsmann in aller Ruhe entgegnete: „Und ich bin der Kaiser von China".

Einen Tag später reiste ein gewisser Fred Barber mit einem gut gefüllten Koffer in Mexiko ein. Ein paar Kilometer hinter der Grenze wurde er von drei Gangstern überfallen. Die Angehörigen der Policía Federal fanden tags darauf den Toten, aber nach seinem Gepäck suchten sie nicht. Schließlich wusste ja keiner etwas von dem Koffer. That's life!

Hitze

Da ich bereits einige Lenze auf dem Buckel habe, ist es nur logisch, dass mich auch schon einige Sommer bräunten. Aber zurzeit war es echt wie in der Sauna. Ich hatte soeben die zweite Flasche Tafelwasser in meinen Hals geschüttet, verspürte aber immer noch Durst. Kein Wunder, denn mein Körper presste unaufhörlich Schweiß aus jeder Pore. Nachdem ich mich kalt abgeduscht hatte, blickte ich beim Anziehen zufälligerweise auf die Uhr. Das löste in meinem Gehirn eine unwillkürliche Reaktion aus, welche bewirkte, dass mein Mund vernehmlich „Scheiße!" rief. Zugegebenermaßen kein stubenreiner Ausdruck, aber er beschrieb ziemlich genau die Situation, in der ich mich befand. Ich würde nämlich zu spät zu der vorgeschriebenen Schießprüfung kommen. Meinen Waffenschein wollte ich aber unter allen Umständen behalten. Also raste ich mit meinem roten Kleinwagen wie ein besoffener Affe durch die engen Straßen meiner Heimatstadt. Das dankten mir zwei Blitzer mit ihrem hellen Licht. Früher hat so eine Geschwindigkeitskontrolle wenigstens einen Polizisten ernährt, aber heute stellt man einfach diese kalten, digitalen Geräte auf. Das nenne ich Verrohung der Sitten.

Auf dem Schießstand angekommen, empfing mich das mehrfache Krachen der verschiedensten Pistolen, sowie der Aufsichtsbeamte, der genervt durch den Lärm brüllte: „Wieder mal zu spät! Sie glauben wohl, Sie können sich als Privatdetektiv alles erlauben, was?" Zum Glück hatte ich einen wirklich guten Tag, trotz schweißnasser Hände, und mein erzieltes Trefferbild stimmte den Verantwortlichen dann doch noch einigermaßen gnädig.
Den Heimweg legte ich besonders langsam zurück. Nicht etwa wegen der Blitzer, nein, nur um möglichst lange in den Genuss der Klimaanlage meines Autos zu kommen.

Vielleicht sollte ich mir im Wohnzimmer auch so eine Aircondition installieren lassen. Stromfresser hin oder her.

Zu Hause angekommen, erwartete mich eine Postsendung mit zwölf Flaschen Bourbon. Der Bote hatte den Karton bei meinem Nachbarn abgegeben. Also war der Nachschub für die nächste Zeit gesichert. Blöd nur, dass ich das Teil bis in meine Wohnung bugsieren musste. Das trieb mir wieder den Schweiß auf die Stirn und auch auf verschiedene andere Körperteile. In der Wohnung blinkte mich das Lämpchen meines Anrufbeantworters vorwurfsvoll an. Das Gerät hatte für mich zwei Nachrichten gespeichert. Die erste kam von Erna Singmann. Dieses heiratsverrückte Weib lud mich ins Kino ein. Warum nur fuhren immer wieder solche Hyänen auf mich ab? Außerdem hatte ich sowieso seit meiner Scheidung keinerlei Lust mehr auf eine Beziehung. Erna hatte mich schon vor Kurzem zu einem Theaterabend eingeladen. Da ich viel zu höfflich bin, um einfach abzulehnen, log ich ihr vor, dass es mir sehr schlecht ginge, weil ich zurzeit keinen Fall zu bearbeiten hätte. Von diesem Umstand bekäme ich stets starke Depressionen. In so eine Notlüge wollte ich mich jedoch nicht erneut verstricken, deshalb reagierte ich auf Ernas Anruf so wie es sich gehört, nämlich überhaupt nicht. Die zweite Nachricht dagegen fand ich durchaus interessant. Eine nahezu knabenhafte Stimme teilte mir äußerst höflich mit, dass mich der Abt des fünf Kilometer entfernten Klosters zu sprechen wünsche. Mich, den eingefleischten Atheisten! Ich rief zurück und machte mit der freundlichen Stimme für den nächsten Nachmittag einen Termin aus. Danach beschloss ich kalt zu duschen, denn ein bestimmtes Körperteil klebte schon wieder am Oberschenkel, wie eine heiße Nudel am Topfdeckel.

Das hölzerne, verwitterte Tor stand sperrangelweit auf und ich betrat langsamen Schrittes den Klosterhof. Trotz meiner Gemächlichkeit schwitzte ich wie nach einem Tausendmeterlauf. Einer der Mönche kam auf mich zu. Mir war unklar, wie dieser Mensch die Hitze unter seinem Habit ertragen konnte. Mit einer Armbewegung dirigierte mich der Klosterbruder an einem gut bestückten Hofladen vorbei zum Büro des Abtes. Ich befürchtete schon, dass die Wortlosigkeit meines Begleiters auf ein Schweigegelübde hinweisen würde, aber der Bruder sagte beim Öffnen der Tür: „Bitte einzutreten!" Dann verließ er mich. Ich trat also in das Zimmer und sah im Halbdunklen einen älteren Ordensbruder hinter einem altertümlichen Schreibtisch sitzen. Das musste wohl der Abt sein. Meine müden Synapsen durchforschten all mein gespeichertes Halbwissen und erschufen den Satz: „Gelobt sei Jesus Christus!" Der Abt stand auf und erwiderte: „In aeternum. Amen! Setzen Sie sich doch! Möchten Sie etwas frische Limonade?" Ich nickte, und ein anderer Mönch erschien aus dem hinteren Teil des Raumes mit einem großen Glas und einem vollen Henkelkrug. Als er eingeschenkt hatte, bemerkte er kurz: „Selbst gemacht", und verkrümelte sich anschließend wieder in den Hintergrund. Ich genehmigte mir einen großen Schluck

Limonade und blickte den Abt gespannt an: „Was kann ich für Sie tun?" Er setzte sich: „Ich brauche einen Gärtner". Mein Gesicht muss daraufhin ziemlich dämlich ausgesehen haben, denn er fuhr lachend fort: „Nein, nein. Ich will nicht ihre Person für den Posten. Ich habe ja theoretisch einen Gärtner. Einen sehr guten sogar. Aber der sitzt in Untersuchungshaft. Trotz aller Gebete hält man ihn für einen Drogenhändler. Die anderen Brüder geben sich zwar sehr viel Mühe, aber die haben bei Weitem nicht so einen grünen Daumen wie Bruder Stephanus. Und deshalb kommen Sie da nun ins Spiel. Sie sollen nämlich so schnell wie möglich beweisen, dass Bruder Stephanus unschuldig ist!" Ich setzte das Glas ab: „Aber wenn er unschuldig ist, dann wird das die Polizei schon herausfinden. Und was wäre denn im Gegenzug, wenn ich herausfände, dass er schuldig ist. Schon mal daran gedacht?" Mein Gegenüber wehrte lächelnd ab: „Ich kenne meine Klostergemeinde. Und zwar sehr gut. Bruder Stephanus ist unschuldig. Aber die Polizei ist da völlig anderer Meinung. Sie haben nach einem anonymen Anruf zwei Päckchen Heroin in seinem Lieferwagen zwischen den Blumentöpfen gefunden. Ich bin sicher, dass jemand anderes das Rauschmittel dort deponiert hat. Also nehmen Sie den Auftrag an?" Ich nickte: „Gut, aber ich brauche Informationen. Zum Beispiel den Lebenslauf von Stephanus. Und seine Unterkunft muss ich mir auch ansehen". Der Kleriker winkte nur mit der Hand, und mein Getränkekellner trat wieder aus dem Schatten: „Mein Name ist Bruder Lukas. Ich führe unser Archiv und gebe Ihnen gern alles, was Sie bedürfen. Folgen Sie mir bitte zur Unterkunft von Bruder Stephanus!" Der Abt verabschiedete mich noch mit einem: „Gott sei mit dir, mein Sohn!", und ich Tölpel wusste nicht, was ich darauf entgegnen sollte. Um nicht ganz so dumm zu wirken, fragte ich noch beiläufig im Weggehen: „Wie sind Sie eigentlich auf mich gekommen?" Die nicht ganz befriedigende Antwort lautete: „Die Tochter meiner ledigen Schwester hat wohl schon einmal Ihre Bekanntschaft gemacht. Sie hat von Ihrer Aufklärungsrate in den höchsten Tönen geschwärmt".

Die Kemenate dieses Stephanus gab nichts her. Bett, Schrank, Stuhl sowie ein kleines Nachttischchen mit Bibel und Lampe war alles, was ich untersuchen konnte. Also durchstöberte ich noch den Lebenslauf, fand aber auch nichts Wesentliches. Deshalb verabschiedete ich mich etwas enttäuscht, und fuhr unter dem Genuss meiner Auto-Klimaanlage zurück in mein Büro.

Ohne nähere Anhaltspunkte würde ich kaum weiterkommen. Mir blieb nichts weiter übrig, als meinen Freund Hartmut anzurufen. Der war ein wahres Genie, wenn es darum ging, Informationen zu beschaffen. Er hatte mir öfters schon mal geholfen, allerdings nicht gern und jedes Mal mit weit aufgehaltener Hand. Auch diesmal benahm er sich wieder etwas reserviert. Also griff ich zur Geheimwaffe und rieb ihm unter die Nase, dass er damals der Verursacher meiner Scheidung war. Er versprach, sich demnächst zu melden. Ich nestelte ein paar Feuchttücher aus meinem Schreibtisch, wischte mir die Stirn ab und überlegte, ob bei dieser Hitze vielleicht ein Bourbon gut tun würde. Da klingelte das Telefon. Es war Hartmut. Erfreut sagte ich: „Was denn, so schnell? Du bist doch ein Genie". Seine Antwort fiel ganz und gar nicht fröhlich aus: „Sag mal, willst du mich testen? Oder bist du so blöd, dass du nicht im Geringsten weißt, was so um dich herum passiert? Dein Gärtner ist längst wieder zu Hause. In den beiden Päckchen war lediglich Traubenzucker. Und jetzt kommst du!" Ich brauchte einen Moment zum Überlegen, dann fragte ich ungläubig: „Und wieso hat man ihn dann überhaupt verhaftet?" Hartmut zögerte etwas, dann rückte er mit der Wahrheit heraus: „An einem der Päckchen wurde außen Heroin nachgewiesen, aber an seinen Händen, an der Kleidung, an den Haaren, in seinem Blut oder in seinem Klosterzimmer war nicht die geringste Spur von Rauschgift zu finden. Und weil der Transporter frei zugänglich war, und damit jeder das Päckchen in der Hand gehabt haben könnte, mussten sie ihn gehen lassen. Und noch eins, wenn du mir wieder mit so einer Bagatelle kommst, war es das letzte Mal, dass ich dir geholfen habe!" Jetzt war ich wieder einmal genauso schlau, wie vorher. Zum Nachdenken genehmigte ich mir dann doch einen Bourbon. Aber nachdem ich getrunken hatte, ergab sich statt eines schlauen Gedankens, nur noch mehr lästiger Schweiß.

Ich hatte alle Fenster weit aufgerissen, aber es zog auch nicht das kleinste Lüftchen durch mein Schlafzimmer. Da ich bei der Hitze sowieso nicht schlafen konnte, setzte ich mich mit einem Blatt Papier, einem Kugelschreiber und einer Papierschere an meinen Wohnzimmertisch.

Irgendwann hatte ich die Methode entwickelt, alle relevanten Fakten, alle scheinbar unwichtigen Begebenheiten des Falles, sowie alle Personen, mit denen ich gesprochen hatte, auf kleine Zettel zu schreiben, diese zu mischen und dann übereinander zu stapeln. Danach zog ich per Zufall einen Zettel nach dem anderen aus dem Häufchen und beschäftigte mich intensiv mit dem, was darauf geschrieben stand. Als erstes zog ich diesmal den Zettel mit der Aufschrift ‚Limonade'. Na gut, der Abt hätte mir nichts zu trinken anbieten müssen, aber war das für den Fall eine wichtige Information? Wohl kaum. Auf dem nächsten Zettel stand ‚Traubenzucker'. Das war schon interessanter, denn welches Rindvieh schmeißt schon Päckchen mit Traubenzucker zwischen Blumentöpfe? Also wurde der Gärtner reingelegt. Fakt. Auf dem dritten Zettel befand sich das Wort ‚Empfehlung'. Etwas klingelte bedeutungsvoll in meinem Kopf. Hatte der Abt nicht etwas von seiner Nichte gesagt? Wer, zum Teufel, war dieses Mädchen? Und von einer ledigen Schwester war doch auch die Rede gewesen. Ich fuhr meinen Laptop hoch und suchte Informationen über das Kloster. Und ich wurde fündig. Um ein Haar hätte es mich vom Stuhl gekippt. Der Abt hieß mit bürgerlichem Namen Justus Singmann. Also würde doch bestimmt seine unverheiratete Schwester auch Singmann heißen. Und wie war doch gleich Ernas Familienname? Ich schlug mir vor die Stirn. Oh warte, du Miststück!

Am nächsten Morgen meinte es der Himmel gut mit mir. Dicke Wolken wehrten die unbarmherzigen Strahlen der

Sonne zum größten Teil ab. Gelegentlich fiel auch ein Tröpfchen Regenwasser zur Erde, das manchmal einen der durstigen Grashalme beglückte, manchmal aber auf dem Asphalt klaglos zerplatzte. Ich hielt meinen Spurenkoffer in der linken Hand, bestückt mit allerlei Chemikalien, Gummihandschuhen, Schwarzlichtlampe und Fiberglas-Pinsel, während ich mit der rechten an Ernas Tür klingelte. Kaum hatte sie die Tür einen Spalt geöffnet, drängte ich mich in die Wohnung und schrie sie an: „Zeig deine Hände her! Aber pronto!" Sie war von meinem Angriff derart überrumpelt, dass sie mir wortlos beide Hände hinhielt. Ich nahm einen Teststreifen aus meinem Koffer und zog ihn mehrmals gründlich über ihre Patschhändchen, innen und außen. Nichts. Dann fand Erna ihre Sprache wieder: „Was soll die Kacke?" Ich schubste sie auf den hinter ihr stehenden Hocker: „Du hast dem Gärtner Traubenzucker in den Lieferwagen gelegt und ihn dann bei der Polizei angeschwärzt. Danach hast du deinem Onkel gesagt, er solle mir den Fall übergeben. Warum machst du so einen Mist?" Sie begann zu weinen: „Na, weil du doch keinen Fall hattest. Da wollte ich dir helfen, damit es dir wieder besser geht. Ich hab's doch nur gut gemeint". Immer noch wütend setzte ich mich und bellte sie an: „Nur dass tatsächlich Rauschgift auf einem der Päckchen war. Und du hast es angefasst!" Sie bekam riesengroße Augen: „Nein, das kann nicht sein. Nicht er!" Dieser Satz verwunderte mich nun doch. Etwas ruhiger fragte ich: „Wen meinst du? Raus mit der Sprache! Ansonsten sehen wir uns bei der Polizei wieder!" Ihr Schluchzen wurde stärker: „Mein Onkel hat mich dabei erwischt, als ich das Zeug in den Lieferwagen gelegt habe. Er hat eines der Päckchen genommen und angeschaut. Ich habe ihm vorgeschwindelt, es wäre Blumendünger, um den mich der Gärtner gebeten hätte. Er hat mir aber nicht geglaubt und wollte Bruder Stephanus befragen. Da blieb mir nichts weiter übrig, als ihm meinen Plan zu verraten. Mein Onkel hat Gnade vor Recht walten lassen und wollte keinem davon erzählen, unter der Bedingung, dass ich die Päckchen wieder mitnehmen würde. Das habe ich auch getan, bin aber später noch einmal hingegangen und habe den Zucker wieder in das Auto gelegt. Als dann der Gärtner verhaftet wurde, habe ich meinem Onkel beigebogen, dass nur du den Fall wieder in Ordnung bringen kannst, und zwar so, dass ich nicht für diese Dummheit bestraft werden würde. Er hat schweren Herzens zugestimmt. Ich bin schließlich seine Lieblingsnichte". Aufgeregt sagte ich: „Du weißt hoffentlich, was das heißt! Da der Abt, also dein Onkel, ein Päckchen in der Hand hatte, stammt das Rauschgift daran logischerweise von ihm. Tut mir leid, aber ich gehe jetzt schnurstracks zur Polizei und zeige ihn an". Sie warf sich mir tränenüberströmt in die Arme: „Bitte nicht! Es ist doch mein Onkel. Und ich bin schuld. Bitte nicht!" Und natürlich wird ein Mann bei einer weinenden Frau schwach. „Also gut", wehrte ich ab, „ich gehe zu deinem Onkel und überzeuge ihn, dass er sich selbst stellt. Mehr kann ich nicht tun!" Auch als ich längst an meinem Auto angelangt war, hörte ich noch durch die geschlossene Tür Ernas Schluchzen.

Es war wieder wärmer geworden. Trotzdem trug ich ein Jackett, sonst hätte jeder das Schulterholster mit meiner Pistole sehen können. Ich musste einige Zeit im Klosterhof warten, dann wurde ich beim Abt vorgelassen. Im Hintergrund des Zimmers stand wieder Bruder Lukas. Irgendwie ließ mich das Gefühl nicht los, dass er nicht nur als einfacher Archivar in der Abtei arbeitete. Ich bat den Klostervorstand darum, ihn wegzuschicken, da unser Gespräch nur für vier Augen bestimmt sei. Er lehnte ab: „Bruder Lukas genießt mein volles Vertrauen. Und wie ich aus Ihrer Bemerkung schließe, wissen Sie bereits alles von meiner Nichte, stimmts? Ich werde wohl beichten müssen". Meine Nerven waren angespannt wie Drahtseile, aber es half nichts. Es musste raus: „Am besten beichten Sie gleich bei der Polizei. Sie hatten ein Zuckerpäckchen in der Hand, und an diesem hat man Rauschgift nachgewiesen. Das, was Ihre Nichte vorspiegeln wollte, haben Sie tatsächlich getan, nämlich Drogenmissbrauch. Leugnen ist zwecklos!" Ich habe noch nie einen Menschen gesehen, der derart fassungslos war. „Was sagen Sie da? Das ist nicht möglich. Hören Sie, ich habe noch nie dieses Teufelszeug in der Hand gehabt. Das hieße doch aber, meine Nichte wäre damit in Berührung gekommen. Das kann einfach nicht sein". Während ich noch überlegte, was hier eigentlich gespielt wurde, näherte sich Bruder Lukas dem Abt und flüsterte ihm etwas ins Ohr. Der Abt stand auf: „Die Wege des Herrn sind unergründlich. Ich gehe mit auf die Polizei. Übrigens Bruder Lukas auch. Den brauche ich als Zeugen und als

Rechtsbeistand. Er hat erfolgreich Jura studiert. Kommen Sie, junger Mann, kommen Sie!"

Da hatte ich mich schön blamiert. Der Vorstand eines Klosters und sein Schatten hatten meinen Fall gelöst. Kurz bevor der Abt das Päckchen untersuchte, hatte er sich nämlich von einem Bauunternehmer, der Arbeiten am Kloster durchführen sollte, mit Handschlag verabschiedet. Natürlich hat mir das niemand gesagt. Ich hätte den Fall dann auf der Stelle lösen können. Aber so fiel der ganze Ruhm dem Kloster zu. Der Unternehmer stand nämlich schon seit einiger Zeit unter dem Verdacht, mit Rauschgift zu handeln. Sein verräterischer Händedruck mit dem Abt war Grund genug, die Wohnung des Baulöwen zu durchsuchen. Dort fand man dann auch jede Menge Heroin. Am nächsten Tag stand groß in der Zeitung ‚Mönche überführen Dealer‘. Von mir stand da wieder mal kein einziges Wort. Das Allerschlimmste aber war, dass die Nervensäge Erna keinerlei schlechtes Gewissen hatte, und mich bereits am nächsten Tag schon wieder ins Kino einlud.

Telefongespräch

„Hallo!"
„Hallo, wie geht es dir?"
„Wer spricht denn da?"

„Wer wird hier schon sprechen, deine Mama! Du hast doch in der Fremde keine Freunde, die dich anrufen könnten".

„Mama, ich bin schon fast zehn Jahre hier. Und ich habe seit langem auch Freunde. Glaub mir!"

„Mir kannst du viel erzählen. Du hattest doch noch nie Freunde. Dich haben doch bloß alle verprügelt".

„Mama, das war in der ersten Klasse. Ich bin doch jetzt schon neunundzwanzig".

„Aber du hättest damals nicht ausziehen müssen. Du bist doch nur abgehauen, damit dich hier keiner verprügelt".

„Jetzt reichts aber. Du weißt genau, dass ich damals zu Gabriela gezogen bin".

„Wegen eines Mädchens, das dich nach kurzer Zeit verlassen hat".

„Mama, du verwechselst das mit Annegret. Da war ich siebzehn. Mit Gabriela bin ich doch seit acht Jahren verheiratet".

„Siehst du, da braucht es nur noch ein Jahr und ihr seid im verflixten siebten. Da wird sie dich dann verlassen!"

„Aber Mama, du kannst doch nicht rückwärts zählen!"

„Doch, kann ich. Das haben wir in der Schule gelernt. Wir mussten auch rückwärts zählen können".

„Mama, das hat doch aber nichts mit mir zu tu!"

„Und sag mal, trinkst du auch genug? Bei der Erderwärmung muss man nämlich viel trinken!"

„Ich bin erwachsen!"

„Mein Arzt hat gesagt, auch Erwachsene müssen viel trinken".

„Mama, jetzt reicht es aber wirklich! Ich kann mich schon lange um mich selbst kümmern!"

„Das hast du mit sieben auch gesagt, und dann bist du mit dem Fahrrad hingefallen. Ich musste dir ein Pflaster auf das Knie kleben".

„Obwohl ich bei dem kleinen Kratzer gar keins gebraucht hätte. Aber ich bin keine sieben mehr".

„Aber du warst doch noch nie so richtig selbständig. Hast du nicht erzählt, dass Gabriela immer für dich kochen muss?"

„Nein. Ich habe gesagt, dass Gabriela gerne für mich kocht. Aber wir kochen abwechselnd. Und heute koche wieder mal ich. Ich mache Geschnetzeltes mit Reis. Und als Nachtisch gibt es heiße Himbeeren".

„Neumodisches Zeug. Wenn Gott gewollt hätte, dass Himbeeren heiß sind, dann würden die Dinger in einem Vulkan wachsen".

„Und dein Schweinebraten? Der ist auch heiß. Sollen die Viecher vielleicht ebenfalls in einem Vulkan gehalten werden?"

„Du willst bloß wieder ablenken. Außerdem ist Fleisch ungesund. In deinem Alter solltest du vegetarisch essen!"

„In meinem Alter? Und was ist mit deinem Alter? Du und Papa, ihr esst doch jeden Tag Fleisch".

„Ja, wir sind auch alt. Da kann das nicht mehr schaden. Wir sterben sowieso bald".

„Ach Quatsch! Ihr lebt noch lange. Mit zweiundfünfzig stirbt man heutzutage nicht".

„*Dein Vater ist immerhin schon vierundfünfzig. Und Onkel Friedrich ist damals sogar mit neunundvierzig gestorben*".

„Das war doch aber ein Verkehrsunfall".

„*Na und? Traust du uns nicht zu, auch einen Unfall zu haben?*"

„Das hat doch nichts mit zutrauen zu tun".

„*Du hast doch deinen Eltern noch nie etwas zugetraut. Deshalb bist du auch ausgezogen. Wir haben dir nie etwas bedeutet*".

„Jetzt mach aber mal einen Punkt. Du weißt genau, dass ich euch lieb habe".

„*Aber du hast mal gesagt, dass du deinen Radsport liebst!*"

„Mache ich ja auch. Das hat doch aber nichts mit euch zu tun. Man kann doch seine Eltern und trotzdem den Radsport lieben".

„*Du findest doch immer eine Ausflucht. Wenn ich für jede Ausrede einen Penny bekommen hätte, dann wäre ich jetzt Millionär!*"

„Mama, du übertreibst. Und zwar gewaltig. Sag mal, was ist eigentlich der Grund für deinen Anruf?"

„*Kann eine Mutter nicht mal ihren Sohn anrufen, ohne einen Grund zu haben? Aber du kannst beruhigt sein, ich muss jetzt sowieso Schluss machen. Papa braucht sein Mittagessen. Übrigens, ich habe Krebs!*"

„Mama? Mama, um Gottes willen! Mama? Hallo! Aufgelegt! Ich muss zurückrufen!"

„*Hier Bärwald. Wer ist da?*"

„Papa? Papa bist du das?"

„Ja sicher. Oder glaubst du, wenn du hier anrufst, dass der Präsident ran geht?"

„Nein, nein! Aber Mama hat gerade gesagt, dass sie Krebs hat".

„Toll, was? Wir hatten schon lange keinen Krebs mehr. Obwohl deine Mutter ganz genau weiß, dass ich den zu gerne esse. Sie hat das Vieh total billig auf dem Wochenmarkt bekommen. Aber ich muss jetzt auflegen und Kartoffeln schälen. Sonst hält mir deine liebe Mutter wieder einen ellenlangen Vortrag. Du kennst sie ja".

„Leider!"

Victor

Victor Reimann hatte sich sein Leben lang einfach nur durchgewurstelt. Er war nicht besonders schlau, besaß aber gerade genug Verstand, um seine Dummheit verschleiern zu können. Ähnlich wie ein Analphabet täuschte er seine Umgebung durch auswendig lernen verschiedenster Dinge. So las er von Büchern oder Opern nur die Zusammenfassung, und brachte dann sein Halbwissen im richtigen Moment an. Äußerte jemand beispielsweise: „Früh übt sich, was ein Meister werden will", so glänzte Victor daraufhin mit den Worten: „Friedrich Schiller, Wilhelm Tell, Dritter Aufzug, erste Szene".

Er verdiente als Lagerarbeiter nicht gerade das Gelbe vom Ei, kaufte sich aber immer nur teure Klamotten. Dafür verzichtete er zwangsläufig das eine oder das andere

Mal auf das Mittagessen, weshalb er auch stets von schlanker Statur war. Er beobachtete sein Umfeld daraufhin, was andere nicht konnten oder keine Lust hatten zu lernen. So kaufte er sich das Buch ‚Einfache Kartentricks'. Daraus erlernte er genau drei ganz simple Tricks, die er oft und gern zum Besten gab. Auch wenn meist einer der Tricks schief ging, nannte er sich mit stolzer Brust ‚Zauberer'. Etwas später fiel ihm auf, dass keiner seiner Kollegen oder Bekannten Golf spielte. Also wollte er sich beim nahegelegenen Golfklub anmelden, konnte aber den horrenden Mitgliedsbeitrag nicht aufbringen. Als Alternative verdingte er sich als Caddie. Da durfte er, nachdem die Spieler den Platz verlassen hatten, noch einige Bälle schlagen. Und weil er sich dabei nicht gerade dumm anstellte, präsentierte er sich den Leuten ab sofort als golfspielender Magier. Ab und zu legte er sich in einem Studio unter die Sonnenbank oder ließ sich in einer kleinen Kabine mit Selbstbräuner besprühen.

An einem Donnerstag im Mai musste er völlig überraschend, wegen betriebsbedingter Kündigung, seine Arbeit an den sprichwörtlichen Nagel hängen. Der Betrieb war pleite und der Firmenchef wegen Insolvenzverschleppung im Gefängnis. Nun stand Victor schön da. In seiner Region herrschte hohe Arbeitslosigkeit. Es war also sehr unwahrscheinlich, dass er im Alter von dreiundfünfzig Jahren noch einmal eine Arbeitsstelle bekommen würde. Verheiratet war er nicht, und so hatte er auch keinerlei Geld aus einer anderen Quelle zu erwarten.

Nachdem er zwei Wochen lang Trübsinn geblasen hatte, sah er zufällig am Abend einen Fernsehfilm, der das einträgliche Leben eines Heiratsschwindlers beschrieb. Victor stellte sich daraufhin vor den Garderobenspiegel und begutachtete seine Erscheinung. Und er sah einen großen, schlanken, gut aussehenden, fantastisch gekleideten, gebräunten Mann mittleren Alters. Nachdem er zehn Tage lang mit seinem Gewissen gerungen hatte, ließ er sich hundert Visitenkarten drucken, mit der Aufschrift: ‚Victor Reimann, Dr. h.c. Mendacium'. Und ab sofort sah man ihn auf allen Veranstaltungen wie ‚Ball der einsamen Herzen' oder ‚Tanztee'. Aber trotz seiner Erscheinung und des Verteilens seiner Karten lernte er immer nur Frauen kennen, die genauso mittellos waren wie er selbst. Eines Tages ruhte er sich auf dem alten Marktplatz seiner Heimatstadt etwas aus. In der Nähe des Stadtbrunnens stand eine leuchtend grüne Bank, und auf dieser hatte er es sich soeben gemütlich gemacht, als eine gut gekleidete Dame neben ihm Platz nahm. Sie grüßte höflich und verwickelte ihn dann in ein Gespräch. Zunächst über das Wetter, dann über Gott und die Welt. Er bemerkte, dass sie einige, wahrscheinlich sehr teure Ringe an ihren gepflegten Händen trug, und die dicke Goldkette an ihrem Hals war auch nicht von schlechten Eltern. Wie er ihrem Plappern entnahm, war sie Witwe, hörte auf den seltenen Vornamen Esmeralda und den noch selteneren Familiennamen Wadlbeisser. Die Frau war ein knappes Jahr jünger als er, sah aber recht passabel aus. Victor lud sie auf einen Kaffee ein.

Nun, es dauerte keine zwei Wochen, da unternahmen die beiden alle möglichen Aktivitäten. Schaufensterbummel, Kino, Theater, Museum, Konzerte, Waldspaziergänge.

Als er mit seinem Handy ein paar Fotos machen wollte, zierte sie sich, da sie ihrer Meinung nach absolut nicht fotogen sei.

Mit der Zeit vergaß Victor sogar, dass er sich ursprünglich vorgenommen hatte, als skrupelloser Heiratsschwindler ins Rennen zu gehen. Eines schönen Tages schlug Esmeralda vor, zusammen eine Kreuzfahrt zu unternehmen. Nun kam Victor nicht mehr umhin, seiner Eroberung zu beichten, dass er für ein solches Vorhaben nicht über die nötigen finanziellen Mittel verfügte. Die Dame nahm es sportlich. Sie würde alles bezahlen, denn schließlich habe ihr verstorbener Mann einiges zu vererben gehabt. Außerdem bot sie Victor noch an, ihren Plan mit einem entsprechenden Getränk gemeinsam zu begießen. Gegen neunzehn Uhr würde sie mit einer, nicht allzu billigen Flasche Wein an seiner Tür klingeln. An diesem Abend erging es den beiden genauso, wie fast allen anderen Menschen auch. Der Wein hob nämlich ihre Stimmung beträchtlich. Es folgte Kuss um Kuss, und anschließend fanden sie dann auch leicht beschwipst den Weg ins Bett.

Am nächsten Morgen erwachte Victor mit einem Brummschädel. Seltsam, nach nur einer halben Flasche Wein war ihm das noch nie passiert. Ein Blick nach rechts verriet ihm, dass Esmeralda bereits aufgestanden war. Vermutlich machte die gute Seele schon den Morgenkaffee. Victor schälte sich aus der Bettwäsche und tappte mit bloßen Füßen in die Küche. Keine Esmeralda, kein Kaffee. Auch im Bad oder der Wohnstube war keine Spur von seiner Angebeteten zu finden. Langsam wurde ihm mulmig. Aber vielleicht war sie ja Brötchen für das Frühstück einholen gegangen. Victor duschte, putzte Zähne und zog sich an. Immer noch keine Esmeralda. Jetzt gewann sein Argwohn endgültig die Oberhand. Und richtig, sein Handy fehlte, der Laptop war weg, die Geldbörse unauffindbar und selbst die kleine goldene Krawattennadel hatte den Besitzer gewechselt. Victor stieß mehrere unflätige Flüche aus und schlug mit der Faust derart wütend auf den Tisch, dass ein Stück des Eichen-Furniers absplitterte. Danach musste er seine schmerzende Hand geraume Zeit unter laufendem Wasser kühlen.

Die Polizistin, die die Anzeige aufnahm, fragte zuerst nach einem Foto dieser Frau. Victor hatte keins. Dann notierte sie seine Aufzählung der entwendeten Gegenstände. Zum Schluss schleppte man ihn noch zum Phantombildzeichner. Der skizzierte jedoch kein Porträt auf Papier, wie Victor beim Namen ‚Zeichner' erwartet hatte, sondern schob auf einem Computerbildschirm verschiedene Schablonen von Augen, Nasen, Mündern, Ohren und Haaren herum, bis Victor meinte, das Bild sähe der Frau richtig ähnlich.

Am Abend konnte er dann einfach nicht einschlafen. Er lag auf dem Rücken, starrte an die Zimmerdecke und murmelte vor sich hin: „Ich hab sie trotzdem lieb, was kann ich dafür, ich hab sie einfach lieb!" Er wachte völlig zermürbt auf. Weder Kaffee noch die Erdbeermarmelade schmeckten ihm, und sogar die heiß geliebte Nussnougatcreme ließ er links liegen. Egal was er momentan auch versuchte, er wusste einfach nichts mit sich und seinen Gedanken anzufangen. Fernseher ein, Fernseher aus.

Buch aufklappen, Buch zuklappen. Auch aus der Bierflasche trank er nur einen einzigen Schluck, dann stellte er sie wieder beiseite. Er beschloss, eine kleine Runde spazieren zu gehen. Vielleicht würde die frische Luft seine trüben Gedanken wegblasen. Als er aus der Tür trat, stolperte er über einen Karton. Der war zwar nicht beschriftet, da er aber vor seiner Wohnungstür stand, bugsierte er das Ding ins Wohnzimmer und öffnete es. Was er sah, verschlug ihm kurzzeitig den Atem. Im Karton lagen sein Handy, der Laptop, die Geldbörse, die goldene Krawattennadel und zusätzlich noch das Tischfeuerzeug aus Jade, dessen Fehlen er bis zu diesem Zeitpunkt noch gar nicht bemerkt hatte. Obenauf lag ein Brief mit folgendem Inhalt:

Liebster!
Es tut mir unendlich leid, aber ich konnte nicht über meinen Schatten springen. Trickbetrügerin bleibt eben Trickbetrügerin. Auch wenn du nach meiner Tat wahrscheinlich nicht mehr glaubst was ich sage, so will ich dir trotzdem versichern, dass ich dich von Herzen liebe. Aber ich kann nicht bei dir bleiben. Du würdest mich entweder an die Polizei verlieren oder ständig mit mir auf der Flucht sein. Das kann und will ich dir nicht zumuten. Vielleicht laufen wir uns ja zufällig wieder einmal über den Weg. Bis dahin sei umarmt und geküsst von deiner, dich liebenden Karin alias Esmeralda!

Dieser Tag war der erste in Victors Leben, an dem er sich bis zum Filmriss betrank. Am nächsten Morgen wurde er, trotz Kater, bei der Polizei vorstellig und zog seine Anzeige zurück.

Und falls Sie irgendwann einmal zufällig in unser Städtchen kommen sollten, müssen Sie unbedingt zum Marktplatz gehen und nach einer grünen Bank Ausschau halten. Dann sehen Sie dort garantiert einen gebräunten Mittfünfziger sitzen. Und wenn Sie ihn höflich fragen, wird er Ihnen erzählen, dass er da jeden Tag auf die Liebe seines Lebens wartet.

Die Besessenen

Kriminalhauptkommissar Hohlbach thronte wie meistens hinter seinem altertümlichen, wuchtigen Schreibtisch, als wäre er der Herrscher der Welt. Als Kommissar Riemer eintrat, saß bereits ein junger, schlanker Mann auf einem der beiden Stühle vor Hohlbachs antikem Monstrum. Kaum hatte sich Riemer gesetzt, sprang der junge Mann auf und hielt ihm die Hand hin: „Bierbach mein Name. Gernot Bierbach. Früher hieß meine Familie eigentlich Bierbauch, aber wir haben den Namen geändert, also das ‚u' herausstreichen lassen. Andere Leute haben sich dafür einen Buchstaben hinzugefügt. Zum Beispiel die Familie Knackwurst hat sich ein ‚n' gekauft, falls Sie wissen, was ich meine. Kleiner Scherz!" Riemer übersah die hingehaltene Hand und blickte etwas verzweifelt zu seinem Chef: „Was hat denn dieses Kind für einen Clown gefrühstückt?" Hohlbach räusperte sich gekünstelt: „Also Riemer, Sie haben doch Erfahrung mit den jungen Kollegen. Ich sage nur mal Mehlmann und Schimmler. Anwärter Bierbach wird Ihnen hiermit an die Seite gestellt. Wie üblich für drei Tage in der Woche". Riemer sprang auf, soweit seine Körperfülle das erlaubte, und drückte dabei Bierbach zurück in den Stuhl: „Wieso immer ich? Bärschneider zum Beispiel hatte noch nie einen Anwärter. Und Schimmler ist inzwischen auch in der Lage einen Anwärter auszubilden. Also wieso gerade ich nun wieder?" Der Kommissar-Anwärter erhob sich devot: „Weil Sie der Beste sind. Und ich will vom Besten lernen. Ich habe mich erkundigt, Sie haben die höchste Aufklärungsrate derer, von denen ich je gehört habe. Deshalb bat ich darum, dass man mich dem Allerbesten zuteilt!" Riemer drückte den Anwärter wieder zurück auf den Stuhl: „Hör zu, du Arschkriecher! Wenn du nochmal so rumschleimst, dann ballere ich dir eine, dass du den Arsch am Bindfaden hinterher ziehen musst!" Hauptkommissar Hohlbach begann hämisch zu grinsen: „Und Riemer, bevor ich es vergesse, Kollege Bierbach bekommt einen Schreibtisch in Ihrem Dienstzimmer". Woraufhin Kommissar Riemer schnaufend den Raum verließ.

Am Abend entkorkte der Kommissar wieder einmal eine Flasche Cabernet Sauvignon, um seinen Ärger zu ertränken. Aber wie es aussah, war der Ärger diesmal ein guter Schwimmer. „Diese Affenfresse von Hohlbach gehört doch in den Zoo", murmelte er gerade vor sich hin, als ihn das Geräusch einer fernen Explosion in seinen Gedanken störte. Er öffnete das Fenster und sah in der Ferne eine Rauchsäule aufsteigen. Kurz darauf waren auch die gellenden Martinshörner verschiedener Feuerwehren zu hören. „Na hoffentlich ist dabei keiner hopsgegangen, sonst versauen die mir wieder den Feierabend", sagte Riemer, während er das Fenster schloss. Dann tappte er in die Küche, um sich zwei Frikadellen aufzuwärmen.

Am nächsten Tag war die Explosion Stadtgespräch. Der Serverraum der Universität hatte ein riesiges Loch in der Wand, und noch im Umkreis von 100 Metern hatte man verkohlte Computerteile gefunden. Motiv und Täter lagen bisher noch im Dunkeln. Der Schaden belief sich nach ersten Schätzungen auf mehrere hunderttausend Euro. Am schlimmsten schien aber, dass die Forschungsergebnisse für ein neues Heilverfahren zum Teil unwiederbringlich zerstört worden waren. Zum Zeitpunkt der Explosion befand sich nur noch der Hausmeister in der Universität. Dieser war zu seinem Glück am anderen Ende des Gebäudes gewesen. Deshalb gab es auch keinen Personenschaden. Dass der Mann von dem Knall aufgeweckt worden war, weil er um die Zeit immer fest schlief, sagte er aber sicherheitshalber niemandem.

Als Kommissar Riemer am nächsten Morgen seine Zähne putzte, musste er missgelaunt feststellen, dass dort, wo sonst immer eine Teilkrone gesessen hatte, ein Loch im Zahn gähnte. Er musste das Krönchen blöderweise gestern mit den Buletten verschluckt haben. Also setzte er sich ins Auto, und fuhr erstmal zu seinem Zahnarzt. Dort durfte er zunächst dreißig Minuten warten, da die Sprechstunde noch nicht begonnen hatte. Dann teilte ihm der Arzt mit, dass eine weitere Teilkrone beim derzeitigen Zustand des Zahnes keinesfalls mehr ausreicht. Er bekam zwecks Vollkrone einen Heil- und Kostenplan zur Vorlage bei seiner Krankenkasse, sowie mehrere Aufbauschichten in den Zahnstummel verpasst. Als er dann, immer noch leicht angesäuert, den Flur der Dienststelle betrat, lief ihm Kommissar Schimmler über den Weg: „Mensch, wo warst du denn? Der Alte hat schon paarmal äußerst bärbeißig nach dir gefragt. Ich, an deiner Stelle, würde gleich mal zu ihm reinschauen!" Riemer hatte kaum Hohlbachs Bürotür geöffnet, da ballerte sein Chef auch schon los: „Riemer, sie kratzen ganz scharf an einer Abmahnung vorbei. In meiner Dienststelle ist man pünktlich, verstanden?" Kommissar Riemer nahm in aller Ruhe Platz: „Erstens ist das nicht Ihre eigene Dienstelle, und zweitens kann mich eine Abmahnung nicht im Geringsten schocken, denn dank Ihrer Fürsprache werde ich ja seit Jahren bei jeder Beförderung sowieso übergangen. Obwohl ich, wie ich gern hinzufügen möchte, hier in dem Laden die höchste Aufklärungsrate habe. Also, was ist los?" Hohlbach lief rot an, riss sich aber dann doch zusammen: „Es wurde ein Testauto in die Luft gesprengt. So eine Karre für autonomes fahren. Das Labor hat festgestellt, dass der Sprengstoff und der Zünder identisch mit dem Zeug sind, mit dem man den Uni-Computer zerknallt hat. Dummerweise saß diesmal aber ein Mensch im Wagen. Damit handelt es sich also um Mord und beide Fälle hängen zusammen. Ich habe Schimmler schon beauftragt, sich um die Uni zu

232

kümmern. Stimmen Sie ihre Vorgehensweise mit ihm ab. Und Riemer, ich will Ergebnisse sehen!" Riemer stand gemächlich auf: „Und ich will eine Gehaltserhöhung sehen! Hoffentlich stellt sich nicht heraus, dass wir beide blind sind!"

„Also Schimmelchen, hast du schon was für mich?" fragte Riemer, während er sich in seinen Mantel zwängte. Kommissar Schimmler hielt demonstrativ den Kopf schief: „Kannst du das mit dem Schimmelchen nicht mal lassen? Ansonsten müsste ich alle Kollegen aufhetzen, dass sie dich Riemchen nennen. Außerdem solltest du gründlich darüber nachdenken, dass ich den Ruf habe, immer mehrere Dienstwaffen mit mir zu führen! Aber mal Spaß beiseite, der Sprengstoff war militärisches Semtex H, und zwar in beiden Fällen. Dem Zeug wird aber immer ein Marker beigesetzt, damit ihn beispielsweise Spürhunde wittern können, aber auch, damit man feststellen kann, woher er stammt. Es ist also nur eine Frage der Zeit, und ich weiß wo das Semtex hergestellt wurde, und wer es gekauft hat. Zufrieden?" Riemer ging zur Tür: „Fast! Aber hör mal, dieser komische Bierbach kommt nachher. Kannst du ihn bitte für ein paar Stunden übernehmen? Ich will zu den Kollegen von der KTU, um mir das Auto mal genauer anzusehen. Aber vorher muss ich noch zu meiner Krankenkasse. Das muss dieser Kasper nicht unbedingt mitbekommen". Schimmler grinste über das ganze Gesicht: „OK. Aber dann habe ich etwas gut bei dir!"

Die automatische Eingangstür gab den Weg frei, und Riemer trat unsicher in die Empfangshalle. Seit er hier das letzte Mal gewesen war, hatte sich einiges geändert. Eine hübsche Frau um die Dreißig kam auf ihn zu: „Mein Name ist Konstanze Wirkner. Kann ich Ihnen helfen?" Riemer nickte und über gab ihr den Heil- und Kostenplan. Die Frau las sich das Papier gründlich durch, dann sagte sie: „Wenn früher einem alten Menschen die Zähne ausgefallen sind, konnte er eben nur noch Suppe essen. Heutzutage gibt es keine natürliche Auslese mehr. Die moderne Medizin hält uns doch alle nur künstlich am Leben". Riemer lief es kalt den Rücken hinunter. War das nun Spaß gewesen, oder war die Alte durchgeknallt? Die Dame verschwand mit den Worten: „Wir schicken Ihnen alles zu", in einem der hinteren Büroräume.

Der explodierte Wagen gab nicht viel her. Es stand lediglich fest, dass die Bombe von unten am Auto befestigt gewesen sein musste. Es hätte also jeder machen können, der in die Nähe des Fahrzeugs gekommen wäre. Leider hatte die Besitzerfirma versäumt, die Garage besonders zu sichern. Riemer verabschiedete sich daher etwas brummig von den Kollegen. Er wollte gerade sein Auto starten, als das Handy klingelte. Es war Schimmler: „Ich weiß jetzt, woher der Sprengstoff stammt. Der wurde vor einem Jahr aus dem Lager des Pionierbataillons Havelberg gestohlen. Und nun komm gefälligst zurück. Sonst werde ich möglicherweise diesen Bierbach umbringen. Den hält man nämlich keine zehn Minuten aus!"

Als Riemer die Dienststelle betrat, kam Schimmler mit Bierbach im Schlepptau auf ihn zu gerannt: „Wir müssen los. Es gab schon wieder einen Anschlag. Diesmal auf einen medizinischen Transport. Der Fahrer ist schwerverletzt. Er hatte ein Spenderherz an Bord, das heute noch transplantiert werden sollte". Also drehte sich Riemer wieder um und alle drei sprangen in Schimmlers Wagen. Kurz vor dem städtischen Krankenhaus war ein Quadrat um einen verkohlten Transporter herum abgesperrt, umringt von neugierigen Gaffern. Der Chef der Spurensicherung begrüßte Riemer und Schimmler mit Handschlag: „Und wer ist das da?" Bevor Bierbach etwas sagen konnte, bremste Riemer ihn aus: „Rolf, das willst du gar nicht erst wissen! Habt ihr schon was für uns?" Der mit Rolf Angesprochene hob die Schultern: „Nicht viel. Ich kann nur sagen, dass die Bombe von unten an dem Transporter angebracht wurde. Aber ich wette, dass das Mittel der Wahl höchstwahrscheinlich Semtex H war. Wir haben da nämlich so gelbes Zeug gefunden. Unser Labor sagt Euch aber Bescheid, sobald wir Näheres wissen!" Schimmler verzog die Mundwinkel: „Dann hätte uns doch der Alte gar nicht erst her schicken müssen". Bierbach begann zu grinsen: „Dafür können wir nun aber sagen, dass wir geschickt sind! Versteht ihr? Wir sind geschickt. Der Hauptkommissar hat uns doch geschickt, oder? Also können wir jetzt behaupten, dass wir geschickt sind. Ist doch lustig!" Riemer drehte sich ganz langsam zu ihm um, blickte ihm tief in die Augen und sagte leise: „Halts Maul!"

Kaum waren die drei zurück in der Dienststelle, als die Hölle los brach. Es hatte einen erneuten Anschlag gegeben. Diesmal hatte der Täter den Ostflügel eines Altenheims in die Luft gesprengt. Sieben Tote und ebenso viel Verletzte waren zu beklagen. Bierbach meinte: „Also wenn ihr mich fragt, ich glaube, die Anschläge hängen alle zusammen". Schimmler sagte mit einem Seitenblick zu dem Anwärter: „Ach was? Da wären wir ja von selbst nie draufgekommen. Aber dummerweise hat Sie niemand gefragt. Stimmts?" Riemer hob den Zeigefinger: „Vorsicht Bierbach! Wenn du jetzt darauf antwortest, knall ich dir eine!" Und zu Schimmler: „Unser Täter hat klein angefangen. Wahrscheinlich zum üben. Jetzt wird er größenwahnsinnig". In dem Moment liefen alle Telefone heiß. Schon wieder ein neuer Anschlag. Diesmal auf den Trackt des Krankenhauses, in dem sich die OP-Säle befanden.

Hohlbach stand an der Stirnseite des Konferenztisches: „Also Männer. Hiermit ist die SOKO Semtex gegründet. Bierbach ist dafür verantwortlich, alle eingehenden Informationen, ob von der KTU, von der SpuSi, dem Labor oder aus der Bevölkerung, zu sortieren, notieren und schnellstens allen anderen Mitgliedern zugänglich zu machen. Schimmler wird alle Außeneinsätze und sonstigen Tätigkeiten als Koordinator leiten, damit wir und die Kollegen vom Streifendienst nicht wie ein aufgescheuchter Haufen Ameisen durch die Gegend rennen. Ich selbst halte die Verbindung nach oben, und unser Kommissar Riemer, mit seiner kombinatorischen Gabe, wird alles auswerten und hoffentlich die richtigen Schlüsse ziehen. Und jetzt los, jeder an seinen Platz!"

Als Riemer am Abend nach Hause kam, waren alle genauso klug wie zuvor. Der Dieb des Semtex konnte bisher noch nicht ermittelt werden, und weitere Anhaltspunkte waren Mangelware. Fest stand nur, dass in allen Fällen garantiert der selbe Sprengstoff verwendet worden war. Das Zeug enthielt 50% Nitropenta, 35% Hexogen, den Farbstoff Sudan und die gleiche Art Metallspäne. Nachdenklich entkorkte der Kommissar, wie fast jeden Abend, eine Flasche Rotwein. Nach dem ersten Glas öffnete er den Laptop, um nach Hamburg zu skypen. Kurz darauf erschien das Gesicht seiner Tochter auf dem Bildschirm: „Hallo Papi! Du siehst müde aus. Geht's gut?" Riemer wich aus: „Eigentlich wollte ich nur wissen, wie es um dich bestellt ist. Was macht das Bäuchlein?" Seine Tochter lächelte zaghaft: „Es wächst und gedeiht. Und manchmal, da tritt es leicht von innen". Der Kommissar seufzte: „Schade, dass du nicht mehr hier bist. Es ist schon seltsam, so mit dem Leben. Wenn es heran wächst, ist es durch den Bauch der Mutter geschützt. Aber wenn es zu Ende geht, ist man allein". Das Gesicht seiner Tochter wurde ernst: „Du bist ja fast ein Philosoph. Ist wirklich alles in Ordnung?" Riemer antwortete: „Ach, es ist nur der Beruf. Es sind wieder einige Menschen gestorben. Das nimmt mich halt ein bisschen mit. Und nun sag auch meinem Schwiegersohn viele Grüße! Ich rufe dich morgen wieder an. Tschüss!" Er klappte den Laptop zu und griff zur Fernbedienung. Im

Fernsehen lief eine Dokumentation mit den Themen Überbevölkerung und Welternährung. Es wurde auch ausgiebig die Theorie des Pfarrers Thomas Robert Malthus aus dem 18. bis hin zum 19. Jahrhundert diskutiert, nach dessen Ansicht die Vorräte für die Erdbevölkerung später kaum ausreichen würden, falls nicht Korrektive wie Krankheiten, Tod und Elend das Gleichgewicht wiederherzustellen vermochten. Riemer kratzte sich am Hals. Hatte er nicht erst vor Kurzem etwas Ähnliches gehört? Der Kommissar griff zum Telefon: „Schimmelchen, ich weiß das es spät ist. Aber du bist schließlich der Koordinator. Überprüfe doch morgen früh gleich mal eine gewisse Frau Konstanze Wirkner von der AOK. Und wenn du feststellst, dass die früher in Sachsen-Anhalt gewohnt hat, gebe ich dir einen aus. Oder auch zwei, falls die Dame aus dem Landkreis Stendal stammt".

Hohlbach stand kerzengerade hinter seinem Schreibtisch und drückte den Telefonhörer kraftvoll an sein linkes Ohr: „Jawohl Herr Minister. Meine SOKO hat hervorragend gearbeitet. Bei der Wohnungsdurchsuchung der Wirkners wurde das restliche Semtex gefunden. Die Familie ist erst vor kurzem hierher gezogen. Der Mann war in Havelberg im Landkreis Stendal stationiert und wurde in Unehren entlassen. Wir haben auch Pläne gefunden, nach denen mehrere Apotheken in den nächsten Tagen gesprengt werden sollten. Die beiden waren besessen davon, alle lebensverlängerten Maßnahmen zu beseitigen. Angeblich, damit die Nahrungsmittelressourcen auch für spätere Generationen, speziell für ihre Kinder, Enkel und

Urenkel ausreichen sollten. Jawohl, ich werde auch den Koordinator der SOKO belobigen! Auf Wiederhören, Herr Minister!"

Riemer erhob sein Glas: „Versprochen ist versprochen. So kommst du neben deiner Belobigung auch noch zu einem guten Whisky. Sei doch froh!" Kommissar Schimmler blickte nicht gerade vergnügt drein: „Aber eigentlich hast du doch den Fall gelöst. Wenn ich etwas für dich tun kann, musst du es nur sagen!" Riemer grinste: „Weißt du was? Ich gehe jetzt zum Zahnarzt und du gehst zu Hohlbach!" Schimmler blickte fragend: „Und was soll ich dann beim Alten machen?" Kommissar Riemer streifte seinen Mantel über: „Nun, etwas für mich tun. Wolltest du doch. Bring dem Affengesicht bei, dass du dich ab jetzt um diesen bekloppten Bierbach kümmerst, und dass der Kerl in dein Zimmer umzieht!" Sprachs, und war auch schon aus der Tür. Zurück blieb ein zerknirschter Kommissar Schimmler mit Selbstmordgedanken.

Das Herz

„Leben bedeutet auch immer Veränderung."
Wer diesen Spruch rausgehauen hat, meinte es höchstwahrscheinlich positiv. In Wirklichkeit dient dieses Zitat aber nur dazu, uns darauf vorzubereiten, dass im Leben Dinge eintreten können, die wir ums Verrecken nicht haben wollen.

Maria wurde, wie man allgemeinhin so sagt, mit einem goldenen Löffel im Mund geboren. Eigentlich hieß sie Anna-Maria Bernadette Camilla Guadalupe Fiona Ludmilla von Galthusen, aber alle nannten sie stets nur Maria. Die Mutter starb bei Marias Geburt. Wie die Ärzte feststellten, hatte die Frau ein viel zu schwaches Herz. Marias Vater, ein mehrfacher Millionär, las ihr von Kindesbeinen an jeden noch so kleinen Wunsch von den Augen ab, und so glaubte sie, etwas Besseres als alle anderen zu sein.

Nachdem sie die Privatschule mit mäßigem Erfolg abgeschlossen hatte, setzte sie sich in den Kopf, Künstlerin zu werden. Also studierte sie Malerei, wobei sie sich laufend mit den Dozenten zoffte, da diese Menschen, ihrer Meinung nach, die völlig falsche Vorstellung hätten, wie ein Malstil zu interpretieren sei. Mit Achtzehn bekam sie von ihrem Vater einen Sportwagen geschenkt. Ihre erste Ausfahrt endete damit, dass sie aus einer Kurve getragen wurde. Der Wagen durchbrach einen Zaun und verwüstete den dahinterliegenden Vorgarten. Nur die großzügige Spende ihres Vaters an die geschädigte Familie bewahrte sie vor einer Verfolgung durch die Justiz. Anschließend musste sie der Anwalt der Familie davon abbringen den Hersteller zu verklagen, weil dieser angeblich gewissenlose Fabrikant derart unsichere Autos auf den Markt brächte, welche bereits bei 170 km/h in der kleinsten Kurve die Spur nicht mehr halten könnten.

Während der folgenden Zeit widmete sich Maria ausschließlich rauschenden Partys mit viel Alkohol und gelegentlichem Drogenkonsum. Das sollte sich, wen wundert es, eines Tages rächen. Aber bis dahin gab es leider noch einen einschneidenden Schicksalsschlag für das verzogene Mädel.

Maria bewohnte im Hause Ihres Vaters die komplette dritte Etage. Trotzdem hatte sie in dem Gebäude noch nicht eine einzige Treppenstufe betreten. Sie forderte stets ihren personengebundenen Liftboy an, wenn sie das Haus verlassen wollte, oder kurz bevor sie heimkam. Dass der Ärmste vier Kinder und eine kranke Frau hatte, kratzte sie herzlich wenig. Eines Tages setzte sich der Fahrstuhl jedoch ohne Anforderung in Bewegung. Hannes, der Lift-Boy, trat heraus: „Verzeihen Sie bitte die Störung, aber außer mir ist keiner im Hause. Es kam gerade ein Anruf aus der städtischen Klinik. Ihr Vater hatte auf der Straße einen Herzinfarkt. Er liegt auf der Intensivstation".

Als Maria in der Klinik ankam, war ihr Vater bereits verstorben. Sie rief den Familienanwalt an und beauftragte ihn, alles zu regeln. Nach der Beerdigung bat sie der Jurist in sein Büro. Er eröffnete ihr nach der Beileidsbekundung ziemlich beklommen: „Maria, es tut mir so leid. Aber ich muss Ihnen etwas sehr Schlimmes mitteilen. Ihr Vater hat kurz vor seinem Tod durch Spekulationen sein gesamtes Vermögen verloren. Wahrscheinlich hat das seinen Herzinfarkt beschleunigt. Er musste all seinen Besitz verkaufen, so auch sein und damit Ihr Haus. Nach Abdeckung der Schulden steht Ihnen lediglich ein Erbe von rund Fünftausend Euro zur Verfügung. Außerdem müssen Sie leider innerhalb einer Woche das Haus verlassen. Es tut mir wirklich sehr leid. Ich denke, dass damit auch unsere Geschäftsbeziehungen erloschen sind, da Sie nun kaum mehr in der Lage sein sollten, unsere Kanzlei zu bezahlen. Wenigstens habe ich Ihnen noch eine kleine, möblierte Wohnung in der Stadtmitte besorgt. Meine Sekretärin wird Ihnen draußen die Schlüssel und den Mietvertrag übergeben. Auf Wiedersehen!"

Nachdem sich Marie eine Zeit lang in ihrer Wohnung verbarrikadiert hatte, zwang sie der Hunger einkaufen zu gehen. Sie wusste nicht, wo man was kaufte und wie die Preise für Lebensmittel waren, und somit auch nicht, wie lange ihr Erbe reichen würde. Auch konnte sie sich nicht vorstellen, eine Arbeit aufzunehmen. Außer Zeichnen hatte sie nie etwas Vernünftiges im Leben getan. Also raffte sie all ihren Mut zusammen und ging in den nächsten Supermarkt. Zuerst wusste sie nicht so richtig, was sie in den Einkaufswagen legen sollte. Dann begriff sie aber, dass es Fertiggerichte sein mussten, da sie vom Kochen nicht die geringste Ahnung hatte. Zu Hause knabberte sie nur an allem herum, da ihr gar nichts so recht schmeckte. Also zog sie sich wieder an, um in einer Gaststätte zu essen. Das Ergebnis war, dass sie stockbetrunken nach Hause wankte.
Am nächsten Tag klopfte jemand stürmisch an Ihre Tür. Als sie verkatert öffnete, stand der Vermieter vor ihr: „Falls Sie es nicht wissen, aber hier im Haus wird die Miete im Voraus bezahlt. Am besten, sie geben mir Ihre Bankverbindung. Und vergessen Sie nicht, die Treppe zu machen!" Maria platzte der Kragen: „Was bilden Sie sich denn ein, Sie kleiner Popel. Wissen Sie denn nicht, wen

Sie vor sich haben? Ich verlange Respekt!" Der Mann grinste zynisch: „Respekt am Arsch. Und ich weiß genau, wen ich vor mir habe. Eine verkrachte Tussi, die ihre Miete nicht bezahlen will. Entweder habe ich bis morgen mein Geld, oder du fliegst auf die Straße!" Maria schlug die Tür zu und begann hemmungslos zu heulen. Am nächsten Tag meldete sie sich auf dem Arbeitsamt. Da sie keinerlei Qualifikation vorweisen konnte, bekam sie einen Job im Supermarkt. Sie musste alte Kartons zerreißen, leere Paletten in den Hof bringen sowie abgelaufene Lebensmittel in den Regalen suchen und diese dann entsorgen. Mit der Zeit lernte sie dadurch alle Arten von Nahrung und die entsprechenden Preise kennen. Nur mit den anderen Mitarbeitern kam sie nicht klar. Sie hielt sich stets abseits und der Einzige, der mit ihr sprach, war der Filialleiter. Aber auch nur, wenn er ihr Anweisungen gab. Von ihrem Lohn nahm sie sich oft Alkohol mit nach Hause und war abends meistens betrunken. Immer häufiger kamen ihr Selbstmordgedanken. Dann rächte sich ihr Körper für die miese Behandlung. Bereits am Morgen war ihr schwindlig. Im Spiegel sah sie, dass ihre Lippen bläulich verfärbt waren. Und nach zwei Stunden Arbeit sackte sie einfach zusammen. Als sie in der Klinik aufwachte, teilte man ihr mit, dass ihr Herz wahrscheinlich in den nächsten Tagen seine Arbeit einstellen würde. Sie dürfe ihr Bett nicht verlassen und man hätte sie bereits auf die Warteliste für ein Spenderherz gesetzt. Und obwohl sie sich eigentlich umbringen wollte, fühlte sie auf einmal Lebensangst und betete um ein Wunder. Und das Wunder kam. Aus heiterem Himmel war bereits am nächsten Tag ein Spenderherz verfügbar, dass ausgerechnet nur zu ihrem Immunsystem passte. Sie wurde auf der Stelle operiert.

Nach der Reha ging es Maria körperlich einigermaßen gut. Nur ihr Leben empfand sie als völlig nutzlos. Bis zu dem Zeitpunkt, als sie eines Tages eine Frau kennenlernte, deren Anblick sie seltsam durcheinander brachte. Sie waren zufällig auf dem Marktplatz zusammengestoßen, weil beide angestrengt auf ihr Handy gestarrt hatten. Seitdem kreisten Marias Gedanken seltsamerweise nur noch um diese Frau. Maria war verwirrt. War sie vielleicht lesbisch? Bisher hatte sie keinerlei Anzeichen dafür bemerkt. Früher, in ihrem ersten Leben, waren doch Männerbekanntschaften völlig normal gewesen.

Etwas später, in einem Straßenkaffee, begegnete sie der Frau erneut. Die beiden kamen ins Gespräch und Maria erfuhr, dass der Bruder von Elsa, wie diese Frau mit Vornamen hieß, vor Kurzem einem tödlichen Verkehrsunfall erlegen war, und dass sie als einzige Verwandte zugestimmt hatte, dessen Herz für eine andere Person entnehmen zu lassen. Elsa erzählte, früher prinzipiell gegen eine Organspende gewesen zu sein, aber der Besuch bei einer Wahrsagerin mit ihrem Bruder hatte ihre Einstellung geändert. Die alte Frau hatte nämlich den beiden aus Tarock-Karten geweissagt, wenn das Herz des einen Geschwisterteils aufhören würde zu schlagen, dann müsste innerhalb weniger Stunden auch der andere von beiden sterben.

Daraufhin erzählte Maria stockend, dass in ihrer Brust ein Spenderherz schlage. Beide Frauen waren von nun an völlig davon überzeugt, dass sie durch ein unsichtbares Band verknüpft wären, obwohl sie nicht genau wussten, ob es sich tatsächlich um ein und dasselbe Herz handelte. Sie verbrachten jetzt oft ihre Freizeit miteinander, wobei Maria auffiel, dass ihre neue Freundin vorwiegend sehr teure Kleidung trug. Eines Tages wurde Maria von Elsa für die nächste Woche zu sich nach Hause eingeladen. Maria lief es schlagartig eiskalt den Rücken hinunter. Die Anschrift, die Elsa angab, war die Adresse von Marias ehemaligem Herrschaftshaus. Und während Maria nicht mehr wusste, was sie sagen sollte, plauderte Elsa fröhlich weiter. Dass sie das Haus damals erworben hätte, als ein dümmlicher Mensch wegen seiner dämlichen Spekulationen die riesige Hütte hatte verkaufen müssen, und dass dessen arrogante Tochter zu Recht auf der Straße gelandet wäre. An diesem Tag verabschiedete sich Maria äußerst wortkarg.

In der Nacht vor dem Besuch bei Elsa konnte Maria nicht schlafen. In ihrer Seele kroch langsam aber stetig eine ungeheure Wut hoch. Sie lief in ihrer kleinen Wohnung hin und her, und knallte alles, was nicht niet- und nagelfest war, auf den Boden. Dabei interessierte sie sich in keinster Weise um ihre Nachbarn, die ununterbrochen an die Wand klopften. Erschöpft legte sie sich am Morgen aufs Bett und trank ihre letzte Flasche Weinbrand aus, nachdem sie das große Küchenmesser umständlich in die Handtasche gestopft hatte.

Am Nachmittag kam sie immer noch betrunken bei Elsa und damit in ihrem ehemaligen Haus an. Die Handtasche baumelte nur noch am kleinen Finger ihrer rechten Hand und ihr Gesicht strahlte unverhohlenen Hass aus. Elsa war verunsichert, da sie ihre Freundin noch nie so gesehen hatte. Maria ließ sich rücklinks in einen der Sessel fallen: „Das ist also deine bescheidene Hütte". Sie begann hysterisch zu lachen. Elsa fragte besorgt: „Maria, was ist mit dir?" Die Betrunkene sprang auf, wobei sie gefährlich ins Wanken geriet: „Für dich heiße ich immer noch Anna-Maria Bernadette Camilla Guadalupe Fiona Ludmilla, klar?" Dann schwankte sie zu einem kleinen Beistelltisch, auf dem eine chinesische Vase stand. Bevor Elsa einschreiten konnte, fiel der Tisch um und die Vase zersprang in tausend Scherben. Elsa ging auf die Wütende zu: „Ich glaube es ist besser, du gehst wieder nach Hause!" In diesem Moment zog Maria das Messer aus ihrer Handtasche und stach wie von Sinnen auf ihre ehemalige Freundin ein: „Das ist also dein Haus, ja? Und ich bin arrogant, was? Mein Vater soll dämlich gewesen sein, wie? Schau mal, wie dämlich du jetzt aussiehst! Alles hast du mir geklaut, alles!" Dann steckte sie das Messer wieder in die Handtasche und taumelte aus dem Haus, über und über mit Blut bespritzt. Die Polizei fand sie zwei Stunden später in ihrer Wohnung. Sie war tot. Bei der Autopsie wurde jedoch kein spezieller Grund dafür gefunden. Eine Abstoßungsreaktion konnte zuverlässig ausgeschlossen werden. Das Spenderherz schien offenbar von einer Minute auf die andere den Dienst aufgegeben zu haben. Keiner kannte den Grund, außer vielleicht einer alten Kartenlegerin.

Im riesigen Haus

Die Geschichte, die ich hier und jetzt abzusondern gedenke, entspricht zu 97% der Wahrheit. Die restlichen 3% sind, wie bei jedem geschätzten Erzähler, gutgemeinte Ausschmückungen.

Sagen wir mal so, ich gehöre nicht unbedingt zu den Leuten, die immer mit dem Strom schwimmen. Deshalb habe ich auch mein digitales Fenster so programmiert, dass die Nachrichten unten rechts angezeigt werden. Alle Welt, in meinem Kulturkreis, lässt sich Nachrichten oben links anzeigen, mit der Begründung, dass man eben beim Lesen links oben beginnt. Ich halte jedoch nichts vom sogenannten Mainstream. Auch in Sachen Kleidung gehe ich meinen eigenen Weg. Während alle mit hautengen Klamotten herumlaufen, gönne ich mir den Schlabberlook. Ich zitiere auch gern und oft die Worte meiner verstorbenen Ziehmutter, die bei jeder Gelegenheit zu sagen pflegte: „Auch wenn alle anderen aus dem Fenster springen, muss man das nicht immer nachmachen". Hier in meiner Wohnung würde ich das gar nicht schaffen, denn mein Fenster ist nur digital, also eine Art hochauflösender Bildschirm. Ich wohne in einer Einzimmerwohnung, von der eine Milchglasscheibe einen kleinen Bereich für Dusche und Klo abtrennt. In unserem Gebäude gibt es auf 300.000 Quadratmetern Grundfläche und einer Höhe von 220 Metern die verschiedensten Wohnungen mit ein, zwei oder gar drei Zimmern. Je nachdem, wie dick der Geldbeutel ist, kann man überdies eine der wenigen Außenwohnungen beziehen. Die haben dann in einem

Zimmer sogar ein echtes Fenster. Aber mal ehrlich, was soll ich mit so einem Window-Room? Durch das Verbundglas siehst du auch nur, wie andere Leute auf der Straße vom Wind umgeblasen werden, wie Airtaxis durch den Sturm vom Himmel fallen oder wie alte Leute zusammenbrechen, weil sie die 46° Celsius im Schatten nicht mehr aushalten können. Da ist es schon viel besser in einem vollklimatisierten Riesenkomplex zu wohnen, in dem es alles gibt, was man im Leben so braucht. Auf einer Nutzfläche von 1,95 Millionen Quadratmetern findet man Supermärkte, Frisöre, Blumenläden, Fünf-Sterne-Hotels, Eislaufbahnen, Liegewiesen, Möbelgeschäfte, Müllaufbereitungsanlagen, Kneipen, Reithallen, Handwerksbetriebe, Cafés, Theatersäle, Schwimmbäder, Bäckereien, Kartbahnen, Schmuckdesigner, Apotheken, Kinos, künstliche Strände mit künstlicher Sonne, einen großen Flugplatz auf dem Dach und was weiß ich noch alles. Alle Etagen und Flure sind durch spezielle Fahrstühle miteinander verbunden, welche Menschen und Materialien nicht nur senkrecht, sondern auch waagerecht transportieren können. Wenn man in der Krankenhausabteilung geboren wurde, bräuchte man das Gebäude im ganzen Leben nie mehr zu verlassen, bis zu dem Zeitpunkt, an dem man im Friedhofs-Trackt beigesetzt werden würde. Auch seine Ausbildung und das anschließende Berufsleben kann man komplett in unserem riesigen Haus verbringen, ohne auch nur einen einzigen Schritt auf die Straße setzen zu müssen. Was meine Person betrifft, so bin ich im Übrigen U- und E-Künstler. Vom Liederabend über Buchlesungen bis hin zu

Zauberdarbietungen oder Trauerreden kann man bei mir alles buchen. Allerdings muss ich dabei mit der zunehmenden Anzahl von Hologrammen konkurrieren, welche wohl unausweichlich auf kurz oder lang uns Künstler ersetzen werden.

Laut Termin-Nachricht stand mal wieder eine Buchlesung an. Nicht aus meinen Büchern, nein, aus einem jener Wälzer, die von Art-Computern geschrieben wurden. In diesen Werken gibt es größtenteils zwischen sieben und zehn Erzählsträngen, die alle erst auf den letzten drei Seiten zusammengeführt werden. Das ist für mich schon etwas verzwickt zu lesen, aber für die Zuhörer äußerst kompliziert zu verfolgen. Aus diesem Grund bleiben auch bei derartigen Lesungen meistens die Hälfte der Stühle im Reading-Room unbesetzt. Soll mir egal sein, ich werde pauschal bezahlt. Für so einen Abend bekomme ich dreitausend Einheiten Digital Money, abgekürzt sagt man bei uns übrigens DM dazu. Sieben Auftritte im Monat, und die Wohnungsmiete ist damit schonmal gesichert. Weitere acht oder neun, und ich kann geregelt leben. Das heißt aber somit auch, wenn ich nicht alle zwei Tage eine Aufführung habe, ist Schmalhans Küchenmeister. Letzten Monat hatte ich jedoch fast jeden Tag zu tun. Deshalb konnte ich auch den süßen, glitzernden Ring für Jelena kaufen. Morgen würde ich sie treffen und die Gelegenheit nutzen, um ihr einen Antrag zu machen.

Für den anstehenden Auftritt hatte ich mir eine dunkelblaue Hose und ein weißes, ärmelloses Hemd mit Stehkragen bereitgelegt. Nach dem Anziehen polierte ich mir kurz die Glatze, blickte noch einmal auf den Tisch, wo der wunderschön funkelnde Ring lag, und trat aus der Wohnung. Ich verschloss die Tür mit der siebenfachen Verriegelung, die ich voriges Jahr hatte einbauen lassen. Betuchte Leute besaßen inzwischen Kraftfelder, welche die ganze Wohnung schützten, aber so etwas konnte ich mir einfach nicht leisten. Auf dem Flur bemerkte ich eine kleine Menschenansammlung. Da war bestimmt wieder so ein Hütchenspieler zu Gange, der mit drei Walnuss-schalen und einem Gummikügelchen die Leute ver-arschte. Seit fast alles von Robotern erledigt wurde, sprossen als scheinbare Gegenströmung diese Betrugsar-tisten aus dem Boden, die vortäuschten beweisen zu wol-len, dass die menschliche Hand an Geschicklichkeit nicht zu überbieten sei. In Wirklichkeit ging es ihnen aber nur darum, andere Leute erbarmungslos abzuzocken. Ich nä-herte mich langsam der Menschentraube und deutete an, spielen zu wollen. Nachdem ich meine Hand mit dem im-plantierten Chip an das Lesegerät gehalten hatte, tippte ich 500 DM ein. Der Gaukler zeigte die Nussschalen leer vor, legte unter die mittlere sein Kügelchen und begann wie wild die Schalen kreuz und quer auf dem Tisch hin und her zu ziehen. Dass er dabei unbemerkt die Kugel unter der mittleren Schale hervor stehlen würde, ahnten die meisten Menschen nicht, ich als Zauberer schon. Nachdem er das Herumschieben beendet hatte, sollte ich raten, unter welcher der drei Schalen die Kugel läge. Ich streckte zunächst den Zeigefinger aus, als wolle ich auf eine Nussschale zeigen, griff dann aber blitzschnell mit beiden Händen zu und drehte zwei Schalen um. Da unter diesen keine Kugel war, musste sie logischerweise unter der letzten Nussschale liegen. Ich hielt meine Hand an das Lesegerät und kassierte meinen Gewinn. Schließlich konnte der Betrüger nicht zugeben, dass die dritte Schale auch leer sein würde. Für diesen Tag konnte er getrost seinen Stand abbrechen, denn alle, die meine Methode beobachtet hatten, würden sie ebenfalls anwenden. Da wäre dann der arme Kerl einigermaßen schnell seine Digital Moneys los.

Während ich grinsend meinen Weg fortsetzte, ertönte plötzlich das schrille Warnsignal einer Sirene. Danach schallte aus mehreren Lautsprechern eine mechanisch klingende Stimme: „Achtung, eine wichtige Meldung der Behörde für Gesundheit! Alle Bewohner, die im Block B auf den Fluren 3, 4 und 5 wohnen, werden gebeten sich sofort im zuständigen Quarantäneraum zu melden. Ihre Wohnungen werden versiegelt!" Das durchfuhr mich wie ein Blitz. Der Ring! Wenn die tatsächlich meine Wohnung versiegeln, dann hätte ich morgen keinen Ring für Jelena. Nicht auszudenken. Ich rannte, wie von der Tarantel gestochen, zurück zu meiner Wohnung. Über meinem Eingang leuchtete bereits eine rote Lampe. Trotzdem versuchte ich die Verriegelung zu lösen und rüttelte wie besessen an der Tür. Augenblicklich erschienen zwei Herren von der Security. Beide packten mich unsanft an den Armen und schleppten mich trotz Gegenwehr in die Krankenhausabteilung. Dort verabreichte man mir gewaltsam eine Beruhigungsspritze, um danach meinem linken Arm gefühlte zehn Liter Blut abzuzapfen. Anschließend wurde ich ohne Erbarmen in eine Gummizelle geschubst. Mein ganzes Geschrei, dass ich doch nur einen Ring aus meiner Wohnung haben möchte, erstarb ohne Echo in den mitleidlosen Gummiwänden. Es dauerte gar nicht lange, und ich schlief völlig erschöpft ein. Ein durchdringendes Geräusch weckte mich. Es war mein schwarzer Reisewecker. Völlig benommen blickte ich in die Runde. Dann begann es mir Stück für Stück zu dämmern. Ich lag im Bett meines Hotelzimmers und hatte den ganzen Quatsch nur geträumt. Auf dem kleinen Schränkchen neben dem Bett lag der bunte Reiseprospekt von der Stadt Chengdu mit einer Abbildung des riesigen 'New Century Global Centre'. Und obenauf lag ein kleines, samtenes Kästchen. Ich sprang aus dem Bett und öffnete es. Gott sei Dank! Der Ring war da.

Bierbach

Kommissar Riemer hatte am Abend zuvor mit seiner Tochter geskypt. Sie war jetzt im neunten Monat, und es war abzusehen, dass die Kollegen des Kommissars ihn bald Opa titulieren würden. Bestens gelaunt machte er sich auf den Weg zur Dienststelle. Nachdem er die Bürotür hinter sich geschlossen hatte, warf er wie gewöhnlich seinen Hut in Richtung des alten, hölzernen Garderobenständers. Erstaunt musste er feststellen, dass die Kopfbedeckung im Gegensatz zu allen anderen Tagen ihr Ziel erreichte und nicht über den staubigen Parkettboden kullerte. Riemer liebte diesen abgeschabten Garderobenständer, den man jedes Mal aus Platzgründen in den

Keller verbannte, wenn ein anderer Kollege zusätzlich in sein Dienstzimmer eingewiesen wurde. Da vor zwei Tagen der Kommissar-Anwärter Bierbach in das Büro von Schimmler umgezogen war, stand das gute Stück jetzt wieder an seinem angestammten Platz. Langsam war alles wieder so, wie es sich gehörte. Auch der Schreibtisch des Kommissars schien erneut mit Papieren zuzuwachsen. Mehlmann, sein jetziger Schwiegersohn und ehemaliger Kollege, hatte den Tisch einstens aufgeräumt. Nun aber war das Chaos auf der Schreibtischplatte wieder so, wie Riemer es eigentlich gewohnt war. Als das Telefon klingelte, musste er es erst durch Verschieben einzelner Akten freilegen. Dabei verabschiedeten sich wie üblich zwei Aktenordner in Richtung Fußboden. Der Kommissar klemmte sich den Hörer zwischen Schulter und Ohr ein, während er versuchte, die Akten aufzuheben: „Ja?" Am anderen Ende war Hohlbach, sein Chef: „Sie sollen sich doch mit Name und Dienstgrad melden!" Riemer antwortete gutgelaunt: „Ich soll auch abnehmen. Mache es aber trotzdem nicht. Was gibt's?" „Riemer, da Sie zurzeit keine Ermittlung durchzuführen haben, dachte ich, Sie würden mir endlich Ihren Bericht vom letzten Fall einreichen. Oder bohren Sie sich nur in der Nase?" Der Kommissar entgegnete leutselig: „Keine Angst, ich werde mir den Finger schon nicht in der Nase abbrechen. Und Ihren Bericht haben Sie spätestens heute Abend". Hohlbach legte auf und Riemer murmelte: „Was bildet sich der Affe eigentlich ein? Gerade mal einen einzigen Dienstgrad höher, und macht hier auf Big-Chef mit dicker Hose". Dann wählte er die Nummer von Schimmler:

„Schimmelchen, ich habe heute solch gute Laune, dass ich von jedem fünf Euro nehmen könnte. Aber Spaß beiseite. Was hältst du von einem Bierchen heute Abend. Ich lade dich ein. Sagen wir um Sieben im Goldenen Anker!" Die Antwort war: „Aber nur, wenn du nicht mehr Schimmelchen zu mir sagst, und meine Frau nichts dagegen hat".

Die Gaststätte war nicht besonders gefüllt. Schimmler saß Riemer gegenüber an einem Vierertisch. Sie hatten sich gerade mit ihrem Bier zugeprostet, als die Tür aufging, und der Kommissar-Anwärter Bierbach eintrat. Riemer wendete sofort seinen Kopf zum Fenster, aber Bierbach hatte die beiden bereits erblickt. Ungefragt nahm er an ihrem Tisch Platz: „Einen wunderschönen Abend, die Herren Kommissare. Alles gut?" Riemer drehte den Kopf zurück: „Bis Sie kamen schon". Bierbach lächelte: „Aber Herr Kommissar, warum so übelgelaunt. Ich erzähle Ihnen mal einen guten Witz. Aufgepasst! Kommt ein Schornsteinfeger in die Kneipe. Sagt der Wirt: ‚Der geht aufs Haus'. Verstehen Sie? Der Schornstein ist ja oben auf dem Haus. Und wenn der Wirt einen ausgibt, sagt er ja auch ‚Der geht aufs Haus'. Alles klar?" Schimmler stützte die Ellenbogen auf den Tisch und ließ verzweifelt den Kopf in beide Hände sinken: „Halten Sie uns wirklich für so blöd, dass Sie uns den Witz erklären müssen?" Bierbach schüttelte grinsend den Kopf: „Gut. Den nächsten erzähle ich ohne Erklärung. Ich kenne nämlich noch viel mehr Witze". Aber er kam nicht mehr dazu. Auf der Straße waren mehrere Schüsse zu vernehmen. Die drei Kriminalbeamten rannten hinaus. Schimmler und Riemer zogen beide ihre Dienstwaffen. Auf der gegenüberliegenden Seite schoss ein vermummter Mann wahllos in die Menge. Zwei Personen lagen reglos am Boden, und mehrere Passanten rannten blutend davon. Riemer rief: „Polizei, Waffe fallenlassen!" Damit zog er die Aufmerksamkeit des Schützen sofort in seine Richtung, und es gelang den übrigen Menschen, sich in Sicherheit zu bringen. Allerdings feuerte jetzt der Amokschütze nur noch auf die drei Kriminalbeamten. Schimmler wurde am linken Arm getroffen und blutete stark, bevor Riemer den Attentäter schließlich mit zwei gezielten Schüssen ausschalten konnte. Die Anwohner hatten inzwischen die Polizei benachrichtigt. Mehrere Streifenwagen und ein Krankentransporter trafen mit quietschenden Reifen und unter Dauerbenutzung von Blaulicht und Martinshorn am Tatort ein. Schimmler wurde eilig verarztet, und Riemer blickte sich nach Bierbach um. Der Anwärter lag regungslos am Boden. Riemer schrie aus Leibeskräften: „Ich brauche hier sofort einen Arzt! Sofort!"

Das Begräbnis verlief in aller Stille. Bierbachs Familie wollte kein Aufsehen und auch kein Ehrengrab. Von der Dienststelle waren auch nur Riemer und der verletzte Schimmler geladen. Die Angehörigen warfen traditionsgemäß Blumen und Erde in das Grab. Schimmler und Riemer aber jeweils ein kleines Witzbuch.

Zwillinge

„Aber dir ist schon klar, dass wir uns vorgenommen haben, zukünftig nicht mehr zu streiten."

„Das haben wir uns schon oft vorgenommen. Aber ich kann und will deine Taten einfach nicht gutheißen".

„Hört, hört! Es spricht der ewig Christliche. Du bläst dich doch immer und immer wieder zu einem Moralapostel auf, wie so ein dämlicher Kugelfisch".

„Siehst du, das ist eines deiner Probleme. Du kannst dich einfach nicht damit abfinden, dass Lebewesen genau die Intelligenz besitzen, welche sie zum Leben benötigen, unter anderem auch Kugelfische. Fische sind nicht dämlich. Bei dir bin ich mir allerdings nicht so sicher".

„Hoppla, Brüderchen! Du gehst mich an? Ist das deine Auffassung vom Christentum? Was ist denn mit deinem Spruch: ‚Widersteht nicht dem Bösen, sondern wer irgend dich auf deine rechte Wange schlägt, dem halte auch die andere hin'?"

„Du hast mich nicht geschlagen, sondern nur versucht, mich zu provozieren. Das zitieren von Sprüchen setzt dich aber noch lange nicht ins Recht, und es wäscht auch nicht die Schande früherer Taten von deiner sündhaften Haut".

„Finde dich endlich mit den Gegebenheiten ab! Was ich getan habe, das ist keine Schande. Es war nur die logische Ergänzung deiner stümperhaften Arbeit. Weißt du, jedes Yin braucht auch unbedingt sein Yang. Also habe ich zwangsläufig für den Ausgleich gesorgt!"

„Dann frage doch vielleicht mal die Menschen, was sie von deinen Untaten halten!"

„Die Menschen? Dass ich nicht lache! Sie lügen, stehlen und morden. Soll dieses Verhalten deine Vergleichsreferenz sein? Da komme ich doch wohl noch recht gut weg, oder?"

„Das Wort ‚Vergleichsreferenz' gibt es gar nicht. Außerdem bedeutet ‚Referenz' so viel wie ‚Ehrung' oder ‚Huldigung'. Dein Gequatsche ergibt also überhaupt keinen Sinn".

„Ach so? Könnte es sein, dass du einfach nur neidisch bist?"

„Neidisch? Ich? Und wieso? Du, und nur du allein bist doch daran schuld, dass Vulkane, Überschwemmungen, Krankheiten, Dürre, Wirbelstürme und derartige Plagen auf die Menschheit losgelassen wurden. Worauf sollte ich da neidisch sein?"

„Ganz einfach darauf, dass du zum Erschaffen deiner Welt sechs lange Tage gebraucht hast. Und während du den siebten Tag faul ruhest, habe ich alles andere an einem einzigen Tag zu Wege gebracht. Ich bin hier also nicht der Verlierer, und du bist einfach nur neidisch. Basta!"

Delta 5 sendet falsch

Delta 5 hieß die Raumstation, die am weitesten von der Erde entfernt war. Die Station schipperte kurz vor der Marsumlaufbahn durch die Dunkelheit des Weltalls. Finanziert hatten dieses Technikwunder die beiden Megakonzerne ‚Mc Burger Hut' und ‚Hua-Sung'. Die Station war etwas klein im Verhältnis zu anderen, außerdem unbemannt und diente angeblich nur einem einzigen Zweck, nämlich rund um die Uhr auf 999 Kanälen Werbespots auszusenden. Nicht nur die Erde und die umliegenden Raumstationen wurden dabei mit Reklame beschossen, sondern die Sendeleistung reichte auch noch ziemlich weit in den interstellaren Raum hinein, wodurch sogar gelegentlich der Funkverkehr zwischen Space-Expeditionen und der Erdzentrale beeinträchtigt wurde. Diese Konstellation brachte jedoch nur noch wenige Menschen auf die Palme. Zum einen waren die Leute abgestumpft, zum anderen war die Weltbevölkerung rapide zurückgegangen und bestand zurzeit nur noch aus rund fünf Milliarden und neunhundertneunzig Millionen. Das lag wohl einerseits an der Tatsache, dass es nur noch verheirateten Paaren erlaubt war Kinder zu bekommen, sowie auch an der noch zur Verfügung stehenden Nahrung. Ein Großteil davon bestand nur noch aus einer Masse, die Tofu ähnelte und in mächtigen Bioreaktoren von Mikroorganismen aus CO_2 erzeugt wurde. Viele Nahrungspflanzen waren aufgrund des extremen Klimas ausgestorben, und kaum neue Arten konnten von Wissenschaftlern und Landwirten bis zur Erntereife herangezüchtet werden. Auch die verschiedensten invasiven Pflanzen taten dazu ihr Übriges.

Magnussen war einer der wenigen Kleinunternehmer, die noch nicht von den Großkonzernen geschluckt worden waren. Nach dem abgeschlossenen Studium der Astronomie hatte er das Patent als Raumpilot erworben, und kurz darauf eine Firma gegründet. Mit einem geleasten Raumtransporter brachte er Lebensmittel und Artikel des täglichen Bedarfs von der Erde zu den Mondkolonien. Bereits nach drei Jahren konnte er sich zwei gebrauchte Transporter kaufen und einen zweiten Piloten beschäftigen. Nun transportierte er wichtige Technologie zum Mars, und brachte auf dem Rückweg seltene Bodenschätze mit zur Erde. Das war weit lukrativer. Auf seinen Touren kam er auch häufig an Delta 5 vorbei, was ihm so gar nicht schmeckte, da stets der Funk ausfiel. Trotzdem sollte diese Station einmal seine Rettung sein.

Selbst die Nachrichtenkonzerne konnten die Stimmung auf der Erde nicht mehr ignorieren. Es brodelte an allen Ecken und Enden. Die Konzerne machten Riesengewinne, während ein Großteil der Bevölkerung gerademal genug zu essen hatte. Keiner außer den Superreichen konnte sich Kultur wie Kino, Theater oder Restaurantbesuche leisten, von Luxusartikeln wie Abendkleidern oder Parfüm ganz zu schweigen. Die Geheimdienste warnten die Regierungen vor Untergrundbewegungen, und ihre Agenten mischten sich unter das Volk, um noch mehr

Daten zu sammeln, als es die Überwachungstechnik sowieso schon tat.

Als Magnussen wieder einmal eine Ladung riesiger Batterien zum Mars schaffen sollte, begannen bereits kurz nach dem Start die Probleme. Mehrere Sensoren streikten, und der Computer empfahl die Umkehr. Damit wäre aber die Bezahlung ausgefallen. Das konnte und wollte sich Magnussen nicht leisten. Also verließ er sich auf seine Erfahrung. Doch ein paar Kilometer bevor er die Bahn von Delta 5 kreuzte, setzte der Antrieb mit einem schwachen Röcheln aus. Gleichzeitig versagte das Lebenserhaltungssystem und, als wäre das nicht schlimm genug, meldete der Bordcomputer ein Leck, aus dem Sauerstoff austrat. Bestimmt hatte eines der vielen, herumschwirrenden Schrottteile seinen Transporter getroffen. Verzweifelt versuchte er einen Notruf abzusetzen, aber aus den Lautsprechern dröhnte nur Werbung, und auf dem Bildschirm gab eine Reklame der anderen die Hand. Wenn er nicht wegen des Sauerstoffmangels ersticken wollte, musste er sich jetzt etwas einfallen lassen. Da er inzwischen auf der Höhe von Delta 5 angelangt war, legte er seinen Raumanzug an und stieg aus. Mit den Steuerdüsen des Anzugs manövrierte er sich zu der Raumstation. Er hoffte, in ihrem Inneren den Werbefunk abschalten und ein Notsignal absetzen zu können. Tatsächlich fand er auch eine Einstiegsluke, die sich ganz leicht öffnen ließ. Nachdem er eine Schleuse passiert hatte, stellte er anhand der im Helm angebrachten Messgeräte fest, dass die Station über normale Atemluft verfügte, obwohl sie ja angeblich unbemannt sein sollte. Durch einen engen Gang gelangte er in die Zentrale. Er nahm vorsichtig den Helm ab, stellte aber erfreut fest, dass die Luft hier sehr gut war. Vor ihm breitete sich eine riesige Konsole aus, die mit Knöpfen und Lämpchen bestückt war, wie ein Igel mit Stacheln. Darüber hingen etwa drei Dutzend Bildschirme, die irgendwelche Werbebotschaften abspulten. Völlig planlos drückte Magnussen einige Knöpfe, in der Hoffnung, dass die Werbeflut versickern möge. Beim neunten Knopf hatte er Glück, und zumindest die Lautsprecher wurden abgeschaltet. Nach vier weiteren Versuchen erlosch die Reklame auf dem mittleren Schirm und eine Textdatei wurde angezeigt. Magnussen traute seinen Augen kaum. Es war ein Dokument der Regierung, welches die Maßnahmen aufzeigte, die bei einem Umsturzversuch durchgeführt werden sollten. Zusätzlich war da eine Liste von Personen, die als besonders gefährlich galten und zeitnah vernichtet werden müssten. Wahrscheinlich hatte man sich gedacht, dass hier oben bestimmt kein Unbefugter eintrudeln würde, und so die Daten vor den Hackern auf der Erde sicher geschützt wären. Voller Wut schlug Magnussen unkontrolliert auf einen Knopf nach dem anderen. Und tatsächlich, irgendwann wurde kurzzeitig anstelle von Werbung die brisante Textdatei ausgesendet. Dann schaltete sich das System ab.

Er brauchte gar nicht lange zu warten, da dockte ein Polizeischiff an. Man verhaftete Magnussen wegen unerlaubten Betretens, Eingriff in den Funkverkehr und

Verrat von Staatsgeheimnissen. Auf der Erde wurde er sofort in ein Hochsicherheitsgefängnis gesteckt.

Magnussen glaubte den Rest seines Lebens hinter Gittern verbringen zu müssen, doch bereits nach vierzehn Tagen befreite ihn eine Gruppe der Untergrundbewegung. Mit einem gekaperten Großraumschiff flogen sie auf den Mars und übernahmen nach einem kurzen Putsch die dortige Verwaltung. Sie riefen eine autonome Republik aus, und da die Erde auf die Bodenschätze vom Mars unumgänglich angewiesen war, gab es nach einiger Zeit sogar auch Handelsbeziehungen. Um eines sehr, sehr alten Klischees willen, trugen die Marsmenschen forthin nur noch grüne Kleidung. Auf der Erde war deshalb ab sofort alles aus grünem Stoff verpönt. An dem Tag aber, an dem die Station Delta 5 das Ungewollte gesendet hatte, wurde jedes Jahr der Magnussentag gefeiert. Auf dem Mars mit Pauken und Trompeten, auf der Erde jedoch klammheimlich und nur hinter verschlossenen Türen.

pro bono

Wer mich kennt, der weiß, dass ich ziemlich ungeschickt bin, dass ich ein kleines, rotes Auto fahre, dass in meiner Küche ungewöhnlicherweise ein weißer Flokati liegt, dass ich verdammt gern Bourbon trinke und dass ich ein Privatdetektiv bin, der meistens gepfefferte Rechnungen schreibt. Falls mal ein millionenschwerer Mensch von seinem Partner betrogen wird, und meine Recherche erspart ihm bei der Scheidung einige Milliönchen, dann kann er gefälligst für mich auch ein paar Scheine abdrücken. Wenn jedoch jemand mehr als einen Job braucht, um überhaupt über die Runden zu kommen, dann übernehme ich auch schon mal einen Fall pro bono.

Normalerweise bin ich gegen neun Uhr in meinem Büro, schließe aber erst um Zehn die Tür auf. In dieser Stunde denke ich nach oder erledige Papierkram. Oftmals trinke ich dabei zwei fingerbreit Bourbon in einem zylindrischen Glas. Keine Sorge, ich bin nicht sehr groß, und meine Finger sind deshalb auch nicht besonders dick. Falls ich allerdings noch fahren muss, trinke ich keinen Tropfen. Ich gehöre nicht zu den Leuten, die daran glauben, mit einem Liter Bier im Bauch könne man noch fehlerfrei fahren. Sollte ich jedoch etwas getrunken haben, und mein Ziel ist nicht mit Bus oder Bahn zu erreichen, gönne ich mir halt ein Taxi. Das ist allemal billiger, als betrunken einen Unfall zu verursachen.

Am Tag, an dem ich den Obdachlosenfall annahm, hatte ich nicht einmal Lust zum Trinken. Draußen war Winter. Zwar zeigte das Thermometer zwei Grad plus an, aber heizen musste man ja trotzdem. Nun habe ich in meinem Büro so einen steinalten, gusseisernen Rippenheizkörper. Wenn sich in diesem ein bisschen Luft ansammelt, dann bleibt das Mistvieh kalt. Also muss das Ding hin und wieder entlüftet werden. Mit einer leeren Konservendose und einem Schraubenschlüssel bewaffnet, machte ich mich ans Werk. Gerade spuckte meine Heizung unter lautem Zischen ein paar Tropfen schmutzigen Wassers in die Dose, als leise meine Bürotür geöffnet wurde. Ich schraubte also das Heizungsventil gleich wieder zu, um mich meinem Besucher widmen zu können. Der Kerl hatte mehr oder minder zerlumpte Klamotten an, aber auch einen gewissen Stolz am Leibe. Er hielt sich gerade, war sauber gewaschen und riechen konnte ich auch nichts. Nachdem er die Tür geschlossen hatte, sagte er langsam: „Sie müssen alles raus lassen, sonst funktioniert es nicht. Soll ich Ihnen helfen?" Verdattert reichte ich ihm mein Werkzeug. Er vervollständigte still mein Vorhaben und stellte danach die Büchse auf den Fußboden. Als er sich aufgerichtet hatte, zeigte ich mit der linken Hand auf den lederbezogenen Besucherstuhl vor meinem Schreibtisch. Dann setzte ich mich ebenfalls: „Was kann ich denn für Sie tun?" Er druckste etwas herum: „Na ja, irgendwie schäme ich mich Sie zu belästigen. Sie müssen wissen, ich verfüge zurzeit gerade mal über dreiundvierzig Euro und ein paar Cent. Dreißig Euro könnte ich bezahlen, aber den Rest brauche ich noch fürs Essen. In der Kälte bettelt es sich nicht so angenehm. Mehr besitze ich wirklich nicht, und wenn Sie den Auftrag ablehnen, kann ich das durchaus verstehen". Ich kratzte mich bedächtig am Kinn: „Sagen Sie mir doch erstmal, worum es geht. Über die 30 Euro reden wir dann später!" Er holte tief Luft: „Es geht um ein Medaillon. Genauer gesagt um ein Damen-Medaillon in Herzform aus 925er Silber. Vergoldet und zum Öffnen. Auf der Rückseite ist ‚Für Eva' eingraviert. Es hat einstmals meiner Frau gehört. Sie hat es von mir zu unserem ersten

Hochzeitstag bekommen. Leider ist sie vor fünf Jahren gestorben. Das Medaillon ist das Einzige, was ich noch von ihr habe. Damals hat mich ihr Tod aus der Bahn geworfen. Erst kam der Alkohol, dann der Arbeitsverlust und dann der Verlust der Wohnung. Inzwischen trinke ich nicht mehr. Oder fast nicht. Vor Kurzen hat mir einer einen richtig guten Whisky spendiert. Da konnte ich einfach nicht nein sagen. Der Kerl hatte Ärger mit seiner Frau und wollte sich besaufen. Alleine hat's ihm aber keinen Spaß gemacht, und ich war der erste, der ihm über den Weg gelaufen ist. Dieses Zeug war aber auch wirklich gut. Bloß etwas zu viel. Das Wort ‚Filmriss' beschreibt nicht mal annähernd meinen damaligen Zustand. Aber ich glaube, selbst da habe ich noch auf das Medaillon aufgepasst. Und jetzt hat man es mir gestohlen. Ich weiß, dass es nahezu unmöglich ist, so etwas wiederzufinden. Jedenfalls für mich. Deshalb bin ich zu Ihnen gekommen. Sie haben doch bestimmt viel Erfahrung in solchen Dingen". Ich holte meinen Schreibblock und einen Fineliner aus der Schreibtischschublade: „Wissen Sie was, ich übernehme den Fall, jedoch ohne jegliche Garantie. Als Erstes nehme ich mal Ihre Daten auf. Also Name, Adresse und Telefonnummer". Er grinste mich etwas schief an: „Mein Name ist Hans-Jürgen Stuhlmann. In der Schule haben sie immer ‚Stuhlgang' zu mir gesagt. Aber das macht mir nichts aus. Ich bin hart im Nehmen. Mit einer Adresse kann ich leider nicht dienen. Mal schlafe ich in einem stillgelegten U-Bahn-Schacht, mal im Obdachlosenheim. Im Sommer im Wald. Und zum Duschen gehe ich oft in die Bahnhofsmission. Ja und ein

Telefon hatte ich lediglich für zwei Stunden. Ich hab das beim Flaschensammeln in einem Papierkorb gefunden. Aber die Polizei hat es mir wieder abgenommen. Angeblich hatte das Ding etwas mit einer Entführung zu tun. Glatt acht Stunden konnte ich mich beim Verhör auf der Wache aufwärmen. Und ein belegtes Brot habe ich auch noch bekommen. So gesehen, sind Handys durchaus nützlich. Zwar war das damals nur so labberiges Weißbrot, aber wenn du Hunger hast, schaust du nicht auf gesunde Ernährung!" Ich konnte mir ein Grinsen nicht verkneifen: „Wann und wo ist denn nun das gute Stück abhanden gekommen?" Er musste nicht lange überlegen: „Vor zwei Tagen. Kennen Sie das große Haus in der Nähe vom Bahnhof? Das mit dem Rauputz? Da ist im Erdgeschoss ein großer Lebensmittelladen. Und im Hinterhof befindet sich ein Gitter. Dort bläst die Kühlanlage ihre anfallende warme Luft nach außen. An der Stelle lässt es sich prima schlafen. Du musst nur früh genug verduften, damit dich keiner erwischt. Das Ganze ist nämlich mit einem Zaun gesichert. Über den kommt aber jeder ganz leicht drüber. Dorthin habe ich Heinrich mitgenommen. Heinrich hatte ich in der Mission kennengelernt. Aber am Morgen war er nicht mehr da. Ich denke, er hat mein Medaillon. Ich hab's ihm am Abend gezeigt. Bin halt stolz, dass ich so ein Andenken an meine Frau besitze, oder besser gesagt, besaß. Erst habe ich gedacht, ich hätte es vielleicht beim Schlafen verloren. Aber trotz intensiver Suche konnte ich nichts finden. Es gäbe höchstens noch die Möglichkeit, dass es ein Mitarbeiter des Ladens genommen hat. Aber ich glaube fest, es war

Heinrich. Ihm sind nämlich um ein Haar die Augen herausgefallen, als er das Amulett gesehen hat". Ich machte mir kurz Notizen und fragte dann: „Wie heißt denn dieser Heinrich mit Familiennamen?" Mein Gegenüber hob beide Hände: „Absolut keine Ahnung. Angeblich war er ganz neu auf der Platte. Früher hätte er wohl in guten Verhältnissen gelebt und hier irgendwo ein Haus gehabt. Aber mehr hat er nicht gesagt". Ich legte etwas unbefriedigt den Block beiseite: „Gut, ich werde beim Lebensmittelladen anfangen. Vielleicht gibt es ja ehrliche Leute. Aber wie kann ich Sie über eventuelle Fortschritte unterrichten?" Er stand auf: „Da ich sowieso nicht besonders viel zu tun habe, werde ich mich täglich nach dem jeweiligen Stand der Dinge hier in Ihrem Büro erkundigen. Sollten Sie nicht da sein, dann komme ich einfach am nächsten Tag wieder. Bis dahin viel Erfolg! Auf Wiedersehen!" Schwups, war er aus der Tür.

Da ich etwas Hunger verspürte, begab ich mich über die Treppe in die Gaststätte im Erdgeschoss. Früher gab es dort nicht besonders viel zu Essen, Currywurst oder Ragout fin, zur Not belegte Brote. Seit dem neuen Besitzer ist das jetzt aber der reinste Fresstempel. Es gibt vier Speisekarten: Vegan, Halāl, Koscher und dann noch alles, was nicht unter die ersten drei fällt. Ich für meine Person zähle zu den Flexitariern. Ab und zu muss es eben mal etwas aus Fleisch sein. Heute war so ein ‚ab und zu'. Ich bestellte mir Kartoffelbrei mit zwei Frikadellen. Eigentlich ist das ja auch kein richtiges Fleisch, denn meistens haben bei vielen Buletten die Bäckermeister den Battle gegen die Fleischermeister gewonnen.

Nach dem Essen stieg ich wieder nach oben ins Büro, um meine Autoschlüssel zu holen. Als ich gerade wieder gehen wollte, drängte sich ein großgewachsener Mann ins Büro. Grauer Nadelstreifenanzug, Vollglatze, goldene Krawattennadel und farblos lackierte Fingernägel. Der Typ knallte zwei Fotos auf meinen Schreibtisch: „Hier, mein Bruder. Seit drei Tagen verschwunden. Sie werden ihn finden! Geld spielt keine Rolle!" So gut sich auch der letzte Satz angehört hatte, fühlte ich mich doch ein wenig überrumpelt: „Langsam, langsam! Sie wissen ja gar nicht, ob ich den Fall übernehmen will. Sollten Sie nicht erst bei der Polizei eine Vermisstenanzeige machen?" Er winkte ab: „Hab ich doch. Hat die aber genauso viel interessiert, als wenn in Australien ein Känguru hüpft. Sie tun ihr Bestes, haben die gesagt. Wahrscheinlich besteht bei denen das Beste im Popokratzen. Also helfen Sie mir jetzt?" Ich nickte bedächtig: „Aber erst ab morgen. Heute muss ich noch einen anderen Fall bearbeiten. Einverstanden?" So richtig gefiel ihm das nicht, aber er willigte dann doch noch mit Handschlag ein: „Hier, meine Visitenkarte. Vorn finden Sie die Firmenanschrift und hinten drauf mein Privatanschluss. Melden Sie sich!"

Ich beobachtete eine Weile das Treiben in besagtem Lebensmittelladen, speziell die Erscheinung der Mitarbeiter. Dann opferte ich einige Zeit, um zu sehen, was so im Hinterhof passierte. Soweit ich jedoch meiner Erfahrung trauen konnte, würde ich hier bestimmt nicht fündig werden. Keiner der aussah, als würde er zugeben, etwas gefunden zu haben, aber auch keiner, der so eine Sache artig im Fundbüro abgeben würde. Eben ganz normale Leute. Trotzdem nahm ich mir vor, am nächsten Tag dem Fundbüro einen Besuch abzustatten.

Am Morgen kleckerte ich während des Frühstücks wie gewohnt etwas Marmelade auf meinen Küchenteppich. Bei der Arbeit mit dem Reinigungsschwamm knallte ich dann mit dem Kopf ziemlich hart an die Tischkante. Wütend schleuderte ich den unschuldigen Schwamm in die Spüle. Diesen Schwung nutzte das Reinigungsgerät heimtückisch aus, um etwas von der aufgelösten, jetzt rosaroten Marmelade malerisch an die Küchentapete zu platzieren. Beim Versuch, die Flecke wieder vorsichtig abzutupfen, verbreiterten sich dummerweise die Kleckse um ein Vielfaches. Es war also wieder einmal ein ganz normaler Tag.

Kaum war ich im Büro, klingelte mich mein Telefon fordernd an. Am anderen Ende war der Anzugmann vom Vortag. Er teilte mir kurz und knapp mit, dass er seinen Auftrag zurückziehe. Na bestens! Wieder einmal ein lukrativer Fall zum Teufel. Da ich noch zum Fundbüro wollte, blieb die Bourbonflasche diesmal im Regal. Ich kam aber nicht zum Wegfahren, weil genau in dem Moment, als ich zur Türklinke griff, mein obdachloser Klient völlig außer Puste mit einer zerknautschten und fleckigen Zeitung ins Büro gerauscht kam. Er warf die Zeitung in hohem Bogen auf den Schreibtisch und klopfte mit dem Zeigefinger seiner rechten Hand heftig auf eins der Fotos: „Hier! Sehen Sie! Das ist Heinrich! Das ist er!" Das Bild warf mich um. Dieses Gesicht hatte ich schon gesehen. Ich setzte mich und las mit großem Erstaunen, dass die Leiche des Abgebildeten von einem Spaziergänger im Wäldchen nahe der Stadt aufgefunden worden war. Da bisher keiner den Toten identifizieren konnte, bat man um zweckdienliche Hinweise. Sofort griff ich zum Telefonhörer. Erst wollte man mir keine Auskunft geben, aber als ich durchblicken ließ, dass mir der Name des Verstorbenen bekannt war, teilte man mir doch noch mit, dass sich unter den Gegenständen des Verblichenen kein Medaillon befunden hätte. Der Obdachlose ließ seine Ohren so weit hängen, dass er beinahe drauftreten konnte: „Ich wette, es ist bestimmt für immer verloren". Aber ich hatte schon eine Idee: „Wissen Sie was, kommen Sie einfach morgen wieder! Ich will erstmal etwas ausprobieren". Er schlich geknickt von dannen, denn er kannte ja meine genialen Gedanken nicht. Als ich nämlich Heinrichs Bild in der Zeitung gesehen hatte, war mir sofort klar, dass es sich um den Bruder des glatzköpfigen Nadelgestreiften handelte. Also würde ich dem Mann doch mal einen freundschaftlichen Besuch zukommen lassen. Ich kramte in der Schreibtischschublade herum, bis ich seine Visitenkarte entdeckt hatte. Viel stand nicht darauf: AWT – Karl Maria Proper – Burenallee. Ich musste lachen. Der Glatzkopf hieß doch tatsächlich Proper. Eine Hausnummer war nicht aufgedruckt, und auch keine Erklärung, was AWT eigentlich bedeuten sollte. Ich beschloss, die Firma unverzüglich aufzusuchen. Die Burenallee war ziemlich weit draußen, und deshalb würde ich das Auto nehmen. Zum Trinken war ich ja heute noch nicht gekommen.

Das Gebäude erwies sich zunächst als völlig unscheinbar. Nur die drei großen Buchstaben in violetter Farbe fielen einem sofort ins Auge. Darunter protzte ein schwarzer Schriftzug: ‚Angewandte Weltraum-Technologie‘. Gleich hinter der Eingangstür befand sich ein Großraumbüro. In einiger Entfernung erblickte ich auch meinen Glatzkopf, diesmal in einem dunkelblauen Anzug. Er verschwand in einer der Seitentüren. Als ich mich dorthin begeben wollte, trat mir plötzlich ein Wachmann in den Weg: „Kann ich Ihnen helfen?" Ich überlegte kurz, ob ich auf dicke Hose machen oder vielleicht lieber den Unterwürfigen herauskehren sollte. Im Endeffekt entschied ich mich für das Erstere. Da er recht nahe stand, schob ich ihn weg: „Nicht so dicht, du Nase! Ich will mit Herrn Proper sprechen, und zwar sofort! Wenn du deinen Job nicht verlieren willst, bringst du mich jetzt zu ihm!" Man konnte an seinem Gesicht deutlich erkennen, wie sich die Zahnräder in dem kleinen Gehirn drehten: „Der ist nicht da". Ich schmunzelte: „Aber ich habe ihn doch eben gesehen". Er: „Aber Herr Proper hat Sie zuerst gesehen. Und jetzt verlassen Sie bitte das Gebäude!" Ganz im Ton des Überlegenen entgegnete ich: „Es wird Ihrem Boss aber nicht gefallen, wenn ich der Zeitung mitteile, dass er sich weigert, seine Schulden bei mir zu begleichen. Wenn ich für jemanden arbeite, erwarte ich auch

das entsprechende Entgelt!" Jetzt wurde der Kumpel doch ein wenig unsicher: „Warten Sie hier!"
Der Glatzkopf thronte hinter einem massiven Schreibtisch. An seiner rechten und linken Seite standen zwei spindeldürre Gestalten. Meister Proper zeigte auf die beiden: „Das sind die Anwälte Lehmann und Lierhaus von der Kanzlei Lehmann Wallner und Lierhaus. Wie genau lautet Ihre Forderung?" Der als Lehmann vorgestellte hob den Zeigefinger: „Herr Proper hat fristgerecht den Auftrag zurückgenommen. Ihnen steht also keinerlei Honorar zu". Fast gleichzeitig übernahm Lierhaus das Wort: „Aus Kulanzgründen sind wir aber bereit, Ihnen eine gewisse Summe zukommen zu lassen. Zwischen der Auftragserteilung und der Stornierung vergingen einundzwanzig Stunden. Da eine Nacht dazwischen lag, gehen wir davon aus, dass Sie acht Stunden geschlafen haben. Bleiben also nur noch dreizehn Stunden. Der von der Regierung festgesetzte gesetzliche Mindestlohn beläuft sich zurzeit auf 9,35 €. Das ergibt dann nach Adam Ries genau 121,55 €. Wir kommen Ihnen sogar noch entgegen und bieten 200 € an, gehen aber keinen Cent höher". Ich musste lachen: „Leute, mir geht es doch nicht ums Geld!"
Dann trat ich dicht an den Schreibtisch heran und blickte der Glatze fest in die Augen: „Bevor Ihr Bruder Heinrich getötet wurde, falls es überhaupt Ihr Bruder war und falls sein Name überhaupt Heinrich lautete, da hat Ihr Verwandter einem Obdachlosen ein Medaillon gestohlen. Weil aber bei der Leiche kein Medaillon gefunden wurde, gehe ich davon aus, dass er es vor seinem Tod Ihnen übergeben hat. Habe ich recht? Der Obdachlose ist

nämlich mein Klient und will das Amulett unbedingt wiederhaben". Auf der Stirn von Meister Proper bildete sich eine ungläubige Falte: „Mehr nicht?" Er griff in den Schreibtisch, holte das Herz heraus und warf es mir zu: „Und jetzt raus hier!" Ich ließ nicht locker: „Würden Sie mir vielleicht sagen, warum das Ding so wichtig ist?" Der Glatzkopf lehnte sich zurück: „Nein, warum sollte ich?" Auch auf meiner Stirn bildete sich jetzt eine Falte: „Weil sich die Presse auf die Tatsache stürzen wird, dass Sie Diebesgut vor der Polizei verstecken". Er lief etwas rot an: „Also gut. Ein Mitarbeiter unsere Firma hat eine geheime Formel gestohlen. Mein Bruder hatte ihn aber schon länger in Verdacht und beobachtete ihn heimlich. Das muss der Kerl gemerkt haben, denn er hat einen Penner besoffen gemacht, und dann in dessen Medaillon den Zettel mit der Formel versteckt. Heinrich hat mir das Herz zurückgebracht, und ich habe den Zettel wieder herausgenommen. Und jetzt ist mein Bruder tot. Zufrieden?" Ich trat einen Schritt zurück: „Das tut mir aufrichtig leid. Soll ich Ihnen bei der Aufklärung des Mordes helfen?" Er schüttelte den Kopf: „Das hat schon die Polizei getan. Als aus der Vermisstenanzeige eine Mordermittlung geworden ist, sind die aus ihrer Lethargie erwacht. Und nun endgültig für immer auf Wiedersehen!" An der Tür angekommen, drehte ich mich noch einmal kurz um: „Aber die 200 Euro hätte ich dann doch ganz gerne!"

Der nächste Morgen erfreute mich damit, dass wieder einmal der Henkel meiner Kaffeekanne mit einem kurzen

Klick abbrach. Die Kanne ging aufgrund der weichen Landung auf meinem Küchenteppich nicht in die Binsen, aber der Kaffee, den ich eigentlich ganz gern hätte trinken wollen, zauberte ein impressionistisches Bild auf den Flokati. Nach der Arbeit mit Schwamm und Fleckentferner ließ ich den nassen Teppich zurück und verkrümelte mich ins Büro, um dort erst einmal etwas Bourbon zu mir zu nehmen. Pünktlich um Zehn öffnete ich meine Bürotür. Der obdachlose Herr Stuhlmann wartete schon davor. Sein Gesicht drückte zu gleichen Teilen Hoffnung und Resignation aus: „Und?" Ich ließ ihn Platz nehmen, setzte mich ebenfalls und reichte ihm das Medaillon über den Tisch: „Hier, Ihr Eigentum. Aber ich habe noch etwas anderes für Sie. Sozusagen als kleine Entschuldigung für den Diebstahl überreiche ich Ihnen im Namen des Verantwortlichen hiermit 200 Euro. So, und jetzt hab ich dann auch gar nichts mehr dagegen, dass Sie mir meine versprochenen 30 Euro Honorar zukommen lassen!"

Zukunft, Gegenwart, Vergangenheit

Nun, ich kenne Ihren Freundeskreis nicht. Logisch! Während ich hier meine Worte auf das Papier kritzele, weiß ich ja nicht, wer sich später einmal diese Schreibereien zu Gemüte führen wird. Falls überhaupt einer das Machwerk vor die Augen bekommt. Was ich aber nahezu mit Bestimmtheit sagen kann, das ist auf jeden Fall, dass Ihre Freunde normaler sind als meine. Ich bin durch die

Schule in den Kreis meiner jetzigen Weggenossen hineingestolpert, weil nämlich viele davon damals meine Klassenkameraden waren. Diese haben dann ihre Freunde nach und nach mitgebracht, und so hat sich die Gruppe gebildet, in der ich jetzt der Einzige von vierzehn Leuten bin, der nicht studiert hat. Sechs Professoren bzw. Professorinnen und sieben Doktoren, davon drei, die mehrfach promoviert haben, flankieren mich armes Würstchen bei unseren Treffen. Geballte Mathematik, Physik, Biologie, Psychologie, Philosophie und Astronomie auf einem Haufen, dazwischen ich als Werkzeugmacher mit mittlerer Reife. Andere Leute spielen zusammen Karten, wie Uno oder Rommé, oder sie schauen gemeinsam ein Fußballspiel. Manche gehen als Gruppe zum Kegeln. Es gibt auch welche, die gemeinschaftlich backen, kochen, stricken oder häkeln. Aber derartige Aktivitäten werden bei uns erst gar nicht ins Kalkül gezogen. Nein, bei uns wird ausschließlich nur über wissenschaftliche Dinge diskutiert. Meine Diskussionsbeiträge beschränken sich dabei in der Regel auf Ausrufe, wie: „Hat das schon jemand bewiesen?" Oder: „Das glaube ich jetzt nicht!" Dann versuchen alle, die bisher gegeneinander argumentiert haben, mich von einem der umstrittenen Standpunkte zu überzeugen. Das geht dann solange, bis ich wortlos mit meinem überforderten Halsfortsatz nicke. Sie glauben gar nicht, was das für einen Spaß macht. Ich denke, das ist auch der Grund, warum ich immer wieder bei diesen Treffen anwesend bin. Vielleicht ist es auch ein bisschen wegen Lena. Lena Hübner, Professorin für angewandte Psychologie. Sie allein wäre für mich der

Grund, die Welt aus den Angeln zu heben. Aber gottseidank weiß sie nichts davon. Ich wünschte, ich könnte meinen eigensinnigen Hormonen sagen, dass man von einer Psychologin einfach immer durchschaut wird. Glauben Sie mir, das ist für mich eher ein unschöner Gedanke. Welchem Mann gefällt schon, dass seine Partnerin immer weiß, was er denkt. Ich für meine Person möchte das jedenfalls nicht. Aber kommen wir zurück auf unsere Diskussionsrunden. Zum Glück finden sie im Hinterzimmer der Gaststätte ‚Goldene Mensa' statt. Da kann ich mir beim Zuhören wenigstens das eine oder das andere Glas Schwarzbier einverleiben. Letzthin hatten wir ein besonders interessantes Thema. Es ging um die Zukunft. Die einen behaupteten, die Zukunft wäre undefiniert und ergäbe sich erst aus unseren Handlungen. Die zweiten meinten, die Zukunft stehe genauso wie Vergangenheit und Gegenwart unveränderlich fest. Man könne also machen, was man wölle, das Ergebnis wäre im Vorfeld bereits festgelegt. Hätte man die Möglichkeit, alle Daten des Universums auszuwerten, dann könne man auch gewiss die Zukunft voraussagen. Ich persönlich fand aber die dritte These am spannendsten. Die besagte nämlich, dass die Zukunft auch rückwirkend auf Gegenwart und Vergangenheit Einfluss nehmen kann. Die fundamentalen Naturgesetze sind gewissermaßen zeitsymmetrisch, enthalten also keine Richtung und könnten demnach auch in die Vergangenheit wirken. Nehmen wir mal ein Beispiel. Zwei Becher werden, mit der Öffnung nach unten, auf den Tisch gestellt. Dann sehen Sie zur Seite, während ihr Freund unter einen der Becher eine Münze legt. Anschließend müssen Sie erraten, unter welchem das Geldstück zu finden ist. Sagen wir mal, Sie heben den Becher an, unter dem nichts liegt. Dann besagt die oben genannte Theorie, dass der Umstand des Nichtauffindens der Münze in die Vergangenheit zurückgewirkt hat, und eben dazu führte, dass ihr Freund förmlich gezwungen war, das Geld unter den anderen Becher zu legen. Die einen halten das für Spinnerei, die anderen sind felsenfest davon überzeugt. Einer der Überzeugten ist beispielsweise mein Freund Kai-Uwe Maasen, Doktor der Physik sowie Doktor der Chemie. Der saß früher in der Schule neben mir. Jetzt leitet er ein riesiges Labor mit Geräten, von denen ich mir nicht einmal die Namen merken kann, geschweige denn deren Verwendungszweck. Kai-Uwe gehörte zwar zu den lautesten Diskutanten, war aber zum Schluss scheinbar der Einzige, der von dieser Rückwirkungstheorie durchdrungen war. Da mir jedoch seine Ansicht gefiel, sagte ich anerkennend: „Diese These leuchtet mir ein. Durch eine derartige Wechselbeziehung könnten theoretisch kleine Fehler der Vergangenheit von der Zukunft aus korrigiert werden". Es wurde still und einige Münder klappten nach unten. Einen derart konkreten Beitrag hatte wohl keiner von mir erwartet. Kai-Uwe Maasen richtete sich auf und klopfte mir auf die Schulter: „Ich danke dir außerordentlich für deine Unterstützung gegen diese Ignoranten. Das werde ich niemals vergessen!"

Seit diesem Ereignis waren ungefähr fünf Monate vergangen, als mich Kai-Uwe auf dem Handy anrief: „Mein Freund, ich möchte dich als Dank für deinen damaligen

Beistand in mein Labor einladen! Ich hätte da etwas, was dich garantiert interessieren wird. Wie wäre es morgen fünfzehn Uhr?" Ich war natürlich einverstanden.

Das Labor war einfach nur riesig. Bestimmt zwanzig Personen wuselten emsig zwischen seltsamen Geräten, Glaskolben, Mikroskopen und Bunsenbrennern wie Ameisen geschäftig hin und her. Kai-Uwe zog mich am Jackenärmel in einen, durch hohe Glaswände abgetrennten, Raum. Dort befand sich neben einem Schreibtisch und mehreren Stühlen ein metallisch glänzender, ziemlich kolossaler Kasten mit einem großen Display, verdammt vielen Tasten und einer schwarzen Öffnung. Kai-Uwe bot mir einen Platz an und setzte sich ebenfalls: „Hör zu, mein Guter! Du weißt bestimmt, dass man zum Ausführen jedweder Aktion Energie benötigt. Natürlich auch dann, wenn man auf die Vergangenheit zurückgreifen will. Je mehr man verändern möchte, desto mehr Power braucht man. Aber, und das wissen die wenigsten Leute, man braucht auch Teilchen. Du hast bestimmt schon von Elementarteilchen gehört, wie Elektronen oder Photonen. Hast du dich schon einmal gefragt, warum Atomkerne nicht einfach auseinander schnellen? Gleiche Ladungen stoßen sich doch immer ab, stimmts? Also warum fliegt so ein Atomkern mit seinen Protonen, welche bekanntermaßen die gleiche, positive Ladung besitzen, nicht augenblicklich auseinander? Ich kann es dir sagen, wegen der Gluonen. Diese Gluonen sind Elementarteilchen ohne Ruhemasse, und bilden sozusagen den Kleber zwischen allen Protonen und Neutronen. Man nennt das auch starke Kernkraft. Du wirst es nicht glauben, solch ähnliche Teilchen sind auch für die Rückwirkung in die Vergangenheit nötig. Und ich habe diese Teilchen, die den Zeitfluss zusammenhalten, entdeckt. Ich nenne sie ‚Retronen'. Hier in diesem Gerät werden sie erzeugt und ermöglichen es mir, etwas Vergangenes zu ändern. Natürlich nur ganz kleine Sachen, denn der Energieaufwand ist enorm. Der Witz ist nämlich, dass viele Sachen miteinander verbunden sind oder sich gegenseitig beeinflussen. Da muss man unter Umständen drei, vier Sachen zusätzlich verändern, damit alles stimmig bleibt. Kapiert?" Ich nickte euphorisch. Kai-Uwe legte seine Hand auf meine Schulter: „Und jetzt kommt's. Weil du mein Freund bist, darfst du dir etwas wünschen, was wir von deiner Vergangenheit verändern sollen. Ist das gut?" Sofort liefen in meinem Kopf die Gedanken Amok. In meiner Vergangenheit ist so viel schief gelaufen, dass ich einfach nicht wusste, was ich davon aussuchen sollte. Da viel mir plötzlich ein, dass ich vor drei Jahren mein Konto ziemlich heftig überzogen hatte. Also sagte ich: „Ich möchte, dass sich vor drei Jahren hunderttausend Euro auf meinem Konto befunden hätten". Mein Freund rümpfte die Nase: „Das ist nicht so einfach. Mal davon abgesehen, dass dein Kontostand auf verschiedenen Computern sowie auch auf einem Backup-System hinterlegt ist, müssen die Hunderttausend irgendwoher kommen. Wenn ich keinen persönlich bestehlen will, kann ich die Summe höchstens von der Goldreserve des Staates abzweigen. Für derart materielle Wünsche reichen leider unsere Energiereserven nicht aus. Kannst du dir nicht etwas anderes wünschen, beispielsweise nur etwas

Ideelles?" Nach kurzem Überlegen hatte ich die richtige Idee: „Ich möchte auch so einen Doktortitel haben. Am besten wäre Doktor der Physik". Kai-Uwe nickte: „Gut. Aber dazu brauchen wir deine DNA. Dafür musst du nur kurz eine Hand in den Schacht der Maschine halten. Tut nicht weh!" Also steckte ich vertrauensvoll meine Linke in das Monstrum. Mein Freund drückte ein paar Knöpfe, und auf dem Display erschien ‚OK'. „So", sagte er, „das dauert jetzt so etwa fünfzehn Stunden. Am besten du gehst erst mal nach Hause. Morgen hat sich dann dein Leben sicherlich ein wenig verändert".

Meine Armbanduhr piepste, als ich gerade beim Staubwischen war. Ich hatte extra den Alarm eingestellt, um nicht das Treffen mit meinen ehemaligen Mitschülern zu versäumen. Also wischte ich nur noch schnell den Rahmen von meiner verglasten Doktor-Urkunde ab und schlüpfte schnell in die Jacke. Eigentlich ging ich gar nicht so besonders gern zu diesen Zusammenkünften. Schließlich war ich der Einzige, der mal promoviert hat. Die anderen besaßen höchstens mittlere Reife. Deshalb erwiesen sich unsere Unterhaltungen meist eher als etwas langweilig. Aber was soll man machen, schließlich hat man mit diesen Leuten früher einmal die gleiche Schulbank gedrückt. Ich fand es nur schade, dass ich mit denen nicht über meine letzte Entdeckung diskutieren konnte. Ich hatte nämlich rein zufällig die Elementarteilchen entdeckt, welche die Zeit zusammenhalten. Ich habe sie ‚Temponen' genannt. Mittels dieses Wissens wurde dann ein Gerät entwickelt, mit dem man die Vergangenheit in kleinen Teilen verändern kann. In drei Tagen würde der

Probelauf starten. Mir war auch schon eingefallen, was ich als Erstes damit anstellen könnte. Ich würde einfach meinen Klassenkameraden eine höhere Schulbildung verpassen. Ganz besonders meinem Freund Kai-Uwe. Der Schwachmat hat nämlich von Physik und Chemie absolut keine Ahnung.

Epilog

Der Volksmund kennt den Spruch: Wer „A" sagt, muss auch „B" sagen. Und ich denke, wer an den Anfang seines Buches einen Prolog gestellt hat, der muss wohl auch zum Schluss einen Epilog anfügen. Aber was bleibt hier noch zu sagen, was bislang nicht schon gesagt wurde? Vielleicht, dass ich Ihnen und Ihren Lieben von Herzen Gesundheit und Wohlergehen wünsche. Denn wer ausgerechnet meine Bücher liest, der hat das wahrlich verdient.